QUIN
CAS
BORBA

machado *de* assis

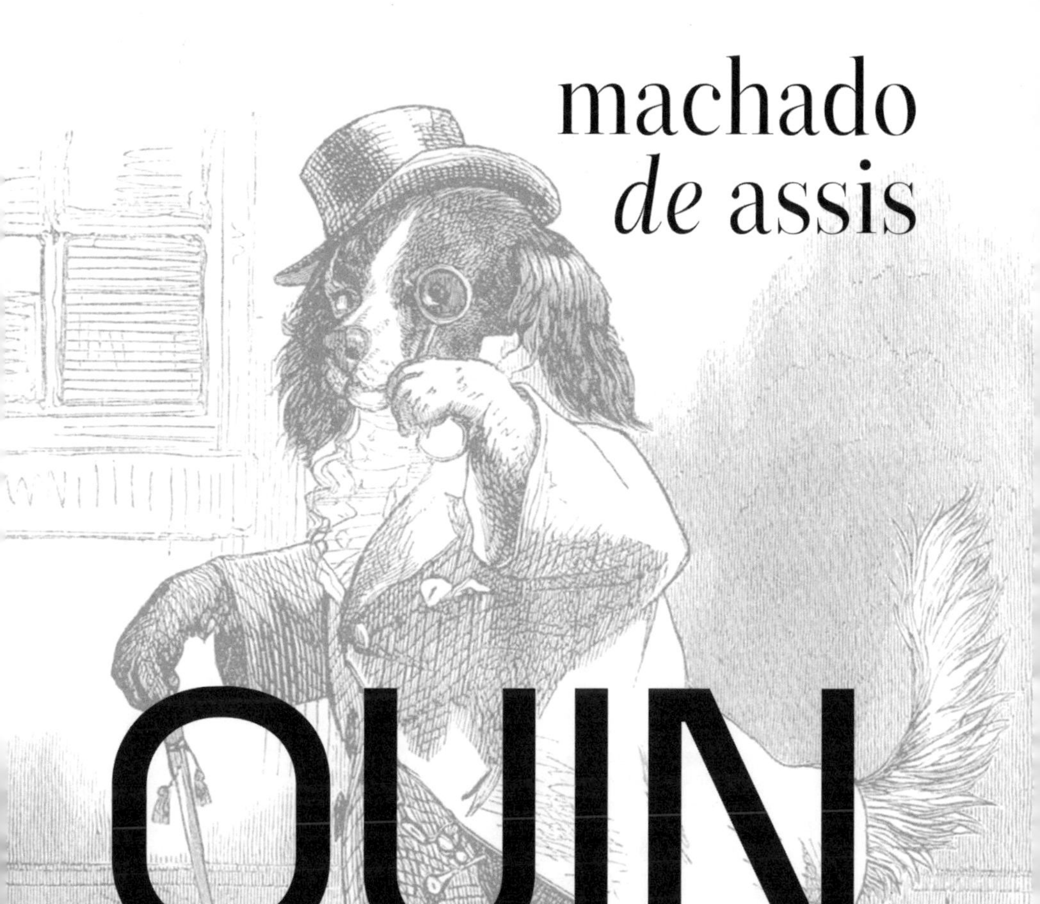

QUINCAS BORBA

vitrola

Direção Editorial
Suzanne Borela

Capa e Diagramação
Carol Palomo

Ilustração de Capa
Retirada do livro *Mother Goose's Nursery Rhymes*, de 1877

Preparação
Alana Fernandes

Revisão
Marina Montrezol

Assistência Editorial
Tayná Werlang De Carli

A ortografia deste livro segue o Acordo Ortográfico da Língua Portuguesa.

Dados Internacionais de Catalogação na Publicação (CIP)
(Câmara Brasileira do Livro, SP, Brasil)

Assis, Machado de, 1839-1908
Quincas Borba / Machado de Assis. --
Frederico Westphalen, RS : Vitrola Editora, 2025.

ISBN 978-65-6030-079-8

1. Romance brasileiro I. Título.

25-274192 CDD - B869.3

Índices para catálogo sistemático:
1. Romances : Literatura brasileira B869.3
Eliete Marques da Silva - Bibliotecária - CRB-8/9380

Vitrola Editora e Distribuidora Ltda.
Rua das Camélias, 321 — Aparecida — CEP: 98400-000
Frederico Westphalen — RS
Tel.: (55) 3744-6878 — www.vitrola.com.br

Mas não há serenidade moral que corte uma polegada sequer às abas do tempo, quando a pessoa não tem maneira de o fazer mais curto.

Nota

COM O INTUITO DE GARANTIR FIDELIDADE AO ESTILO LITERÁRIO de Machado de Assis, a presente edição passou por um criterioso processo de padronização textual. Para que esse fosse realizado de forma mais precisa, sempre respeitando a estilística e as marcas características do autor, foram considerados estudos sobre a sua obra e as particularidades de sua escrita.

Sendo assim, esta edição baseou-se na íntegra da primeira publicação, datada de 1891, e na terceira edição do livro, de 1899. Inclui adaptações que seguem as regras do Novo Acordo Ortográfico da Língua Portuguesa, firmado em 1990, vigente no Brasil desde 2009, além de algumas intervenções realizadas para melhor leitura e compreensão do texto, sem alterar o estilo da prosa machadiana.

Foram adotadas regras de revisão ideais para que a padronização ocorresse sem alterar a essência de sua escrita, modernizando certos aspectos da linguagem e da apresentação da obra. Além de usos sintáticos, os pronomes demonstrativos foram, sempre que possível, mantidos conforme o original, embora apresentem alguma diferença no uso contemporâneo padrão da língua.

Artigos definidos antes de substantivos próprios foram preservados, por serem características adotadas a fim de aproximar o leitor dos personagens. Pontos e vírgulas também foram mantidos — em sua maioria — com o intuito de não descaracterizar o estilo de Machado, que os utiliza para inserir pausas e marcas visíveis no diálogo, e algumas frases foram ajustadas para eliminar a ambiguidade lexical.

Quando há mudança para discurso direto com dois-pontos e abertura de aspas, as aspas foram mantidas — assim como as reticências, respeitando sempre as particularidades do contexto em que elas eram inseridas pelo autor, bem como a caixa-alta e a caixa-baixa.

O vocabulário arcaico foi atualizado quando isso se fez necessário, por expressões ou palavras em desuso. Construções idiomáticas e o tom irônico do autor foram preservados. Também houve uma uniformização de nomes de personagens e lugares. Foram inseridas notas para esclarecer referências culturais, filosóficas e históricas. A estrutura narrativa não foi alterada, para evitar que frases longas fossem divididas, descaracterizando o ritmo original.

Dessa forma, espera-se que esta edição proporcione ao leitor a oportunidade de apreciar *Quincas Borba* em toda a sua riqueza estilística, com a clareza necessária para que o gênio machadiano brilhe em cada página.

Prólogo da *terceira edição*

A segunda edição deste livro acabou mais depressa que a primeira. Aqui sai ele em terceira, sem outra alteração além da emenda de alguns erros tipográficos, tais e tão poucos que, ainda conservados, não encobririam o sentido.

Um amigo e confrade ilustre tem teimado comigo para que dê a este livro o seguimento de outro. "Com as *Memórias Póstumas de Brás Cubas*, donde este proveio, fará você uma trilogia, e a Sofia de *Quincas Borba* ocupará exclusivamente a terceira parte." Algum tempo cuidei que podia ser, mas relendo agora estas páginas concluo que não. A Sofia está aqui toda. Continuá-la seria repeti-la, e acaso repetir o mesmo seria pecado. Creio que foi assim que me tacharam este e alguns outros dos livros que vim compondo pelo tempo fora no silêncio da minha vida. Vozes houve, generosas e fortes, que então me defenderam; já lhes agradeci em particular; agora o faço cordial e publicamente.

1889.

M. de A.

I

RUBIÃO FITAVA A ENSEADA — ERAM OITO HORAS DA MANHÃ. Quem o visse, com os polegares metidos no cordão do chambre, à janela de uma grande casa de Botafogo, cuidaria que ele admirava aquele pedaço de água quieta; mas, em verdade, vos digo que pensava em outra coisa. Cotejava o passado com o presente. Que era, há um ano? Professor. Que é agora? Capitalista. Olha para si, para as chinelas (umas chinelas de Túnis, que lhe deu recente amigo, Cristiano Palha), para a casa, para o jardim, para a enseada, para os morros e para o céu; e tudo, desde as chinelas até o céu, tudo entra na mesma sensação de propriedade.

"Vejam como Deus escreve direito por linhas tortas", pensa ele. "Se a mana Piedade tem casado com o Quincas Borba, apenas me daria uma esperança colateral. Não casou; ambos morreram, e aqui está tudo comigo; de modo que o que parecia uma desgraça..."

II

Que abismo que há entre o espírito e o coração! O espírito do ex-professor, vexado daquele pensamento, arrepiou caminho, buscou outro assunto, uma canoa que ia passando; o coração, porém, deixou-se estar a bater de alegria. Que lhe importa a canoa nem o canoeiro, que os olhos de Rubião acompanham, arregalados? Ele, coração, vai dizendo que, uma vez que a mana Piedade tinha de morrer, foi bom que não casasse; podia vir um filho ou uma filha... — Bonita canoa! — Antes assim! — Como obedece bem aos remos do homem! — O certo é que eles estão no céu!

III

Um criado trouxe o café. Rubião pegou na xícara, e, enquanto lhe deitava açúcar, ia disfarçadamente mirando a bandeja, que era de prata lavrada. Prata, ouro, eram os metais que amava de coração; não gostava de bronze, mas o amigo Palha disse-lhe que era matéria de preço, e assim se explica este par de figuras que aqui está na sala, um *Mefistófeles* e um *Fausto*[1]. Tivesse, porém, de escolher, escolheria a bandeja — primor de argentaria, execução fina e acabada. O criado esperava teso e sério. Era espanhol; e não foi sem resistência que Rubião o aceitou das mãos de Cristiano; por mais que lhe dissesse que estava acostumado aos seus crioulos de Minas, e não queria línguas estrangeiras em casa, o amigo Palha insistiu, demonstrando-lhe a necessidade de ter criados brancos. Rubião cedeu com pena. O seu bom pajem, que ele queria pôr na sala, como um pedaço da província, nem o pôde deixar na cozinha, onde reinava um francês, Jean; foi degradado a outros serviços.

— Quincas Borba está muito impaciente? — perguntou Rubião bebendo o último gole de café, e lançando um último olhar à bandeja.

1. Mefistófeles e Fausto são personagens do folclore europeu e da literatura. Mefistófeles é um demônio que representa o mal e a tentação. Em *Fausto*, de Goethe (1749–1832), ele faz um pacto com Fausto, oferecendo conhecimento e prazeres em troca de sua alma. Fausto, por sua vez, é um estudioso insatisfeito com os limites do conhecimento humano e faz esse acordo na busca por sabedoria e experiências transcendentes.

— *Me parece que sí.*

— Lá vou soltá-lo.

Não foi; deixou-se ficar, algum tempo, a olhar para os móveis. Vendo as pequenas gravuras inglesas que pendiam da parede por cima dos dois bronzes, Rubião pensou na bela Sofia, mulher do Palha, deu alguns passos, e foi sentar-se no pufe, ao centro da sala, olhando para longe...

— Foi ela que me recomendou aqueles dois quadrinhos, quando andávamos os três a ver coisas para comprar. Estava tão bonita! Mas o que eu mais gosto dela são os ombros, que vi no baile do coronel. Que ombros! Parecem de cera; tão lisos, tão brancos! Os braços também; oh! os braços! Que bem feitos!

Rubião suspirou, cruzou as pernas, e bateu com as borlas do chambre sobre os joelhos. Sentia que não era inteiramente feliz; mas sentia também que não estava longe a felicidade completa. Recompunha de cabeça uns modos, uns olhos, uns requebros sem explicação, a não ser esta, que ela o amava, e que o amava muito. Não era velho; ia fazer quarenta e um anos; e, rigorosamente, parecia menos. Esta observação foi acompanhada de um gesto; passou a mão pela cara, barbeada todos os dias, coisa que não fazia dantes, por economia e desnecessidade. Um simples professor! Usava suíças (mais tarde deixou crescer a barba toda) — tão macias, que dava gosto passar os dedos por elas... E recordava assim o primeiro encontro, na estação de Vassouras, onde Sofia e o marido entraram no trem da estrada de ferro, no mesmo carro em que ele descia de Minas; foi ali que achou aquele par de olhos viçosos, que pareciam repetir a exortação do profeta: "Todos vós que tendes sede, vinde às águas[2]". Não trazia ideias adequadas ao convite, é verdade; vinha com a herança na

2. Referência ao livro de Isaías, capítulo 55, versículo 1, na Bíblia. O trecho simboliza um chamado à graça divina, oferecendo abundância e salvação sem custo, representando a generosidade espiritual de Deus.

cabeça, o testamento, o inventário, coisas que é preciso explicar primeiro, a fim de entender o presente e o futuro. Deixemos Rubião na sala de Botafogo, batendo com as borlas do chambre nos joelhos, e cuidando na bela Sofia. Vem comigo, leitor; vamos vê-lo, meses antes, à cabeceira do Quincas Borba.

IV

Este Quincas Borba, se acaso me fizeste o favor de ler as *Memórias Póstumas de Brás Cubas*, é aquele mesmo náufrago da existência que ali aparece, mendigo, herdeiro inopinado, e inventor de uma filosofia. Aqui o tens agora em Barbacena. Logo que chegou, enamorou-se de uma viúva, senhora de condição mediana e parcos meios de vida; mas, tão acanhada que os suspiros do namorado ficavam sem eco. Chamava-se Maria da Piedade. Um irmão dela, que é o presente Rubião, fez todo o possível para casá-los. Piedade resistiu, uma pleurisia a levou.

Foi esse trechozinho de romance que ligou os dois homens. Saberia Rubião que o nosso Quincas Borba trazia aquele grãozinho de sandice, que um médico supôs achar-lhe? Seguramente, não; tinha-o por homem esquisito. É, todavia, certo que o grãozinho não se despegou do cérebro de Quincas Borba — nem antes, nem depois da moléstia que lentamente o comeu. Quincas Borba tivera ali alguns parentes, mortos já agora em 1867; o último foi o tio que o deixou por herdeiro de seus bens. Rubião ficou sendo o único amigo do filósofo. Regia então uma escola de meninos, que fechou para tratar do enfermo. Antes de professor, metera ombros a algumas empresas, que foram a pique.

Durou o cargo de enfermeiro mais de cinco meses, perto de seis. Era real o desvelo de Rubião, paciente, risonho, múltiplo, ouvindo as ordens do médico, dando os remédios às horas marcadas, saindo a passeio com o doente, sem esquecer nada, nem o serviço da casa, nem a leitura dos jornais, logo que chegava a mala da Corte ou a de Ouro Preto[3].

— Tu és bom, Rubião — suspirava Quincas Borba.

— Grande façanha! Como se você fosse mau!

A opinião ostensiva do médico era que a doença do Quincas Borba iria saindo devagar. Um dia, o nosso Rubião, acompanhando o médico até a porta da rua, perguntou-lhe qual era o verdadeiro estado do amigo. Ouviu que estava perdido, completamente perdido; mas, que o fosse animando. Para que tornar-lhe a morte mais aflitiva pela certeza...?

— Lá isso, não — atalhou Rubião —; para ele, morrer é negócio fácil. Nunca leu um livro que ele escreveu, há anos, não sei que negócio de filosofia...

— Não; mas filosofia é uma coisa, e morrer de verdade é outra; adeus.

3. A capital passou a se chamar Corte em 1808, quando a família real portuguesa chegou ao Rio de Janeiro fugindo das tropas de Napoleão I. Tal denominação durou até o fim do Império, em 1889. Ouro Preto era a capital da província de Minas Gerais.

V

Rubião achou um rival no coração do Quincas Borba — um cão, um bonito cão, meio tamanho, pelo cor de chumbo, malhado de preto. Quincas Borba levava-o para toda parte, dormiam no mesmo quarto. De manhã, era o cão que acordara o senhor, trepando ao leito, onde trocavam as primeiras saudações. Uma das extravagâncias do dono foi dar-lhe o seu próprio nome; mas, explicava-o por dois motivos, um doutrinário, outro particular.

— Desde que Humanitas, segundo a minha doutrina, é o princípio da vida e reside em toda parte, existe também no cão, e este pode assim receber um nome de gente, seja cristão ou muçulmano...

— Bem, mas por que não lhe deu antes o nome de Bernardo? — disse Rubião com o pensamento em um rival político da localidade.

— Esse agora é o motivo particular. Se eu morrer antes, como presumo, sobreviverei no nome do meu bom cachorro. Ris-te, não?

Rubião fez um gesto negativo.

— Pois devias rir, meu querido. Porque a imortalidade é o meu lote ou o meu dote, ou como melhor nome haja. Viverei perpetuamente no meu grande livro. Os que, porém, não souberem ler, chamarão Quincas Borba ao cachorro, e...

O cão, ouvindo o nome, correu a cama. Quincas Borba, comovido, olhou para Quincas Borba:

— Meu pobre amigo! meu bom amigo! meu único amigo!

— Único!

— Desculpa-me, tu também o és, bem sei, e agradeço-te muito; mas a um doente perdoa-se tudo. Talvez esteja começando o meu delírio. Deixa ver o espelho.

Rubião deu-lhe o espelho. O doente contemplou por alguns segundos a cara magra, o olhar febril, com que descobria os subúrbios da morte, para onde caminhava a passo lento, mas seguro. Depois, com um sorriso pálido e irônico:

— Tudo o que está cá fora corresponde ao que sinto cá dentro; vou morrer, meu caro Rubião... Não gesticules, vou morrer. E que é morrer, para ficares assim espantado?

— Sei, sei que você tem umas filosofias... Mas falemos do jantar; que há de ser hoje?

Quincas Borba sentou-se na cama, deixando pender as pernas, cuja extraordinária magreza se adivinhava por fora das calças.

— Que é! que quer? — acudiu Rubião.

— Nada — respondeu o enfermo sorrindo. — Umas filosofias! Com que desdém me dizes isso! Repete, anda, quero ouvir outra vez. Umas filosofias!

— Mas não é por desdém... Pois eu tenho capacidade para desdenhar de filosofias? Digo só que você pode crer que a morte não vale nada, porque terá razões, princípios...

Quincas Borba procurou com os pés as chinelas; Rubião chegou-lhas; ele calçou-as e pôs-se a andar para esticar as pernas. Afagou o cão e acendeu um cigarro. Rubião quis que se agasalhasse, e trouxe-lhe um fraque, um colete, um chambre, um capote, à escolha. Quincas Borba recusou-os com um gesto. Tinha outro ar agora; os olhos metidos para dentro viam pensar o cérebro. Depois de muitos passos, parou, por alguns segundos, diante de Rubião.

VI

— Para entenderes bem o que é a morte e a vida, basta contar-te como morreu minha avó.

— Como foi?

— Senta-te.

Rubião obedeceu, dando ao rosto o maior interesse possível, enquanto Quincas Borba continuava a andar, recolhendo as ideias.

— Foi no Rio de Janeiro — começou ele —, defronte da Capela Imperial, que era então Real, em dia de grande festa; minha avó saiu, atravessou o adro, para ir ter à cadeirinha, que a esperava no Largo do Paço[4]. Gente como formiga. O povo queria ver entrar as grandes senhoras nas suas ricas traquitanas. No momento em que minha avó saía do adro para ir à cadeirinha, um pouco distante, aconteceu espantar-se uma das bestas de uma sege; a besta disparou, a outra imitou-a, confusão, tumulto, minha avó caiu, e tanto as mulas como a sege passaram-lhe por cima. Foi levada em braços para uma botica da Rua Direita, veio um sangrador[5], mas era tarde; tinha a cabeça rachada, uma perna e o ombro partidos, era toda sangue; expirou minutos depois.

— Foi realmente uma desgraça — disse Rubião.

4. Atual Praça Quinze de Novembro.

5. Uma espécie de prático em medicina. Era responsável por atender casos de acidentes em que havia coágulos de sangue, os fazendo sangrar por incisões. Supunha-se que tal procedimento era de grande valor terapêutico.

— Não.

— Não?

— Ouve o resto. Aqui está como se tinha passado o caso. O dono da sege estava no adro, e tinha fome, muita fome, porque era tarde, e almoçara cedo e pouco. Dali pôde fazer sinal ao cocheiro; este fustigou as mulas para ir buscar o patrão. A sege no meio do caminho achou um obstáculo e derribou-o; esse obstáculo era minha avó. O primeiro ato dessa série de atos foi um movimento de conservação: Humanitas tinha fome. Se em vez de minha avó, fosse um rato ou um cão, é certo que minha avó não morreria, mas o fato era o mesmo; Humanitas precisa comer. Se em vez de um rato ou de um cão, fosse um poeta, Byron ou Gonçalves Dias[6], diferia o caso no sentido de dar matéria a muitos necrológios; mas o fundo subsistia. O universo ainda não parou por lhe faltarem alguns poemas mortos em flor na cabeça de um varão ilustre ou obscuro; mas Humanitas (e isto importa, antes de tudo), Humanitas precisa comer.

Rubião escutava, com a alma nos olhos, sinceramente desejoso de entender; mas não dava pela necessidade a que o amigo atribuía a morte da avó. Seguramente o dono da sege, por muito tarde que chegasse à casa, não morria de fome, ao passo que a boa senhora morreu de verdade, e para sempre. Explicou-lhe, como pôde, essas dúvidas, e acabou perguntando-lhe:

— E que Humanitas é esse?

— Humanitas é o princípio. Mas não, não digo nada, tu não és capaz de entender isto, meu caro Rubião; falemos de outra coisa.

6. Lord Byron (1788–1824): poeta britânico do Romantismo, famoso por obras como *Childe Harold's pilgrimage* e *Don Juan*. Sua poesia explora temas de exílio, paixão e rebeldia, influenciando profundamente a literatura europeia. Gonçalves Dias (1823–1864): poeta romântico brasileiro, autor de *Canção do Exílio* e *Os Timbiras*. Sua obra valoriza a identidade nacional, a natureza e a figura do indígena, sendo um dos principais nomes da primeira geração romântica no Brasil.

— Diga sempre.

Quincas Borba, que não deixara de andar, parou alguns instantes.

— Queres ser meu discípulo?

— Quero.

— Bem, irás entendendo aos poucos a minha filosofia; no dia em que a houveres penetrado inteiramente, ah! nesse dia terás o maior prazer da vida, porque não há vinho que embriague como a verdade. Crê-me, o Humanitismo é o remate das coisas; e eu, que o formulei, sou o maior homem do mundo. Olha, vês como o meu bom Quincas Borba está olhando para mim? Não é ele, é Humanitas...

— Mas que Humanitas é esse?

— Humanitas é o princípio. Há, nas coisas todas, certa substância recôndita e idêntica, um princípio único, universal, eterno, comum, indivisível e indestrutível — ou, para usar a linguagem do grande Camões:

Uma verdade que nas coisas anda,
Que mora no visível e invisível[7].

— Pois essa substância ou verdade, esse princípio indestrutível é que é Humanitas. Assim lhe chamo, porque resume o universo, e o universo é o homem. Vás entendendo?

— Pouco; mas, ainda assim, como é que a morte de sua avó...

— Não há morte. O encontro de duas expansões, ou a expansão de duas formas, pode determinar a supressão de uma delas; mas, rigorosamente, não há morte, há vida, porque a supressão de uma é a condição da sobrevivência da outra, e a destruição não atinge o princípio universal e comum. Daí o caráter conservador e benéfico da guerra. Supõe tu um campo

7. Versos 26 e 27 da Elegia V, de Luís Vaz de Camões (1524–1580).

de batatas e duas tribos famintas. As batatas apenas chegam para alimentar uma das tribos, que assim adquire forças para transpor a montanha e ir à outra vertente, onde há batatas em abundância; mas, se as duas tribos dividirem em paz as batatas do campo, não chegam a nutrir-se suficientemente e morrem de inanição. A paz, nesse caso, é a destruição; a guerra é a conservação. Uma das tribos extermina a outra e recolhe os despojos. Daí a alegria da vitória, os hinos, aclamações, recompensas públicas e todos os demais efeitos das ações bélicas. Se a guerra não fosse isso, tais demonstrações não chegariam a dar-se, pelo motivo real de que o homem só comemora e ama o que lhe é aprazível ou vantajoso, e pelo motivo racional de que nenhuma pessoa canoniza uma ação que virtualmente a destrói. Ao vencido, ódio ou compaixão; ao vencedor, as batatas.

— Mas a opinião do exterminado?

— Não há exterminado. Desaparece o fenômeno; a substância é a mesma. Nunca viste ferver água? Hás de lembrar-te que as bolhas fazem-se e desfazem-se de contínuo, e tudo fica na mesma água. Os indivíduos são essas bolhas transitórias.

— Bem; a opinião da bolha...

— Bolha não tem opinião. Aparentemente, há nada mais contristador que uma dessas terríveis pestes que devastam um ponto do globo? E, todavia, esse suposto mal é um benefício, não só porque elimina os organismos fracos, incapazes de resistência, como porque dá lugar à observação, à descoberta da droga curativa. A higiene é filha de podridões seculares; devemo-la a milhões de corrompidos e infectos. Nada se perde, tudo é ganho. Repito, as bolhas ficam na água. Vês este livro? É *Dom Quixote*[8]. Se eu destruir o meu exemplar, não elimino a obra, que continua eterna nos exemplares subsistentes e nas edições posteriores. Eterna e bela, belamente eterna, como este mundo divino e supradivino.

8. Obra de Miguel de Cervantes (1547–1616), escritor espanhol.

VII

Quincas Borba calou-se de exausto, e sentou-se ofegante. Rubião correu a ele, levando-lhe água e pedindo que se deitasse para descansar; mas o enfermo, após alguns minutos, respondeu que não era nada. Perdera o costume de fazer discursos, é o que era. E, afastando com o gesto a pessoa de Rubião, a fim de poder encará-la sem esforço, empreendeu uma brilhante descrição do mundo e suas excelências. Misturou ideias próprias e alheias, imagens de toda sorte, idílicas, épicas, a tal ponto que Rubião perguntava a si mesmo como é que um homem que ia morrer dali a dias podia tratar tão galantemente aqueles negócios.

— Ande repousar um pouco.

Quincas Borba refletiu.

— Não, vou dar um passeio.

— Agora não; você está muito cansado.

— Qual! Passou.

Ergueu-se e pôs paternalmente as mãos sobre os ombros de Rubião.

— Você é meu amigo?

— Que pergunta!

— Diga.

— Tanto ou mais do que este animal — respondeu Rubião, em um arroubo de ternura.

Quincas Borba apertou-lhe as mãos.

— Bem.

VIII

No dia seguinte, Quincas Borba acordou com a resolução de ir ao Rio de Janeiro, voltaria no fim de um mês, tinha certos negócios... Rubião ficou espantado. E a moléstia, e o médico? O doente respondeu que o médico era um charlatão, e que a moléstia precisava espairecer, tal qual a saúde. Moléstia e saúde eram dois caroços do mesmo fruto, dois estados de Humanitas.

— Vou a alguns negócios pessoais — concluiu o enfermo — e levo, além disso, um plano tão sublime, que nem mesmo você poderá entendê-lo. Desculpe-me esta franqueza; mas eu prefiro ser franco com você a sê-lo com qualquer outra pessoa.

Rubião fiou do tempo que este projeto lhe passasse, como tantos outros; mas enganou-se. Acrescia que, em verdade, o doente parecia estar melhorando; não ia à cama, saía à rua, escrevia. No fim de uma semana, mandou chamar o tabelião.

— Tabelião? — repetiu o amigo.

— Sim, quero registrar o meu testamento. Ou vamos lá os dois...

Foram os três, porque o cão não deixava partir o amo e senhor sem acompanhá-lo. Quincas Borba registrou o testamento com as formalidades do estilo, e tornou tranquilo para casa. Rubião sentia bater-lhe o coração violentamente.

— Está claro que eu não o deixo ir só para a Corte — disse ele ao amigo.

— Não, não é preciso. Demais, Quincas Borba não vai, e não o confio a outra pessoa, senão a você. Deixo a casa como está.

Daqui a um mês estou de volta. Vou amanhã; não quero que ele pressinta a minha saída. Cuide dele, Rubião.

— Cuido, sim.

— Jura?

— Por esta luz que me alumia. Então sou alguma criança?

— Dê-lhe leite às horas apropriadas, as comidas todas do costume, e os banhos; e quando sair a passeio com ele, olhe que não vá fugir. Não, o melhor é que não saia... não saia...

— Vá sossegado.

Quincas Borba chorava pelo outro Quincas Borba. Não quis vê-lo à saída. Chorava deveras, lágrimas de loucura ou de afeição, quaisquer que fossem, ele as ia deixando pela boa terra mineira, como o derradeiro suor de uma alma obscura, prestes a cair no abismo.

IX

Horas depois, teve Rubião um pensamento horrível. Podiam crer que ele próprio incitara o amigo à viagem para o fim de o matar mais depressa e entrar na posse do legado, se é que realmente estava incluso no testamento. Sentiu remorsos. Por que não empregou todas as forças para contê-lo? Viu o cadáver do Quincas Borba, pálido, hediondo, fitando nele um olhar vingativo; resolveu, se acaso o fatal desfecho se desse em viagem, abrir mão do legado.

Pela sua parte o cão vivia farejando, ganindo, querendo fugir; não podia dormir quieto, levantava-se muitas vezes, à noite, percorria a casa, e tornava ao seu canto. De manhã, Rubião chamava-o à cama, e o cão acudia alegre; imaginava que era o próprio dono; via depois que não era, mas aceitava as carícias, e fazia-lhe outras, como se Rubião tivesse de levar as suas ao amigo, ou trazê-lo para ali. Demais, havia-se-lhe afeiçoado também, e para ele era a ponte que o ligava à existência anterior. Não comeu durante os primeiros dias. Suportando menos a sede, Rubião pôde alcançar que bebesse leite; foi a única alimentação por algum tempo. Mais tarde, passava as horas, calado, triste, enrolado em si mesmo, ou então com o corpo estendido e a cabeça entre as mãos.

Quando o médico voltou, ficou espantado da temeridade do doente; deviam tê-lo impedido de sair; a morte era certa.

— Certa?

— Mais tarde ou mais cedo. Levou o tal cachorro?

— Não, senhor, está comigo; pediu que cuidasse dele, e chorou, olhe que chorou que foi um nunca acabar. Verdade é — disse ainda Rubião para defender o enfermo —, verdade é que o cachorro merece a estima do dono: parece gente.

O médico tirou o largo chapéu de palha para consertar a fita; depois sorriu. Gente? Com que então parecia gente? Rubião insistia, depois explicava; não era gente como a outra gente, mas tinha coisas de sentimento, e até de juízo. Olhe, ia contar-lhe uma...

— Não, homem, não, logo, logo, vou a um doente de erisipela... Se vierem cartas dele, e não forem reservadas, desejo vê-las, ouviu? E lembranças ao cachorro — concluiu saindo.

Algumas pessoas começaram a mofar do Rubião e da singular incumbência de guardar um cão, em vez de ser o cão que o guardasse a ele. Vinha a risota, choviam as alcunhas. Em que havia de dar o professor! sentinela de cachorro! Rubião tinha medo da opinião pública. Com efeito, parecia-lhe ridículo; fugia aos olhos estranhos, o mais que lhe era possível; em casa, olhava com fastio para o animal; dava-se ao diabo, arrenegava da vida. Não tivesse a esperança de um legado, pequeno que fosse. Era impossível que lhe não deixasse uma lembrança.

X

Sete semanas depois, chegou a Barbacena esta carta, datada do Rio de Janeiro, toda do punho do Quincas Borba:

Meu caro senhor e amigo,

Você há de ter estranhado o meu silêncio. Não lhe tenho escrito por certos motivos particulares, etc. Voltarei breve; mas quero comunicar-lhe desde já um negócio reservado, reservadíssimo.

Quem sou eu, Rubião? Sou Santo Agostinho. Sei que há de sorrir, porque você é um ignaro, Rubião; a nossa intimidade permitia-me dizer palavra mais crua, mas faço-lhe esta concessão, que é a última. Ignaro!

Ouça, ignaro. Sou Santo Agostinho[9]*; descobri isto anteontem; ouça e cale-se. Tudo coincide nas nossas vidas. O santo e eu passamos uma parte do tempo nos deleites e na heresia, porque eu considero heresia tudo o que não é a minha doutrina de Humanitas; ambos furtamos, ele, em pequeno, umas peras de Cartago, eu, já rapaz, um relógio do meu amigo Brás Cubas. Nossas mães eram religiosas e castas. Enfim, ele pensava, como eu, que tudo que existe é bom, e assim o demonstra no capítulo XVI, livro VII das* Confissões, *com a diferença que, para*

9. Agostinho Aurélio (354–430) foi tido por católicos e protestantes como fundador da teologia. O roubo das peras, que ele julga pecado grave, se encontra no capítulo IV, livro II das *Confissões*.

ele, o mal é um desvio da vontade, ilusão própria de um século atrasado, concessão ao erro, pois que o mal nem mesmo existe, e só a primeira afirmação é verdadeira; todas as coisas são boas, omnia bona[10], *e adeus.*

Adeus, ignaro. Não contes a ninguém o que te acabo de confiar, se não queres perder as orelhas. Cala-te, guarda, e agradece a boa fortuna de ter por amigo um grande homem, como eu, embora não me compreendas. Hás de compreender-me. Logo que tornar a Barbacena, dar-te-ei em termos explicados, simples, adequados ao entendimento de um asno, a verdadeira noção do grande homem. Adeus; lembranças ao meu pobre Quincas Borba. Não esqueças de lhe dar leite; leite e banhos; adeus, adeus... teu do coração

Joaquim Borba dos Santos.

Rubião mal sustinha o papel nos dedos. Passados alguns segundos, advertiu que podia ser um gracejo do amigo, e releu a carta; mas a segunda leitura confirmou a primeira impressão. Não havia dúvida; estava doido. Pobre Quincas Borba! Assim, as esquisitices, a frequente alteração de humor, os ímpetos sem motivo, as ternuras sem proporção, não eram mais que prenúncios da ruína total do cérebro. Morria antes de morrer. Tão bom! Tão alegre! Tinha impertinências, é verdade; mas a doença explicava-as. Rubião enxugou os olhos, úmidos de comoção. Depois, veio a lembrança do possível legado, e ainda mais o afligiu, por lhe mostrar que bom amigo ia perder.

Quis ainda uma vez ler a carta, agora devagar, analisando as palavras, desconjuntando-as, para ver bem o sentido e descobrir se realmente era uma troça de filósofo. Aquele modo de o descompor brincando era conhecido; mas o resto confirmava a suspeita do desastre. Já quase no fim, parou enfiado. Dar-se-ia

10. "Tudo é bom", em latim.

que, provada a alienação mental do testador, nulo ficaria o testamento, e perdidas as deixas? Rubião teve uma vertigem. Estava ainda com a carta aberta nas mãos, quando viu aparecer o doutor, que vinha por notícias do enfermo; o agente do correio dissera-lhe haver chegado uma carta. Era aquela?

— É esta, mas...

— Tem alguma comunicação reservada...?

— Justamente, traz uma comunicação reservada, reservadíssima; negócios pessoais. Dá licença?

Dizendo isto, Rubião meteu a carta no bolso; o médico saiu; ele respirou. Escapara ao perigo de publicar tão grave documento, por onde se podia provar o estado mental de Quincas Borba. Minutos depois, arrependeu-se, devia ter entregado a carta, sentiu remorsos, pensou em mandá-la à casa do médico. Chamou por um escravo; quando este acudiu, já ele mudara outra vez de ideia; considerou que era imprudência; o doente viria em breve — dali a dias —, perguntaria pela carta, argui-lo-ia de indiscreto, de delator... Remorsos fáceis, de pouca dura.

— Não quero nada — disse ao escravo. E outra vez pensou no legado. Calculou o algarismo. Menos de dez contos, não. Compraria um pedaço de terra, uma casa, cultivaria isto ou aquilo, ou lavraria ouro. O pior é se era menos, cinco contos... Cinco? Era pouco; mas, enfim, talvez não passasse disso. Cinco que fossem, era um arranjo menor, e antes menor que nada. Cinco contos... Pior seria se o testamento ficasse nulo. Vá, cinco contos!

XI

NO COMEÇO DA SEMANA SEGUINTE, RECEBENDO OS JORNAIS DA Corte (ainda assinaturas do Quincas Borba), leu Rubião esta notícia em um deles:

Faleceu ontem o senhor Joaquim Borba dos Santos, tendo suportado a moléstia com singular filosofia. Era homem de muito saber, e cansava-se em batalhar contra esse pessimismo amarelo e enfezado que ainda nos há de chegar aqui um dia; é a moléstia do século. A última palavra dele foi que a dor era uma ilusão, e que Pangloss não era tão tolo como o inculcou Voltaire[11]*... Já então delirava. Deixa muitos bens. O testamento está em Barbacena.*

11. Pangloss é um personagem do romance *Cândido*, de Voltaire (1694–1778). Ele é um filósofo otimista e tutor do protagonista, Cândido. Pangloss acredita firmemente na filosofia de que "tudo está para o melhor no melhor dos mundos possíveis", uma ideia que, ao longo da obra, é ironicamente desafiada pelos eventos trágicos e absurdos que ele e seus companheiros enfrentam.

XII

— Acabou de sofrer! — suspirou Rubião.

Em seguida, atentando na notícia, viu que falava de um homem que tinha apreço, consideração, a quem se atribuía uma peleja filosófica. Nenhuma alusão à demência. Ao contrário, o final dizia que ele delirara a última hora, efeito da moléstia. Ainda bem! Rubião leu novamente a carta, e a hipótese da troça pareceu outra vez mais verossímil. Concordou que ele tinha graça; com certeza, quis debicá-lo; foi a Santo Agostinho, como iria a Santo Ambrósio[12] ou a Santo Hilário[13], e escreveu uma carta enigmática para confundi-o, até voltar e rir-se do logro. Pobre amigo! Estava são — são e morto. Sim, já não padecia nada. Vendo o cachorro, suspirou:

— Coitado do Quincas Borba! Se pudesse saber que o senhor morreu...

Depois, consigo:

— Agora que já acabou a obrigação, vou dá-lo à comadre Angélica.

12. Santo Ambrósio (c. 340–397) foi um bispo de Milão, teólogo e um dos quatro grandes doutores da Igreja Latina. Ele desempenhou um papel crucial na consolidação do cristianismo no Império Romano e foi um defensor da autoridade da Igreja em relação ao Estado.

13. Hilário de Poitiers (c. 315–367) foi um bispo e teólogo cristão, considerado um dos Doutores da Igreja. Destacou-se na defesa da ortodoxia contra o arianismo, heresia que negava a divindade plena de Cristo. Escreveu diversas obras teológicas, sendo uma das mais conhecidas *De Trinitate*, na qual argumenta sobre a natureza da Santíssima Trindade.

XIII

A NOTÍCIA CORRERA A CIDADE, O VIGÁRIO, O FARMACÊUTICO DA casa, o médico, todos mandaram saber se era verdadeira. O agente do correio, que a lera nas folhas, trouxe em mão própria ao Rubião uma carta que viera na mala para ele; podia ser do finado, conquanto a letra do subscrito fosse outra.

— Então afinal o homem espichou a canela? — disse ele enquanto Rubião abria a carta, corria à assinatura e lia: *Brás Cubas*. Era um simples bilhete:

> *O meu pobre amigo Quincas Borba faleceu ontem em minha casa, onde apareceu há tempos esfrangalhado e sórdido: frutos da doença. Antes de morrer pediu-me que lhe escrevesse, que lhe desse particularmente esta notícia, e muitos agradecimentos; que o resto se faria, segundo as praxes do foro.*

Os agradecimentos fizeram empalidecer o professor; mas as praxes do foro restituíram-lhe o sangue. Rubião fechou a carta sem dizer nada; o agente falou de uma coisa e outra, depois saiu. Rubião ordenou a um escravo que levasse o cachorro de presente a comadre Angélica, dizendo-lhe que, como gostava de bichos, lá ia mais um; que o tratasse bem, porque ele estava acostumado a isso; finalmente que o nome do cachorro era o mesmo que o do dono, agora morto, Quincas Borba.

XIV

Quando o testamento foi aberto, Rubião quase caiu para trás. Adivinhais por quê. Era nomeado herdeiro universal do testador. Não cinco, nem dez, nem vinte contos, mas tudo, o capital inteiro, especificados os bens, casas na Corte, uma em Barbacena, escravos, apólices, ações do Banco do Brasil e de outras instituições, joias, dinheiro amoedado, livros — tudo finalmente passava às mãos do Rubião, sem desvios, sem deixas a nenhuma pessoa, nem esmolas, nem dívidas. Uma só condição havia no testamento, a de guardar o herdeiro consigo o seu pobre cachorro Quincas Borba, nome que lhe deu por motivo da grande afeição que lhe tinha. Exigia do dito Rubião que o tratasse como se fosse a ele próprio testador, nada poupando em seu benefício, resguardando-o de moléstias, de fugas, de roubo ou de morte que lhe quisessem dar por maldade; cuidar finalmente como se cão não fosse, mas pessoa humana. Item, impunha-lhe a condição, quando morresse o cachorro, de lhe dar sepultura decente em terreno próprio, que cobriria de flores e plantas cheirosas; e mais desenterraria os ossos do dito cachorro, quando fosse tempo idôneo, e os recolheria a uma urna de madeira preciosa para depositá-los no lugar mais honrado da casa.

XV

Tal era a cláusula. Rubião achou-a natural, posto que só tivesse pensamento para cuidar na herança. Espreitara uma deixa, e sai-lhe do testamento a massa toda dos bens. Não podia acabar de crer; foi preciso que lhe apertassem muito as mãos, com força — a força dos parabéns — para não supor que era mentira.

— Sim, senhor, lavre um tento — dizia-lhe o dono da farmácia que ministrara os remédios ao Quincas Borba.

Herdeiro já era muito; mas universal... Esta palavra inchava as bochechas à herança. Herdeiro de tudo, nem uma colherinha menos. "E quanto seria tudo?", ia ele pensando. Casas, apólices, ações, escravos, roupa, louça, alguns quadros que ele teria na Corte, porque era homem de muito gosto, falava de coisas de arte com grande saber. E livros? devia ter muitos livros, citava muitos deles. Mas em quanto andaria tudo? Cem contos? Talvez duzentos. Era possível; trezentos mesmo não havia que admirar. Trezentos contos! trezentos! E o Rubião tinha ímpetos de dançar na rua. Depois aquietava-se; duzentos que fossem, ou cem, era um sonho que Deus Nosso Senhor lhe dava, mas um sonho comprido, para não acabar mais.

Aqui a ideia do cachorro pôde tomar pé no torvelinho de ideias que iam pela cabeça do nosso homem. Rubião achava que a cláusula era natural, mas desnecessária, porque ele e o cão eram dois amigos, e nada mais certo que ficarem juntos, para lembrar o terceiro amigo, o extinto, o autor da felicidade de ambos. Havia, sem dúvida, umas particularidades na cláusula, uma história de urna, e não sabia que mais; mas tudo se havia de cumprir, ainda que o céu viesse abaixo... Não, com a ajuda de Deus, emendava ele. Bom cachorro! excelente cachorro!

Rubião não esquecia que muitas vezes tentara enriquecer com empresas que morreram em flor. Supôs-se naquele tempo um desgraçado, um caipora, quando a verdade era que "mais vale quem Deus ajuda do que quem cedo madruga". Tanto não era impossível enriquecer, que estava rico.

— Impossível, o quê? — exclamou em voz alta. — Impossível é a Deus pecar. Deus não falta a quem promete.

Ia assim, descendo e subindo as ruas da cidade, sem guiar para casa, sem plano, com o sangue aos pulos e as ideias baralhadas. De repente, surgiu-lhe este grave problema: se iria viver no Rio de Janeiro, ou se ficaria em Barbacena. Sentia cócegas de ficar, de brilhar onde escurecia, de quebrar a castanha na boca aos que antes faziam pouco caso dele, e principalmente aos que se riram da amizade do Quincas Borba. Mas, logo depois, vinha a imagem do Rio de Janeiro, que ele conhecia, com os seus feitiços, movimento, teatros em toda parte, moças bonitas, "vestidas à francesa[14]". Resolveu que era melhor, podia subir muitas e muitas vezes à cidade natal.

14. Em 1889, a expressão "vestidas à francesa" fazia referência ao refinamento e à elegância característicos da moda francesa, que continuava a ser a vanguarda da moda na época. A França, especialmente Paris, já era vista como a capital da moda, e isso se refletia nas roupas mais sofisticadas usadas pelas mulheres da alta sociedade.

XVI

— Quincas Borba! Quincas Borba! eh! Quincas Borba! — bradou entrando em casa.

Nada de cachorro. Só então é que ele se lembrou de havê-lo mandado dar à comadre Angélica. Correu à casa da comadre, que era distante. De caminho acudiram-lhe todas as ideias feias, algumas extraordinárias. Uma ideia feia é que o cão tivesse fugido. Outra extraordinária é que algum inimigo, sabedor da cláusula e do presente, fosse ter com a comadre, roubasse o cachorro, e o escondesse ou matasse. Neste caso, a herança... Passou-lhe uma nuvem pelos olhos; depois começou a ver mais claro.

"Não conheço negócios de justiça", pensava ele, "mas parece que não tenho nada com isso. A cláusula supõe o cão vivo ou em casa; mas se ele fugir ou morrer, não se há de inventar um cão; logo, a intenção principal... Mas são capazes de fazer tramoias os meus inimigos. Não cumprida a cláusula..."

Aqui a testa e as costas das mãos do nosso amigo ficaram em água. Outra nuvem pelos olhos. E o coração batia-lhe rápido, rápido. A cláusula começava a parecer-lhe extravagante. Rubião pegava-se com os santos, prometia missas, dez missas... Mas lá estava a casa da comadre. Rubião picou o passo; viu alguém; era ela? era, era ela, encostada à porta e rindo.

— Que figura que o senhor vem fazendo, meu compadre? Meio tonto, jogando com os braços.

XVII

— Sinhá comadre, o cachorro? — perguntou Rubião com indiferença, mas pálido.

— Entre e abanque-se — respondeu ela. — Que cachorro?

— Que cachorro? — tornou Rubião cada vez mais pálido.
— O que lhe mandei. Pois não se lembra que lhe mandei um cachorro para ficar aqui alguns dias, descansando, a ver se... em suma, um animal de muita estimação. Não é meu. Veio para... Mas não se lembra?

— Ah! não me fale nesse bicho! — respondeu ela precipitando as palavras.

Era pequena, tremia por qualquer coisa, e quando se apaixonava, engrossavam-lhe as veias do pescoço. Repetiu que lhe não falasse do bicho.

— Mas que lhe fez ele, sinhá comadre?

— Que me fez? Que é que me faria o pobre animal? Não come nada, não bebe, chora que parece gente, e anda só com o olho para fora, a ver se foge.

Rubião respirou. Ela continuou a dizer os aborrecimentos do cachorro; ele ansioso, queria vê-lo.

— Está lá no fundo, no cercado grande; está sozinho para que os outros não bulam com ele. Mas o compadre vem buscá-lo? Não foi isso o que disseram. Pareceu-me ouvir que era para mim, que era dado.

— Daria cinco ou seis, se pudesse — respondeu Rubião. Este não posso; sou apenas depositário. Mas deixe estar, prometo-lhe um filho. Creia que o recado veio torto.

Rubião ia andando; a comadre, em vez de o guiar, acompanhava-o. Lá estava o cão, dentro do cercado, deitado à distância de um alguidar de comida. Cães, gatos, saltavam de todos os lados, cá fora; a um lado havia um galinheiro, mais longe porcos; mais longe ainda, uma vaca deitada, sonolenta, com duas galinhas ao pé, que lhe picavam a barriga, arrancando carrapato.

— Olhe o meu pavão! — dizia a comadre.

Mas Rubião tinha os olhos no Quincas Borba, que farejava impaciente, e que se atirou para ele, logo que um moleque abriu a porta do cercado. Foi uma cena de delírio; o cachorro pagava as carícias do Rubião, latindo, pulando, beijando-lhe as mãos.

— Meu Deus! que amizade!

— Não imagina, sinhá comadre. Adeus, prometo-lhe um filho.

XVIII

RUBIÃO E O CACHORRO, ENTRANDO EM CASA, SENTIRAM, OUVIRAM a pessoa e as vozes do finado amigo. Enquanto o cachorro farejava por toda parte, Rubião foi sentar-se na cadeira onde estivera quando Quincas Borba referiu a morte da avó com explicações cientificas. A memória dele recompôs, ainda que de embrulho e decomposta, os argumentos do filósofo. Pela primeira vez, atentou bem na alegoria das tribos famintas e compreendeu a conclusão: "*Ao vencedor, as batatas*!" Ouviu distintamente a voz roufenha do finado expor a situação das tribos, a luta e a razão da luta, o extermínio de uma e a vitória da outra, e murmurou baixinho:

— Ao vencedor, as batatas!

Tão simples! tão claro! Olhou para as calças de brim surrado e o rodaque cerzido, e notou que até há pouco, fora, por assim dizer, um exterminado, uma bolha extinta; mas que ora não, era um vencedor. Não havia dúvida: as batatas fizeram-se para a tribo que elimina a outra, a fim de transpor a montanha e ir às batatas do outro lado. Justamente o seu caso. Ia descer de Barbacena para arrancar e comer as batatas da capital. Cumpria-lhe ser duro e implacável, era poderoso e forte. E levantando-se de golpe, alvoroçado, ergueu os braços exclamando:

— Ao vencedor, as batatas!

Gostava da fórmula, achava-a engenhosa, compendiosa e eloquente, além de verdadeira e profunda. Ideou as batatas em suas várias formas, classificou-as pelo sabor, pelo aspecto, pelo poder nutritivo, fartou-se antemão do banquete da vida. Era tempo de acabar com as raízes pobres e secas que apenas enganavam o estômago, triste comida de longos anos; agora o farto, o sólido, o perpétuo, comer até morrer, e morrer em colchas de seda, que é melhor que trapos. E voltava à afirmação de ser duro e implacável, e à fórmula da alegoria. Chegou a compor de cabeça um sinete para seu uso, com este lema:

AO VENCEDOR, AS BATATAS!

Esqueceu o projeto do sinete; mas a fórmula viveu no espírito de Rubião por alguns dias: *Ao vencedor, as batatas!* Não a compreenderia antes do testamento; ao contrário, vimos que a achou obscura e sem explicação. Tão certo é que a paisagem depende do ponto de vista, e que o melhor modo de apreciar o chicote é ter-lhe o cabo na mão.

XIX

Não esqueça dizer que Rubião tomou a si mandar dizer uma missa pela alma do finado, embora soubesse ou pressentisse que ele não era católico. Quincas Borba não dizia pulhices a respeito de padres, nem desconceituava doutrinas católicas; mas, não falava nem da igreja nem dos seus servos. Por outro lado, a veneração de Humanitas fazia desconfiar ao herdeiro que essa era a religião do testador. Não obstante, mandou dizer a missa considerando que não era ato da vontade do morto, mas prece de vivos; considerou mais que seria um escândalo na cidade, se ele, nomeado herdeiro pelo defunto, deixasse de dar ao seu protetor os sufrágios que não se negam aos mais miseráveis e avaros deste mundo.

Se algumas pessoas deixaram de comparecer para não assistir à glória do Rubião, muitas outras foram — e não da ralé —, as quais viram a compunção verdadeira do antigo mestre de meninos. Teve lágrimas; o vigário, quando ele lhe foi falar à sacristia, viu-lhe ainda os olhos vermelhos. Não seriam saudades; mas a gratidão também chora.

XX

Regulados os preliminares para a liquidação da herança, Rubião tratou de vir ao Rio de Janeiro, onde se fixaria logo que tudo estivesse acabado. Havia que fazer em ambas as cidades; mas, as coisas prometiam correr depressa.

XXI

Na estação de Vassouras, entraram no trem Sofia e o marido, Cristiano de Almeida e Palha. Este era um rapagão de trinta e dois anos; ela ia entre vinte e sete e vinte e oito. Vieram sentar-se nos dois bancos fronteiros ao de Rubião, acomodaram as cestinhas e os embrulhos de lembranças que traziam de Vassouras, onde tinham ido passar uma semana; abotoaram o guarda-pó, trocaram algumas palavras, em voz baixa.

Depois que o trem continuou a andar, foi que o Palha reparou na pessoa de Rubião, cujo rosto, entre tanta gente carrancuda ou aborrecida, era o único plácido e satisfeito. Cristiano foi o primeiro que travou conversa, dizendo-lhe que as viagens de estrada de ferro cansavam muito, ao que Rubião respondeu que sim; para quem estava acostumado à costa de burro, acrescentou, a estrada de ferro cansava e não tinha graça; não se podia negar, porém, que era um progresso.

— Decerto — concordou o Palha. — Progresso e grande.

— O senhor é lavrador?

— Não, senhor.

— Mora na cidade?

— De Vassouras? Não; viemos aqui passar uma semana. Moro mesmo na Corte. Não teria jeito para lavrador, conquanto ache que é uma posição boa e honrada.

Da lavoura passaram ao gado, à escravatura e à política. Cristiano Palha maldisse o governo, que introduzira na fala do trono uma palavra relativa à propriedade servil; mas, com grande espanto seu, Rubião não acudiu à indignação. Era plano deste vender os escravos que o testador lhe deixara, exceto um pajem; se alguma coisa perdesse, o resto da herança cobriria o desfalque. Demais, a fala do trono, que ele também lera, mandava respeitar a propriedade atual. Que lhe importavam escravos futuros, se os não compraria? O pajem ia ser forro, logo que ele entrasse na posse dos bens. Palha desconversou, e passou à política, às câmaras, à Guerra do Paraguai, tudo assuntos gerais, ao que Rubião atendia, mais ou menos. Sofia escutava apenas; movia tão somente os olhos, que sabia bonitos, fitando-os ora no marido, ora no interlocutor.

— Vai ficar na Corte ou volta para Barbacena? — perguntou o Palha no fim de vinte minutos de conversação.

— Meu desejo é ficar, e fico mesmo. — Acudiu Rubião. — Estou cansado da província; quero gozar a vida. Pode ser até que vá à Europa, mas não sei ainda.

Os olhos do Palha brilharam instantaneamente.

— Faz muito bem; eu faria o mesmo, se pudesse. Por agora, não posso. Provavelmente, já lá foi?

— Nunca fui. É por isso que tive cá umas ideias, ao sair de Barbacena; ora adeus! é preciso a gente tirar a morrinha do corpo. Não sei ainda quando será; mas hei de...

— Tem razão. Dizem que há lá muita coisa esplêndida; não admira, são mais velhos que nós; mas lá chegaremos; e há coisas em que estamos a par deles, e até acima. A nossa Corte, não digo que possa competir com Paris ou Londres, mas é bonita, verá...

— Já vi.

— Já?

— Há muitos anos.

— Há de achá-la melhor; tem feito progressos rápidos. Depois, quando for à Europa...

— A senhora já foi à Europa? — interrompeu Rubião, dirigindo-se a Sofia.

— Não, senhor.

— Esqueceu-me apresentar-lhe minha mulher — acudiu Cristiano. Rubião inclinou-se respeitosamente; e, voltando-se para o marido, disse-lhe sorrindo:

— Mas não me apresenta a mim?

Palha sorriu também; entendeu que nenhum deles sabia o nome um do outro, e deu-se pressa em dizer o seu.

— Cristiano de Almeida e Palha.

— Pedro Rubião de Alvarenga; mas Rubião é como todos me chamam.

A troca dos nomes pô-los ainda mais a gosto. Sofia não interveio, porém, na conversa; afrouxou a rédea aos olhos, que se deixaram ir ao sabor de si mesmos. Rubião falava, risonho, e ouvia atento as palavras do Palha, agradecido da amizade com que o tratava um moço que ele nunca tinha visto. Chegou a dizer-lhe que bem podiam ir juntos à Europa.

— Oh! eu não poderei ir nestes primeiros anos — respondeu o Palha.

— Também não digo já; eu não irei tão cedo. O desejo que me deu, quando saí de Barbacena, foi simples desejo, sem prazo; irei, não há dúvida, mas lá para diante, quando Deus quiser.

Palha acudiu, rápido:

— Ah! eu, quando digo que só daqui a anos, acrescento também que a vontade de Deus pode ordenar o contrário. Quem sabe se daqui a meses? A Divina Providência é que manda o melhor.

O gesto que acompanhou estas palavras era convicto e pio; mas, nem Sofia o viu (olhava para os pés), nem o próprio Rubião escutou as últimas palavras. O nosso amigo estava morto por dizer a causa que o trazia à capital. Tinha a boca cheia da confidência, prestes a entorná-la no ouvido do companheiro de viagem — e só por um resto de escrúpulo, já frouxo, é que ainda a retinha. E por que retê-la, se não era crime, e ia ser caso público?

— Tenho de cuidar primeiro de um inventário — murmurou finalmente.

— O senhor seu pai?

— Não; um amigo. Um grande amigo que se lembrou de fazer-me seu herdeiro universal.

— Ah!

— Universal. Creia que há amigos neste mundo; como aquele, poucos. Aquilo era ouro. E que cabeça! que inteligência! que instrução! Viveu doente os últimos tempos, donde lhe veio alguma impertinência, alguns caprichos. Sabe, não? rico e doente, sem família, tinha naturalmente exigências... Mas ouro puro, ouro de lei. Aquilo quando estimava, estimava de uma vez. Éramos amigos, e não me disse nada. Vai um dia, quando morreu, abriu-se o testamento, e achei-me com tudo. É verdade. Herdeiro universal! Olhe que não há uma deixa no testamento para outra pessoa. Também não tinha parentes. O único parente que teria, seria eu, se ele chegasse a casar com uma irmã minha, que morreu, coitada! Fiquei só amigo; mas, ele soube ser amigo, não acha?

— Seguramente — afirmou o Palha.

Já os olhos deste não brilhavam, refletiam profundamente. Rubião metera-se por um mato cerrado, onde lhe cantavam todos os passarinhos da fortuna; regalava-se em falar da herança; confessou que não sabia ainda a soma total, mas podia calcular por longe...

— O melhor é não calcular nada — atalhou Cristiano. — Nunca será menos de cem contos?

— Upa!

— Pois daí para cima, é esperar calado. E, outra coisa...

— Creio que não menos de trezentos...

— Outra coisa. Não repita o seu caso a pessoas estranhas. Agradeço-lhe a confiança que lhe mereci, mas não se exponha ao primeiro encontro. Discrição e caras serviçais nem sempre andam juntas.

XXII

Chegados à estação da Corte, despediram-se quase familiarmente. Palha ofereceu a sua casa em Santa Teresa; o ex-professor ia para a Hospedaria União, e prometeram visitar-se.

XXIII

No dia seguinte, estava Rubião ansioso por ter ao pé de si o recente amigo da estrada de ferro, e determinou ir a Santa Teresa à tarde; mas foi o próprio Palha que o procurou logo de manhã. Ia cumprimentá-lo, ver se estava bem ali, ou se preferia a casa dele, que ficava no alto. Rubião não aceitou a casa, mas aceitou o advogado, um contraparente do Palha, que este lhe indicou como um dos primeiros, apesar de muito moço.

— É aproveitá-lo, enquanto ele não exige que lhe paguem a fama.

Rubião fê-lo almoçar, e acompanhou-o ao escritório do advogado, apesar dos protestos do cão, que queria ir também. Tudo se ajustou.

— Vá jantar logo comigo em Santa Teresa — disse o Palha ao despedir-se. — Não tem que hesitar, lá o espero — concluiu retirando-se.

XXIV

Rubião tinha vexame por causa de Sofia; não sabia haver-se com senhoras. Felizmente, lembrou-se da promessa que a si mesmo fizera de ser forte e implacável. Foi jantar. Abençoada resolução! Onde acharia iguais horas? Sofia era, em casa, muito melhor que no trem de ferro. Lá vestia a capa, embora tivesse os olhos descobertos; cá trazia à vista os olhos e o corpo, elegantemente apertado em um vestido de cambraia, mostrando as mãos, que eram bonitas, e um princípio de braço. Demais, aqui era a dona da casa, falava mais, desfazia-se em obséquios; Rubião desceu meio tonto.

XXV

Jantou lá muitas vezes. Era tímido e acanhado. A frequência atenuou a impressão dos primeiros dias. Mas trazia sempre guardado, e mal guardado, certo fogo particular que ele não podia extinguir. Enquanto durou o inventário, e principalmente a denúncia dada por alguém contra o testamento, alegando que o Quincas Borba, por manifesta demência, não podia testar, o nosso Rubião distraiu-se; mas a denúncia foi destruída, e o inventário caminhou rapidamente para a conclusão. Palha festejou o acontecimento com um jantar em que tomaram parte, além dos três, o advogado, o procurador e o escrivão. Sofia tinha, nesse dia, os mais belos olhos do mundo.

XXVI

"Parece que ela os compra em alguma fábrica misteriosa", pensou Rubião, descendo o morro. "Nunca os vi como hoje."

Seguiu-se a mudança para a casa de Botafogo, uma das herdadas; foi preciso alfaiá-la, e ainda aqui o amigo Palha prestou grandes serviços a Rubião, guiando-o com o gosto, com a notícia, acompanhando-o às lojas e leilões. Às vezes, como já sabemos, iam os três, porque há coisas — dizia graciosamente Sofia — que só uma senhora escolhe bem. Rubião aceitava, agradecido, e demorava o mais que podia as compras, consultando sem propósito, inventando necessidades, tudo para ter mais tempo a moça ao pé de si. Esta deixava-se estar, falando, explicando, demonstrando.

XXVII

Tudo isso passava agora pela cabeça do Rubião, depois do café, no mesmo lugar em que o deixamos sentado, a olhar para longe, muito longe. Continuava a bater com as borlas do chambre. Afinal, lembrou-se de ir ver o Quincas Borba, e soltá-lo. Era a sua obrigação de todos os dias. Levantou-se e foi ao jardim, ao fundo.

XXVIII

"Mas que pecado é este que me persegue?", pensava ele andando. "Ela é casada, dá-se bem com o marido, o marido é meu amigo, tem-me confiança como ninguém... Que tentações são estas?"

Parava, e as tentações paravam também. Ele, um Santo Antão[15] leigo, diferenciava-se do anacoreta em amar as sugestões do diabo, uma vez que teimassem muito. Daí a alternação dos monólogos:

— É tão bonita! e parece querer-me tanto! Se aquilo não é gostar, não sei o que seja gostar. Aperta-me a mão com tanto agrado, com tanto calor... Não posso afastar-me; ainda que eles me deixem, eu é que não resisto.

Quincas Borba sentiu-lhe os passos e começou a latir. Rubião deu-se pressa em soltá-lo; era soltar-se a si mesmo por alguns instantes daquela perseguição.

— Quincas Borba! — exclamou abrindo-lhe a porta.

O cão atirou-se fora. Que alegria! que entusiasmo! que saltos em volta do amo! Chega a lamber-lhe a mão de contente, mas Rubião dá-lhe um tabefe, que lhe dói; ele recua um pouco, triste, com a cauda entre as pernas; depois o senhor dá um estalinho com os dedos, e ei-lo que volta novamente com a mesma alegria.

15. Foi um célebre penitente egípcio que viveu entre 251 e 356 e se isolou no deserto, onde teria resistido a diversas tentações.

— Sossega! sossega!

Quincas Borba vai atrás dele pelo jardim fora, contorna a casa, ora andando, ora aos saltos. Saboreia a liberdade, mas não perde o amo de vista. Aqui fareja, ali para a coçar uma orelha, acolá cata uma pulga na barriga, mas, de um salto, galga o espaço e o tempo perdido, e cose-se outra vez com os calcanhares do senhor. Parece-lhe que Rubião não pensa em outra coisa, que anda agora de um lado para outro unicamente para fazê-lo andar também, e recuperar o tempo em que esteve retido. Quando Rubião estaca, ele olha para cima, à espera; naturalmente, cuida dele; é alguma ideia, algum projeto, saírem juntos, ou coisa assim agradável. Não lhe lembra nunca a possibilidade de um pontapé ou de um tabefe. Tem o sentimento da confiança, e muito curta a memória das pancadas. Ao contrário, os afagos ficam-lhe impressos e fixos, por mais distraídos que sejam. Gosta de ser amado. Contenta-se em crer que o é.

A vida ali não é completamente boa nem completamente má. Há um moleque que o lava todos os dias em água fria, usança do diabo, à qual ele não se acostuma. Jean, o cozinheiro, gosta do cão; o criado espanhol não gosta nada. Rubião passa muitas horas fora de casa, mas não o trata mal, e consente que vá acima, que assista ao almoço e ao jantar, que o acompanhe à sala ou ao gabinete. Brinca às vezes com ele; fá-lo pular. Se chegam visitas de alguma cerimônia, manda-o levar para dentro ou para baixo, e, resistindo ele sempre, o espanhol toma-o a princípio com muita delicadeza, mas vinga-se daí a pouco, arrastando-o por uma orelha ou por uma perna, atira-o ao longe, e fecha-lhes todas as comunicações com a casa:

— *Perro del infierno!*[16]

Machucado, separado do amigo, Quincas Borba vai então deitar-se a um canto, e fica ali muito tempo, calado; agita-se

16. "Cachorro dos infernos", em espanhol.

um pouco, até que acha posição definitiva, e cerra os olhos. Não dorme, recolhe as ideias, combina, relembra; a figura vaga do finado amigo passa-lhe ao longe, muito ao longe, aos pedaços; depois mistura-se à do amigo atual, e parecem ambas uma só pessoa; depois outras ideias...

Mas já são muitas ideias — são ideias demais; em todo caso, são ideias de cachorro, poeira de ideias, "menos ainda que poeira", explicará o leitor. Mas a verdade é que este olho que se abre de quando em quando para fixar o espaço, tão expressivamente, parece traduzir alguma coisa que brilha lá dentro, lá muito ao fundo de outra coisa que não sei como diga, para exprimir uma parte canina, que não é a cauda nem as orelhas. Pobre língua humana!

Afinal, adormece. Então, as imagens da vida brincam nele, em sonho, vagas, recentes, farrapo daqui, remendo dali. Quando acorda, esqueceu o mal; tem em si uma expressão, que não digo seja melancolia para não agravar o leitor. Diz-se de uma paisagem que é melancólica, mas não se diz igual coisa de um cão. A razão não pode ser outra, senão que a melancolia da paisagem está em nós mesmos, enquanto que atribuí-la ao cão é deixá-la fora de nós. Seja o que for, é alguma coisa que não a alegria de há pouco; mas venha um assobio do cozinheiro, ou um gesto do senhor, e lá vai tudo embora, os olhos brilham, o prazer arregaça-lhe o focinho, e as pernas voam que parecem asas.

XXIX

Rubião passou o resto da manhã alegremente. Era domingo; dois amigos vieram almoçar com ele, um rapaz de vinte e quatro anos, que roía as primeiras aparas dos bens da mãe, e um homem de quarenta e quatro ou quarenta e seis, que já não tinha que roer.

Carlos Maria chamava-se o primeiro, Freitas o segundo. Rubião gostava de ambos, mas diferentemente; não era só a idade que o ligava mais ao Freitas, era também a índole deste homem. Freitas elogiava tudo, saudava cada prato e cada vinho com uma frase particular, delicada, e saía de lá com as algibeiras cheias de charutos, provando assim que os preferia a quaisquer outros. Tinha-lhe sido apresentado em certo armazém da Rua Municipal, onde jantaram uma vez juntos. Contaram-lhe ali a história do homem, a sua boa e má fortuna, mas não entraram em particularidades. Rubião torceu o nariz; era naturalmente algum náufrago, cuja convivência não lhe traria nenhum prazer pessoal nem consideração pública. Mas o Freitas atenuou logo essa primeira impressão; era vivo, interessante, anedótico, alegre como um homem que tivesse cinquenta contos de renda[17]. Como

17. No contexto do Brasil do século XIX, a expressão "cinquenta contos de renda" se referia a uma quantidade significativa de dinheiro proveniente de rendimentos ou investimentos. O "conto" era uma unidade monetária usada na época, equivalente a mil réis. Portanto, "cinquenta contos de renda" representavam 50.000 réis, uma quantia considerável que indicava estabilidade financeira e um estilo de vida confortável.

Rubião falasse das bonitas rosas que possuía, ele pediu-lhe licença para ir vê-las: era doido por flores. Poucos dias depois apareceu lá, disse que ia ver as belas rosas, eram poucos minutos, não se incomodasse o Rubião, se tinha que fazer. Rubião, ao contrário, gostou de ver que o homem não se esquecera da conversação, desceu ao jardim onde ele ficara esperando, e foi mostrar-lhe as rosas. Freitas achou-as admiráveis; examinava-as com tal afinco que era preciso arrancá-lo de uma roseira para levá-lo a outra. Sabia o nome de todas, e ia apontando muitas espécies que o Rubião não tinha nem conhecia — apontando e descrevendo, assim e assim, deste tamanho (indicava o tamanho abrindo e arredondando o dedo polegar e o indicador), e depois nomeava as pessoas que possuíam bons exemplares. Mas as do Rubião eram das melhores espécies; esta, por exemplo, era rara, e aquela também, etc. O jardineiro ouvia-o com espanto. Tudo examinado, disse Rubião:

— Venha tomar alguma coisa. Que há de ser?

Freitas contentou-se com qualquer coisa. Chegando acima, achou a casa muito bem posta. Examinou os bronzes, os quadros, os móveis; olhou para o mar.

— Sim, senhor! — disse ele. — O senhor vive como um fidalgo.

Rubião sorriu; fidalgo, ainda por comparação, é palavra que se ouve bem. Veio o criado espanhol com a bandeja de prata, vários licores e cálices, e foi um bom momento para o Rubião. Ofereceu, ele mesmo, este ou aquele licor; recomendou afinal um que lhe deram como superior a tudo que, em tal ramo, poderia existir no mercado. O Freitas sorriu incrédulo.

— Talvez seja encarecimento — disse ele.

Tomou o primeiro trago, saboreou-o devagar, depois segundo, depois terceiro. No fim, pasmado, confessou que era um primor. Onde é que comprara aquilo? Rubião respondeu que um amigo, dono de um grande armazém de vinhos, o presenteara com uma garrafa; ele, porém, gostou tanto que já encomendara três dúzias. Não tardou que se estreitassem as relações. E o Freitas vai ali almoçar ou jantar muitas vezes — mais vezes ainda do que quer ou pode — porque é difícil resistir a um homem tão obsequioso, tão amigo de ver caras amigas.

XXX

RUBIÃO PERGUNTOU-LHE UMA VEZ:

— Diga-me, senhor Freitas, se me desse na cabeça ir à Europa, o senhor era capaz de acompanhar-me?

— Não.

— Por que não?

— Porque eu sou amigo livre, e bem podia ser que discordássemos logo no itinerário.

— Pois tenho pena, porque o senhor é alegre.

— Engana-se, senhor; trago esta máscara risonha, mas eu sou triste. Sou um arquiteto de ruínas. Iria primeiro às ruínas de Atenas; depois ao teatro, ver *A pobre das ruínas*[18], um drama de lágrimas; depois, aos tribunais de falências, onde os homens arruinados...

E Rubião ria-se; gostava daqueles modos expansivos e francos.

18. Drama romântico escrito por José da Silva Mendes, autor do século XIX. A obra, que data de 1853, é uma das mais representativas do gênero melodramático da época, com forte ênfase no sofrimento da personagem central, uma mulher que, desprovida de recursos e apoio, vive em circunstâncias de grande miséria e desolação.

XXXI

QUERES O AVESSO DISSO, LEITOR CURIOSO? VÊ ESTE OUTRO convidado para o almoço, Carlos Maria. Se aquele tem os modos "expansivos e francos" — no bom sentido laudatório —, claro é que ele os tem contrários. Assim, não te custará nada vê-lo entrar na sala, lento, frio e superior, ser apresentado ao Freitas, e estender-lhe a mão, olhando para outra parte. Freitas, que já o mandou cordialmente ao diabo por causa da demora (é perto do meio-dia), corteja-o agora rasgadamente, com grandes aleluias íntimas.

Também podes ver por ti mesmo que o nosso Rubião, se gosta mais do Freitas, tem o outro em maior consideração; esperou-o até agora, e esperá-lo-ia até amanhã. Carlos Maria é que não tem consideração a nenhum deles. Examinai-o bem; é um galhardo rapaz de olhos grandes e plácidos, muito senhor de si, ainda mais senhor dos outros. Olha de cima; não tem o riso jovial, mas escarninho. Agora, ao sentar-se à mesa, ao pegar no talher, ao abrir o guardanapo, em tudo se vê que ele está fazendo um insigne favor ao dono da casa — talvez dois —; o de lhe comer o almoço, e o de lhe não chamar pascácio.

E, malgrado essa disparidade de caracteres, o almoço foi alegre. Freitas devorava, com alguma pausa é certo — e, confessando a si mesmo que o almoço, se tivesse vindo à hora marcada (onze), talvez não trouxesse o mesmo sabor. Agora orçava pelos primeiros bocados que acodem à fome do náufrago. Ao cabo de uns dez minutos, pôde começar a falar; e falou como de costume, cheio de riso, multiplicando-se em gestos e olhares, desfiando um rosário de ditos agudos e anedotas picarescas. Carlos Maria ouviu a maior parte deles com seriedade, para humilhá-lo, a ponto que o Rubião, que realmente achava graça no Freitas, já não ousava rir. Para o fim do almoço, Carlos Maria afrouxou um tanto a gravata do espírito, expandiu-se, referiu algumas aventuras amorosas de outros; Freitas, para lisonjeá-lo, pediu-lhe uma ou duas dele mesmo. Carlos Maria estourou de riso.

— Que papel quer o senhor que eu faça? — disse ele.

Freitas explicou-se; não era uma apologia, eram fatos, pedia-lhe fatos; não havia inconveniente, nem ninguém era capaz de supor...

— O senhor dá-se bem com a residência aqui em Botafogo? — interrompeu Carlos Maria, dirigindo-se ao dono da casa.

Freitas, interrompido, mordeu os beiços e, pela segunda vez, mandou o moço ao diabo. Colou-se ao espaldar, teso, grave, olhando para um painel da parede. Rubião respondeu que se dava bem, que a praia era linda.

— A vista é bonita, mas nunca pude tolerar o mau cheiro que há aqui, em certas ocasiões — disse Carlos Maria. — Que lhe parece? — continuou voltando-se para o Freitas.

Freitas desencostou-se e disse tudo o que pensava, que um e outro podiam ter razão — mas insistiu em que a praia, a despeito de tudo, era magnífica; falou sem amuo, nem vexame; fez até o obséquio de chamar a atenção do Carlos Maria para um pedacinho de fruta que lhe ficara na ponta do bigode.

Chegaram ao fim; era pouco mais de uma hora. Rubião, calado, recompunha mentalmente o almoço, prato a prato, via com gosto os copos e os seus resíduos de vinho, as migalhas esparsas, o aspecto final da mesa, em vésperas de café. De quando em quando, dava um olhar à casaca do criado. Chegou a apanhar o rosto de Carlos Maria em flagrante prazer, quando tirava as primeiras fumaças de um dos charutos que ele mandara distribuir. Nisto, entrou o criado com uma cestinha coberta por um lenço de cambraia e uma carta, que acabavam de trazer.

XXXII

— Quem é que manda isto? — perguntou Rubião.

— Dona Sofia.

Rubião não conhecia a letra; era a primeira vez que ela lhe escrevia. Que podia ser? Via-se-lhe a comoção no rosto e nos dedos. Enquanto ele abria a carta, Freitas familiarmente descobria a cestinha: eram morangos. Rubião leu trêmulo estas linhas:

Mando-lhe estas frutinhas para o almoço, se chegarem a tempo; e, por ordem do Cristiano, fica intimado a vir jantar conosco, hoje, sem falta.

Sua verdadeira amiga
Sofia.

— Que frutas são? — perguntou Rubião fechando a carta.

— Morangos.

— Chegaram tarde. Morangos? — repetiu ele sem saber o que dizia.

— Não é preciso corar, meu caro amigo — disse-lhe rindo o Freitas, logo que o criado saiu. — Estas coisas acontecem a quem ama...

— A quem ama? — repetiu Rubião corando deveras. — Mas, pode ler a carta, veja...

Ia mostrá-la; recuou e meteu-a no bolso. Estava fora de si, meio confuso, meio alegre. Carlos Maria deleitou-se em dizer-lhe que ele não podia encobrir que o mimo era de alguma namorada. E não achava que repreender; o amor era lei universal: se era alguma senhora casada, louvava-lhe a discrição...

— Mas pelo amor de Deus! — interrompeu o anfitrião.

— Viúva? Estamos no mesmo caso — continuou Carlos Maria. — A discrição aqui é ainda um merecimento. O maior pecado, depois do pecado, é a publicação do pecado. Eu, se fosse legislador, propunha que se queimassem todos os homens convencidos de indiscrição nestas matérias; e haviam de ir para a fogueira, como os réus da Inquisição[19], com a diferença que, em vez de sambenito, levariam uma capa de penas de papagaio...

Freitas não podia ter-se com riso, e batia na mesa, à maneira de aplauso; Rubião, meio enfiado, acudia que não era casada nem viúva...

— Solteira então? — replicou o moço. — Um casório em breve? Vá, que é tempo. Morangos de noivado — continuou pegando alguns entre os dedos. — Cheiram a alcova de donzela e a latim de padre.

Rubião não sabia mais que dissesse; afinal, tornou atrás e explicou-se: eram da senhora de um seu amigo particular. Carlos Maria piscou o olho; Freitas interveio dizendo que, agora, sim, senhor, estava explicado; mas que, a princípio, o mistério, o arranjo da cestinha, o ar dos próprios morangos — morangos adúlteros, disse ele, rindo —, todas essas coisas davam ao negócio um aspecto imoral e pecaminoso; mas tudo ficara acabado.

19. A Inquisição foi uma instituição religiosa estabelecida pela Igreja Católica, principalmente a partir da Idade Média, com o objetivo de identificar, investigar e punir práticas consideradas heréticas, ou seja, contrárias aos ensinamentos da Igreja. Seu auge ocorreu entre os séculos XII e XVII. A Inquisição foi responsável por diversas ações severas, incluindo torturas e execuções, para forçar a conformidade com a doutrina oficial.

Tomaram em silêncio o café; depois passaram à sala. Rubião desfazia-se em obséquios, mas preocupado. Corridos alguns minutos, estava satisfeito com a primeira suposição dos dois convivas: a de um amor adúltero; achou até que se defendera com demasiado calor. Uma vez que não dissesse o nome de ninguém, podia ter confessado que era, em verdade, um negócio íntimo. Mas também podia acontecer que o próprio calor da negativa deixasse alguma dúvida no ânimo dos dois, alguma suspeita... Aqui sorriu, consolado.

Carlos Maria consultou o relógio; eram duas horas, ia-se embora. Rubião agradeceu-lhe muito e muito o obséquio e pediu-lhe que repetisse; podiam passar alguns domingos assim em boa palestra amigável.

— Apoiado! — bradou Freitas aproximando-se.

Tinha metido meia dúzia de charutos no bolso, e, ao sair, disse ao ouvido do Rubião:

— Cá vai a lembrança do costume; seis dias de delícias, uma delícia por dia.

— Leve mais.

— Não; virei buscá-los depois.

Rubião acompanhou-os até o portão de ferro. Quincas Borba, logo que ouviu vozes, correu do fundo do jardim e veio saudá-los, particularmente ao senhor; fez festas a Carlos Maria, quis lamber-lhe a mão; o rapaz afastou-se com repugnância. Rubião deu um pontapé no cachorro, que fez o animal gritar e fugir. No final, despediram-se todos.

— O senhor para onde vai? — perguntou Carlos Maria ao Freitas.

Freitas calculou que ele iria a alguma visita para os lados de São Clemente, e quis acompanhá-lo.

— Vou até o fim da praia — disse.

— Eu volto para trás — tornou o outro.

XXXIII

RUBIÃO VIU-OS IR, ENTROU, METEU-SE NA SALA, E AINDA UMA vez leu o bilhete de Sofia. Cada palavra daquela página inesperada era um mistério; a assinatura, uma capitulação. *Sofia* apenas; nenhum outro nome da família ou do casal. *Verdadeira amiga* era evidentemente uma metáfora. Quanto às primeiras palavras: *Mando-lhe estas frutinhas para o almoço,* respiravam a candidez de uma alma boa e generosa. Rubião viu, sentiu, palpou todas essas coisas pela única força do instinto e deu por si beijando o papel — digo mal, beijando o nome, o nome dado na pia de batismo, repetido pela mãe, entregue ao marido como parte da escritura moral do casamento, e agora roubado a todas essas origens e posses para lhe ser mandado a ele, no final de uma folha de papel... Sofia! Sofia! Sofia!

XXXIV

— Por que veio tão tarde? — perguntou-lhe Sofia, logo que ele apareceu à porta do jardim, em Santa Tereza.

— Depois do almoço, que acabou às duas horas, estive arranjando uns papéis. Mas não é tão tarde assim — continuou Rubião vendo o relógio. — São quatro horas e meia.

— Sempre é tarde para os amigos — replicou Sofia em ar de censura.

Rubião caiu em si, mas não teve tempo de emendar a mão. Diante dele, ao pé da casa, estavam sentadas em bancos de ferro umas quatro senhoras, caladas, olhando para ele, curiosas; eram visitas de Sofia que esperavam a vinda de um capitalista Rubião. Já tinham ouvido falar dele. Sofia foi apresentá-lo a elas. Três delas eram casadas, uma solteira, ou mais que solteira. Contava trinta e nove anos, e uns olhos pretos, cansados de esperar. Era filha de um major Siqueira, que, dali a alguns minutos, apareceu no jardim.

— O nosso Palha já me tinha falado em Vossa Excelência — disse o major depois de apresentado ao Rubião. — Juro que é seu amigo às direitas. Contou-me o acaso que os ligou. Geralmente, as melhores amizades são essas. Eu, em trinta e tantos, pouco antes da maioridade, tive um amigo, o melhor dos meus amigos daquele tempo, que conheci assim por um acaso, na botica do Bernardos, por alcunha o *João das panturrilhas*... Creio que usou delas, em rapaz, entre 1801 e 1812. O certo é que a alcunha ficou. A botica era na Rua de São José, ao desembocar na da Misericórdia... *João das panturrilhas*... Sabe que era um modo de engrossar a perna... Bernardes era o nome dele, João Alves Bernardes... Tinha a botica na Rua de São José. Conversava-se ali muito, à tarde e à noite. Ia a gente com o seu capote e bengalão; alguns levavam lanterna. Eu não; levava só o meu capote... Ia-se de capote; o Bernardes — João Alves Bernardes era o nome todo dele — era filho de Maricá, mas criou-se aqui no Rio de Janeiro... *João das panturrilhas* era a alcunha; diziam que ele andara de panturrilhas, em rapaz, e parece que foi um dos petimetres da cidade. Nunca me esqueci: *João das panturrilhas*... Ia-se de capote...

A alma do Rubião bracejava debaixo deste aguaceiro de palavras; mas estava num beco sem saída por um lado nem por outro. Tudo muralhas. Nenhuma porta aberta, nenhum corredor, e a chuva a cair. Se pudesse olhar para as moças, veria, ao menos, que era objeto de curiosidade de todas, principalmente da filha do major, Dona Tonica; mas não podia; escutava, e o major chovia a cântaros. Foi o Palha que lhe trouxe um guarda-chuva. Sofia tinha ido dizer ao marido que o Rubião acabara de chegar; daí a nada estava o Palha no jardim, e saudava o amigo, dizendo-lhe que viera tarde. O major, que explicava ainda uma vez a alcunha do boticário, abandonou a presa e foi ter com as moças; depois saiu à rua.

XXXV

As senhoras casadas eram bonitas; a mesma solteira não devia ter sido feia aos vinte e cinco anos; mas Sofia primava entre todas elas.

Não seria tudo o que o nosso amigo sentia, mas era muito. Era daquela casta de mulheres que o tempo, como um escultor vagaroso, não acaba logo, e vai polindo ao passar dos longos dias... Essas esculturas lentas são miraculosas; Sofia rastejava os vinte e oito anos; estava mais bela que aos vinte e sete; era de supor que só aos trinta desse o escultor os últimos retoques, se não quisesse prolongar ainda o trabalho, por dois ou três anos.

Os olhos, por exemplo, não são os mesmos da estrada de ferro, quando o nosso Rubião falava com o Palha, e eles iam sublinhando a conversação... Agora, parecem mais negros, e já não sublinham nada; compõem logo as coisas, por si mesmos, em letra vistosa e gorda, e não é uma linha nem duas, são capítulos inteiros. A boca parece mais fresca. Ombros, mãos, braços, são melhores, e ela ainda os faz ótimos por meio de atitudes e gestos escolhidos. Uma feição que a dona nunca pôde suportar — coisa que o próprio Rubião achou, a princípio, que destoava do resto da cara —, o excesso de sobrancelhas, isso mesmo, sem ter diminuído, como que lhe dá ao todo um aspecto muito particular.

Traja bem; comprime a cintura e os seios no corpinho de lã fina cor de castanha, obra simples, e traz nas orelhas duas pérolas verdadeiras — mimo que o nosso Rubião lhe deu pela Páscoa.

A bela dama é filha de um velho funcionário público. Casou aos vinte anos com este Cristiano de Almeida e Palha, zangão da praça[20], que então contava vinte e cinco. O marido ganhava dinheiro, era jeitoso, ativo, e tinha o faro dos negócios e das situações. Em 1864, apesar de recente no ofício, adivinhou — não se pode empregar outro termo —, adivinhou as falências bancárias.

— Nós temos coisa, mais dia, menos dia; isto anda por arames. O menor brado de alarme leva tudo.

O pior é que ele despendia todo o ganho e mais. Era dado à boa-chira[21]; reuniões frequentes, vestidos caros e joias para a mulher, adornos de casa — sobretudo se eram de invenção ou adoção recente — levavam-lhe os lucros presentes e futuros. Salvo em comidas, era escasso consigo mesmo. Ia muita vez ao teatro sem gostar dele, e a bailes, em que se divertia um pouco, mas ia menos por si que para aparecer com os olhos da mulher — os olhos e os seios. Tinha essa vaidade singular: decotava a mulher sempre que podia, e até onde não podia, para mostrar aos outros as suas venturas particulares. Era assim um rei Candaules[22], mais restrito por um lado, e, por outro, mais público.

E aqui façamos justiça à nossa dama. A princípio, cedeu sem vontade aos desejos do marido; mas tais foram as admirações colhidas, e a tal ponto o uso acomoda a gente às circunstâncias, que ela acabou gostando de ser vista, muito vista, para recreio e estímulo dos outros. Não a façamos mais santa do que

20. Especulador de ações.

21. Segundo Cândido de Figueiredo, significa boa mesa.

22. Candaules é uma figura histórica e mitológica, mencionada nas obras antigas, especialmente por Heródoto, o historiador grego. Ele foi o rei da Lídia, uma região onde que é hoje a Turquia, e é famoso por uma história que envolve sua esposa e o conceito de vaidade e confiança excessiva.

é, nem menos. Para as despesas da vaidade, bastavam-lhe os olhos, que eram ridentes, inquietos, convidativos, e só convidativos: podemos compará-los à lanterna de uma hospedaria em que não houvesse cômodos para hóspedes. A lanterna fazia parar toda a gente, tal era a lindeza da cor, e a originalidade dos emblemas; parava, olhava e andava. Para que escancarar as janelas? Escancarou-as, finalmente; mas a porta, se assim podemos chamar ao coração, essa estava trancada e retrancada.

XXXVI

"Meu Deus! como é bonita! Sinto-me capaz de fazer um escândalo!", pensava Rubião, à noite, ao canto de uma janela, de costas para fora, olhando para Sofia, que olhava para ele.

Cantava uma senhora. Os três maridos de fora, que ali estavam de visita, interromperam o voltarete em atenção à cantora e vieram à sala por alguns instantes; a cantora era mulher de um deles. O Palha, que a acompanhava ao piano, não via a contemplação mútua da esposa e do capitalista. Não sei se todas as outras pessoas estavam no mesmo caso. Uma delas, sim, essa sei que os via: Dona Tonica, a filha do major.

"Meu Deus! como é bonita! Sinto-me capaz de fazer um escândalo!", continuava a pensar o Rubião, encostado à janela, de costas para fora, com os olhos esquecidos na bela dama, que olhava para ele.

XXXVII

Entende-se bem que Dona Tonica observasse a contemplação dos dois. Desde que Rubião ali chegou, não cuidou ela mais que de atraí-lo. Os seus pobres olhos de trinta e nove anos — olhos sem parceiros na terra —, indo já a resvalar do cansaço na desesperança, acharam em si algumas fagulhas. Volvê-los uma e muitas vezes, requebrando-os, era o longo ofício deles. Não lhe custou nada armá-los contra o capitalista.

O coração, meio desenganado, agitou-se outra vez. Alguma coisa lhe dizia que esse mineiro rico era destinado pelo céu a resolver o problema do matrimônio. Rico era ainda mais do que ela pedia; não pedia riquezas, pedia um esposo. Todas as suas campanhas fizeram-se sem a consideração pecuniária; nos últimos tempos ia baixando, baixando, baixando; a última foi contra um estudantinho pobre... Mas quem sabe se o céu não lhe destinava justamente um homem rico? Dona Tonica tinha fé em sua madrinha, Nossa Senhora da Conceição, e investiu a fortaleza com muita arte e valor.

"Todas as outras são casadas", pensou ela.

Não tardou em perceber que os olhos de Rubião e os de Sofia caminhavam uns para os outros; notou, porém, que os de Sofia eram menos frequentes e menos demorados, fenômeno que lhe pareceu explicável, pelas cautelas naturais da situação. Podia ser que se amassem... Esta ideia afligiu-a; mas o desejo e a esperança mostraram-lhe que um homem, depois de um ou mais amores, podia muito bem vir a casar. A questão era captá-lo; a ideia de casar e ter família podia ser que acabasse de matar qualquer outra inclinação da parte dele, se alguma houvesse.

Ei-la que redobra esforços. Todas as suas graças foram chamadas a postos, e obedeceram, ainda que murchas. Gestos de ventarola, apertos de lábios, olhos oblíquos, marchas, contramarchas para mostrar bem a elegância do corpo e a cintura fina que tinha, tudo foi empregado. Era o velho formulário em ação; nada lhe rendera até ali, mas a loteria é assim mesmo: lá vem um bilhete que resgata os perdidos.

Agora, porém, à noite, por ocasião do canto ao piano, é que Dona Tonica deu com eles embebidos um no outro. Não teve mais dúvida; não eram olhares aparentemente fortuitos, breves, como até ali, era uma contemplação que eliminava o resto da sala. Dona Tonica sentiu o grasnar do velho corvo da desesperança. *Quoth the raven*: *NEVERMORE*[23].

Ainda assim continuou a luta; chegou a conseguir que Rubião viesse sentar-se ao pé dela, por alguns minutos, e tratou de dizer coisas bonitas, frases que lhe ficaram de romances, outras que a própria melancolia da situação lhe ia inspirando. Rubião ouvia e respondia, mas inquieto, quando Sofia deixava a sala, e não menos quando tornava a ela. Uma das vezes a distração foi excessiva. Dona Tonica confessava-lhe que tinha muita vontade de ver Minas, principalmente Barbacena. Que tais eram os ares?

— Os ares — repetiu mecanicamente o outro.

Olhava para Sofia, que estava então em pé, de costas para ele, falando a duas senhoras sentadas. Rubião admirou-lhe ainda uma vez a figura, o busto bem talhado, estreito embaixo, largo em

23. Citação famosa do poema *The raven* (*O corvo*), de Edgar Allan Poe, escrito em 1845. No poema, o narrador está em um estado de luto e desespero, e o corvo, que entra na sala, repetidamente responde "*Nevermore*" (Nunca mais) a todas as suas perguntas, provocando um crescente desespero no narrador.

cima, emergindo das cadeiras amplas, como uma grande braçada de folhas sai de dentro de um vaso. A cabeça podia então dizer-se que era como uma magnólia única, direita, espetada no centro do ramo. Era isto que Rubião mirava, quando Dona Tonica lhe perguntou pelos ares de Barbacena, e ele repetiu a palavra dela, sem lhe dar sequer a mesma forma interrogativa.

XXXVIII

Rubião estava resoluto. Nunca a alma de Sofia pareceu convidar a dele, com tamanha instância, a voarem juntas até às terras clandestinas, donde elas tornam, em geral, velhas e cansadas. Algumas não tornam. Outras param a meio caminho. Grande número não passa da beira dos telhados...

XXXIX

A lua era magnífica. No morro, entre o céu e a planície, a alma menos audaciosa era capaz de ir contra um exército inimigo, e destroçá-lo. Vede o que não seria com este exército amigo. Estavam no jardim. Sofia enfiara o braço no dele para irem ver a lua. Convidara Dona Tonica, mas a pobre dama respondeu que tinha um pé dormente, que já ia, e não foi.

Os dois ficaram calados algum tempo. Pelas janelas abertas viam-se as outras pessoas conversando, e até os homens, que tinham acabado o voltarete. O jardim era pequeno; mas a voz humana tem todas as notas, e os dois podiam dizer poemas sem ser ouvidos.

Rubião lembrou-se de uma comparação velha, muito velha, apanhada em não sei que décima[24] de 1850, ou qualquer outra página em prosa de todos os tempos. Essa ideia foi chamar aos olhos de Sofia as estrelas da terra, e às estrelas os olhos do céu. Tudo isso baixinho e trêmulo.

Sofia ficou pasmada. De súbito endireitou o corpo, que até ali viera pesando no braço do Rubião. Estava tão acostumada à timidez do homem... Estrelas? Olhos? Quis dizer que não caçoasse com ela, mas não achou como dar forma à resposta, sem

24. Composição poética de dez versos.

rejeitar uma ideia que também era sua, ou então sem animá-lo a ir adiante. Daí um longo silêncio.

— Com uma diferença — continuou Rubião. — As estrelas são ainda menos lindas que os seus olhos, e afinal nem sei mesmo o que elas sejam; Deus, que as pôs tão alto, é porque não poderão ser vistas de perto, sem perder muito da formosura... Mas os seus olhos, não; estão aqui, ao pé de mim, grandes, luminosos, mais luminosos que o céu...

Loquaz, destemido, Rubião parecia totalmente outro. Não parou ali; falou ainda muito, mas não deixou o mesmo círculo de ideias. Tinha poucas; e a situação, apesar da repentina mudança do homem, tendia antes a cerceá-las, que a inspirar-lhe novas. Sofia é que não sabia que fizesse. Trouxera ao colo um pombinho, manso e quieto, e sai-lhe um gavião — um gavião adunco e faminto.

Era preciso responder, fazê-lo parar, dizer que ia por onde ela não queria ir, e tudo isso, sem que ele se zangasse, sem que se fosse embora... Sofia procurava alguma coisa; não achava, porque esbarrava na questão, para ela insolúvel, se era melhor mostrar que entendia, ou que não entendia. Aqui lembraram-lhe os próprios gestos dela, as palavrinhas doces, as atenções particulares; concluía que, em tal situação, não podia ignorar o sentido das finezas do homem. Mas confessar que entendia, e não despedi-lo de casa, eis aí o ponto melindroso.

XL

Em cima, as estrelas pareciam rir daquela situação inextricável.

Vá que a lua os visse! A lua não sabe escarnecer; e os poetas, que a acham saudosa, terão percebido que ela amou outrora algum astro vagabundo, que a deixou ao cabo de muitos séculos. Pode ser até que ainda se amem. Os seus eclipses (perdoe-me a astronomia) talvez não sejam mais que entrevistas amorosas. O mito de Diana descendo a encontrar-se com Endimião bem pode ser verdadeiro[25]. Descer é que é demais. Que mal há em que os dois se encontrem ali mesmo no céu, como os grilos entre as folhagens cá de baixo? À noite, mãe caritativa, encarrega-se de velar a todos.

Depois, a lua é solitária. A solidão faz a pessoa séria. As estrelas, em chusma, são como as moças entre quinze e vinte anos, alegres, palreiras, rindo e falando a um tempo de tudo e de todos.

Não nego que são castas; mas tanto pior — terão rido do que não entendem... Castas estrelas! é assim que lhes chama

25. A deusa Ártemis (para os romanos, Diana), segundo a mitologia grega, é a personificação da lua. Ela se apaixona por Endimião, e então, para conservar sua juventude, Zeus o mergulha em sono profundo. Durante o descanso, a lua desce ao céu para admirar seu amante.

Otelo[26], o terrível, e *Tristram Shandy*[27], o jovial. Esses extremos do coração e do espírito estão de acordo num ponto: as estrelas são castas. E elas ouviam tudo (castas estrelas!), tudo o que a boca temerária de Rubião ia entornando na alma pasmada de Sofia. O recatado de longos meses era agora (castas estrelas!) nada menos que um libertino. Disséreis que o Diabo andará a enganar a moça com as duas grandes asas de arcanjo que Deus lhe pôs; de repente, meteu-as na algibeira, e desbarretou-se para mostrar as duas pontas malignas, fincadas na testa. E rindo, daquele riso oblíquo das mãos, propunha comprar-lhe não só a alma, mas a alma e o corpo... Castas estrelas!

26. Protagonista da tragédia *Otelo, o mouro de Veneza* (1603) de William Shakespeare, cuja história explora temas como ciúmes, traição e manipulação, refletindo o conflito interno e a tragédia de um homem que sucumbe à dúvida e ao engano, com grande influência na literatura ocidental.

27. Protagonista e narrador do romance *A vida e as opiniões do cavalheiro Tristram Shandy*, escrito pelo autor inglês Laurence Sterne e publicado entre 1759 e 1767. A obra é uma sátira inovadora da literatura do século XVIII, conhecida por seu estilo digressivo e humor peculiar, explorando temas como identidade, destino e a própria natureza da narrativa.

XLI

— Vamos para dentro — murmurou Sofia.

Quis tirar o braço, mas o dele reteve-lho com força. Não; ir para quê? Estavam ali bem, muito bem... Que melhor? Ou seria que ele a estivesse aborrecendo? Sofia acudiu que não, ao contrário, mas precisava ir fazer sala às visitas... Há quanto tempo estavam ali!

— Não há dez minutos — disse o Rubião. — Que são dez minutos?

— Mas podem ter dado pela nossa ausência...

Rubião estremeceu diante deste possessivo: *nossa* ausência. Achou-lhe um princípio de cumplicidade. Concordou que podiam dar pela *nossa* ausência. Tinha razão, deviam separar-se; só lhe pedia uma coisa, duas coisas; a primeira é que não esquecesse aqueles dez minutos sublimes; a segunda é que, todas as noites, às dez horas, fitasse o Cruzeiro, ele o fitaria também, e os pensamentos de ambos iriam achar-se ali juntos, íntimos, entre Deus e os homens.

O convite era poético, mas só o convite. Rubião, enquanto falava, ia devorando a moça com olhos de fogo, e segurava-lhe uma das mãos para que ela não fugisse. Nem os olhos nem o gesto tinham poesia nenhuma. Sofia esteve a ponto de dizer alguma palavra áspera, mas engoliu-a logo, ao advertir que Rubião era um bom amigo da casa. Quis rir, mas não pôde; mostrou-se então arrufada, logo depois resignada, afinal suplicante; pediu-lhe pela alma da mãe dele, que devia estar no céu... Rubião não sabia do céu nem da mãe, nem de nada. Que era mãe? que era céu? parecia dizer a cara dele.

— Ai, não me quebre os dedos! — Suspirou baixinho a moça.

Aqui é que ele começou a voltar a si; afrouxou a pressão, sem soltar-lhe os dedos.

— Vá — disse ele —, mas primeiro...

Inclinava-se para beijar a mão, quando uma voz, a alguns passos, veio acordá-lo inteiramente.

XLII

— Olá! estão apreciando a lua? Realmente, está deliciosa; está uma noite para namorados... Sim, deliciosa... Há muito que não vejo uma noite assim... Olhem só para baixo, os bicos de gás... Deliciosa! para namorados... Os namorados gostam sempre da lua. No meu tempo, em Icaraí...

Era Siqueira, o terrível major. Rubião não sabia o que dissesse; Sofia, passados os primeiros instantes, readquiriu a posse de si mesma; respondeu que, em verdade, a noite era linda; depois contou que Rubião teimava em dizer que as noites do Rio não podiam comparar-se às de Barbacena, e, a propósito disso, referira uma anedota de um padre Mendes... Não era Mendes?

— Mendes, sim, o padre Mendes — murmurou o Rubião.

O major mal podia conter o assombro. Tinha visto as duas mãos presas, a cabeça do Rubião meia inclinada, o movimento rápido de ambos quando ele entrou no jardim; e sai-lhe de tudo isto um padre Mendes... Olhou para Sofia; viu-a risonha, tranquila, impenetrável. Nenhum medo, nenhum acanhamento; falava com tal simplicidade, que o major pensou ter visto mal. Mas o Rubião estragou tudo. Vexado, calado, não fez mais que tirar o relógio para ver as horas, levá-lo ao ouvido, como se lhe parecesse que não andava, depois limpá-lo com o lenço, devagar, devagar, sem olhar para um nem para outro...

— Bem, conversem, vou ver as amigas, que não podem estar sós. Os homens já acabaram o maldito voltarete?

— Já — respondeu o major olhando curiosamente para Sofia.

— Já, e até perguntaram por este senhor; por isso é que eu vim ver se o achava no jardim. Mas estavam aqui há muito tempo?

— Agora mesmo — disse Sofia.

Depois, batendo carinhosamente no ombro do major, passou do jardim à casa; não entrou pela porta da sala de visitas, mas por outra que dava para a de jantar; de maneira que, quando chegou àquela pelo interior, era como se acabasse de dar ordens para o chá.

Rubião, voltando a si, ainda não achou que dizer, e, contudo, urgia dizer alguma coisa. Boa ideia era a anedota do padre Mendes; o pior é que não havia padre nem anedota, e ele era incapaz de inventar nada. Pareceu-lhe bastante isto:

— O padre! o Mendes! Muito engraçado o padre Mendes!

— Conheci-o — disse o major, sorrindo. — O padre Mendes? Conheci-o; morreu cônego. Esteve algum tempo em Minas?

— Creio que esteve — murmurou o outro, espantado.

— Era filho aqui de Saquarema; era um que não tinha este olho — continuou o major, levando o dedo ao olho esquerdo. — Conheci-o muito, se é que é o mesmo; pode ser que seja outro.

— Pode ser.

— Morreu cônego. Era homem de bons costumes, mas amigo de ver moças bonitas, como se mira um painel de mestre; "e que maior mestre que Deus?", dizia ele. Esta Dona Sofia, por exemplo, nunca ele a viu na rua que me não dissesse: "*Hoje vi aquela bonita senhora do Palha...*" Morreu cônego; era filho de Saquarema... E, na verdade, tinha bom gosto... Realmente, a mulher do nosso Palha é um primor, bela de cara e de figura; eu ainda a acho mais bem-feita que bonita... O que lhe parece?

— Parece que sim...

— E boa pessoa, excelente dona de casa — continuou o major, acendendo um charuto.

A luz do fósforo deu à cara do major uma expressão de escárnio, ou de outra coisa menos dura, mas não menos adversa. Rubião sentiu correr-lhe um frio pela espinha. Teria ouvido? visto? adivinhado? Estava ali um indiscreto, um mexeriqueiro? A cara do homem dizia que sim e que não; em todo caso, era mais seguro crer no pior. Aqui temos o nosso herói como alguém que, depois de navegar cosido com a praia, longos anos, acha-se um dia entre as ondas do alto-mar; felizmente o medo também é oficial de ideias, e deu-lhe ali uma: lisonjear o interlocutor. Não hesitou em achá-lo gracioso e interessante, e dizer-lhe que tinha uma casa às suas ordens, na praia de Botafogo, número tantos. Dava-lhe muita honra em travar relações com ele. Contava poucos amigos aqui — o Palha, a quem devia grandes obséquios, Dona Sofia, que era uma senhora de rara gravidade, e mais três ou quatro pessoas. Vivia só; podia ser até que se retirasse para Minas.

— Já?

— Não digo já, mas pode ser que não me demore. Sabe que uma pessoa que viveu toda a sua vida em um lugar, custa-lhe muito a acostumar-se a outro.

— Isso conforme.

— Sim, conforme... Mas é a regra.

— Regra será, mas o senhor vai ser uma exceção. A Corte é o diabo; apanha-se uma paixão como se apanha uma constipação; basta uma fresta de ar, fica-se perdido. Olhe, eu não me dava de apostar que o senhor, antes de seis meses, está casado...

"Não viu nada", pensou Rubião.

E depois, alegre:

— Pode ser, mas também em Minas há casamentos; nem lá faltam padres.

— Falta o padre Mendes — acudiu rindo o major.

Rubião sorriu constrangido, não entendendo se a palavra do major era inocente ou maliciosa. Este é que colheu as rédeas ao assunto, e falou de outras coisas, do tempo, da cidade, do ministério, da guerra, e do Marechal López[28]. E vede o contraste da ocasião: esse aguaceiro, maior que o da entrada, pareceu um raio de sol ao nosso Rubião. Ei-lo que espaneja a alma ao calor do discurso infinito do major, intercalando alguma palavrinha, se pode, e sempre cabeceando com aplauso. E pensava outra vez que não, que ele não vira nada.

— Papai, papai está aí? — disse uma voz à porta que dava para o jardim.

Era Dona Tonica; vinha chamá-lo para irem embora. O chá estava na mesa, é verdade; mas não podia esperar mais, tinha dor de cabeça, disse ela ao pai, baixinho. Depois estendeu os dedos ao Rubião; este pediu-lhe que ficasse ainda alguns minutos; o estimável major...

— Perde o seu tempo — interrompeu o major. — Ela é que me governa.

Rubião ofereceu-lhe a casa com instância; exigiu até que lhe marcasse um dia, naquela mesma semana, mas o major acudiu que não podia dispor de dia certo; iria logo que lhe fosse possível. A vida dele era muito trabalhosa; tinha os negócios do arsenal, que já eram muitos, e tinha mais...

— Papai! vamos!

— Vamos. Está vendo? Não posso conversar um instante. Já te despediste? Onde está o meu chapéu?

---

28. Foi um importante líder militar e político do Paraguai, nascido em 1827. Ele é mais conhecido por sua liderança durante a Guerra do Paraguai (1864–1870), também chamada de Guerra da Tríplice Aliança, que envolveu o Paraguai contra a aliança entre Brasil, Argentina e Uruguai.

XLIII

LADEIRA ABAIXO, DONA TONICA FOI OUVINDO O RESTO DO discurso do pai, que mudou de assunto, sem mudar de estilo — difuso e derramado. Ouvia sem entender. Ia metida em si mesma, absorta, remoendo a noite, recompondo os olhares de Sofia e de Rubião.

Chegaram à casa na Rua do Senado; o pai foi dormir, a filha não se deitou logo, deixou-se estar em uma cadeirinha, ao pé da cômoda, onde tinha uma imagem da Virgem. Não trazia ideias de paz nem de candura. Sem conhecer o amor, tinha notícia do adultério, e a pessoa de Sofia pareceu-lhe hedionda. Via nela agora um monstro, metade gente, metade cobra, e sentiu que a aborrecia, que era capaz de vingar-se exemplarmente, de dizer tudo ao marido.

"Conto-lhe tudo", ia pensando. "Ou de viva voz, ou por uma carta... Carta não; digo-lhe tudo um dia, em particular."

E imaginando o colóquio, antevia o espanto do homem, depois o agastamento, depois os impropérios, as palavras duras que ele havia de dizer à mulher, miserável, indigna, vil... Todos esses nomes soavam bem aos ouvidos do seu desejo; ela fazia derivar por eles a própria cólera; fartava-se de a rebaixar assim, de a pôr debaixo dos pés do marido, já que o não podia fazer por si mesma... Vil, indigna, miserável...

Durou muito tempo essa explosão de raiva interior — perto de vinte minutos; mas a alma cansou, e tornou a si. A imaginação não podia mais, e a realidade próxima atraiu-lhe a vista. Olhou em volta de si, mirou a alcova de solteira, arrumadinha com arte — dessa arte engenhosa que faz da chita seda e de um retalho velho uma fita, que recama, enlaça, alegra o mais que pode a nudez das coisas, enfeita as paredes tristes, aprimora os trastes modestos e poucos. E tudo ali parecia feito para receber um noivo amado.

Onde li eu que uma tradição antiga fazia esperar a uma virgem de Israel, durante certa noite do ano, a concepção divina? Seja onde for, comparemo-la à desta outra, que só difere daquela em não ter noite fixa, mas todas, todas, todas... O vento, zunindo fora, nunca lhe trouxe o varão esperado, nem a madrugada alva e menina lhe disse em que ponto da terra é que ele mora. Era só esperar, esperar...

Agora, aquietada a imaginação e o ressentimento, mira e remira a alcova solitária; recorda as amigas do colégio e de família, as mais íntimas, casadas todas. A derradeira delas desposou aos trinta anos um oficial de marinha, e foi ainda o que reverdeceu as esperanças à amiga solteira, que não pedia tanto, posto que a farda de aspirante foi a primeira coisa que lhe seduziu os olhos, aos quinze anos... Onde iam eles? Mas lá passaram cinco anos, cumpriu os trinta e nove, e os quarenta não tardam. Quarentona, solteirona; Dona Tonica teve um calafrio. Olhou ainda, recordou tudo, ergueu-se de golpe, deu duas voltas e atirou-se à cama chorando...

XLIV

NÃO VÃO CRER QUE A DOR AQUI FOI MAIS VERDADEIRA QUE A cólera; foram iguais em si mesmas, os efeitos é que foram diversos. A cólera deu em nada; a humilhação debulhou-se em lágrimas legítimas. E, contudo, não faltaram a esta senhora ímpetos de estrangular Sofia, calcar-lhe aos pés, arrancar-lhe o coração aos pedaços, dizendo-lhe na cara os nomes crus que atribuía ao marido... Tudo imaginações! Crede-me: há tiranos de intenção. Quem sabe? Na alma desta senhora passou agora um tênue fio de Calígula[29]...

29. Nome popular de Caius Julius Caesar Augustus Germanicus, um imperador romano que governou de 37 a 41 d.C. Ele é amplamente conhecido por sua governança tirânica e por ter sido um dos imperadores mais cruéis e excêntricos da história de Roma. Calígula nasceu em 12 d.C., sendo filho de Germânico, um general muito respeitado, e Agripina, a Maior, neta do imperador Augusto.

XLV

E ENQUANTO UMA CHORA, OUTRA RI; É A LEI DO MUNDO, MEU rico senhor; é a perfeição universal. Tudo chorando seria monótono, tudo rindo cansativo; mas uma boa distribuição de lágrimas e polcas, soluços e sarabandas, acaba por trazer à alma das coisas a variedade necessária, e faz-se o equilíbrio da vida.

A outra que ri é a alma do Rubião. Escutai a cantiga alegre, brilhante, com que ela desce o morro, dizendo as coisas mais íntimas às estrelas — às castas estrelas —, espécie de rapsódia feita de uma linguagem que ninguém nunca alfabetou, por ser impossível achar um sinal que lhe exprima os vocábulos. Cá embaixo, as ruas desertas parecem-lhe povoadas, o silêncio é um tumulto, e de todas as janelas debruçam-se vultos de mulher, caras bonitas e grossas sobrancelhas, todas Sofias e uma Sofia única. Uma ou outra vez, Rubião acha que foi temerário, indiscreto, recorda o caso do jardim, a resistência, o enfado da moça, e chega a arrepender-se; tem então calafrios, fica aterrado com a ideia de que podem fechar-lhe a porta e cortar inteiramente as relações; tudo porque precipitou os acontecimentos. Sim, devia esperar; a ocasião não era própria; visitas, muitas luzes, que ideia foi aquela de falar de amores, sem cautelas, desbragadamente...? Achava-lhe razão; era bem feito que o despedisse logo.

— Fui um maluco! — dizia em voz alta.

Não falava do jantar, que foi lauto, nem dos vinhos, que eram generosos, nem da eletricidade própria de uma sala em que há senhoras, galantes; achava-se maluco, completamente maluco.

Logo depois, a mesma alma que se acusava, defendia-se. Sofia parecia tê-lo animado ao que fez; os olhos frequentes, depois fixos, os modos, os requebros, a distinção de o mandar sentar ao pé de si, à mesa de jantar, de só cuidar dele, de lhe dizer melodiosamente coisas afáveis, que era tudo isso mais que exortações e solicitações? E a boa alma explicava a contradição da moça, depois, no jardim: era a primeira vez que ouvia tais palavras, fora do grêmio conjugal, e ali perto de todos, devia tremer naturalmente; demais, ele expandira-se muito, e precipitou tudo. Nenhuma graduação; devia ter ido pé ante pé, e nunca lhe segurar as mãos com tanta força que chegasse a molestá-la. Em conclusão, achava-se grosseiro. Voltava o receio de lhe fecharem a porta; depois, tornava às consolações da esperança, à análise das ações da moça, à própria invenção do padre Mendes, mentira de cumplicidade; pensava também na estima do marido... Aqui estremeceu. A estima do marido deu-lhe remorsos. Não só merecia a confiança dele, mas acrescia certa dívida pecuniária, e umas três letras que Rubião aceitou por ele.

— Não posso, não devo — ia dizendo a si mesmo. — Não é bonito ir adiante. Também é verdade que, a rigor, não sou autor de nada; ela é que, desde muito, me anda desafiando. Pois que desafie agora! Sim, é preciso resistir-lhe... Emprestei o dinheiro quase sem pedido, porque ele precisava muito e eu devia-lhe obséquios; as letras, sim, as letras foi ele que me pediu que assinasse, mas não me pediu mais nada. Sei que é honrado, que trabalha muito; o diabo da mulher é que fez mal em meter-se de permeio, com os lindos olhos e a figura... Que admirável figura, meu pai do céu! Hoje então estava divina. Quando o braço dela roçava no meu, à mesa, apesar da minha manga...

Confuso, incerto, ia cuidando da lealdade que devia ao amigo, mas a consciência partia-se em duas: uma increpando a outra, a outra explicando-se, e ambas desorientadas...

Deu por si na Praça da Constituição[30]. Viera andando à toa. Teve ideia de ir ao teatro, mas era tarde. Então dirigiu-se ao Largo de São Francisco para meter-se em um tílburi e ir para Botafogo. Achou três, que vieram logo ao encontro dele, oferecendo os seus serviços e louvando principalmente o cavalo, um bom cavalo — um animal excelente.

30. Hoje, Praça Tiradentes.

XLVI

O RUMOR DAS VOZES E DOS VEÍCULOS ACORDOU UM MENDIGO que dormia nos degraus da igreja. O pobre diabo sentou-se, viu o que era, depois tornou a deitar-se, mas acordado, de barriga para o ar, com os olhos fitos no céu. O céu fitava-o também, impassível como ele, mas sem as rugas do mendigo, nem os sapatos rotos, nem os andrajos, um céu claro, estrelado, sossegado, olímpico, tal qual presidiu às bodas de Jacó e ao suicídio de Lucrécia[31]. Olhavam-se numa espécie de jogo do siso[32], com certo ar de majestades rivais e tranquilas, sem arrogância, nem baixeza, como se o mendigo dissesse ao céu:

— Afinal, não me hás de cair em cima.

E o céu:

— Nem tu me hás de escalar.

31. A menção às bodas de Jacó e ao suicídio de Lucrécia refere-se a dois episódios históricos e míticos distintos. As bodas de Jacó, do Antigo Testamento, referem-se ao casamento de Jacó com suas esposas Raquel e Lia, eventos fundadores para as tribos de Israel. Por outro lado, Lucrécia, personagem da mitologia romana, cometeu suicídio após ser violentada por Sexto Tarquínio, um ato que gerou grande comoção e contribuiu para a queda da monarquia romana, iniciando a República Romana. Ambas as referências contrastam eventos de virtude, tragédia e transformação, refletindo o impassível céu sob o qual essas histórias humanas se desenrolam.

32. Jogo infantil no qual dois participantes se encaram séria e fixamente até que um dos dois ria e perca o desafio.

XLVII

Rubião não era filósofo; a comparação que ali fez entre os seus cuidados e os do maltrapilho apenas lhe trouxe à alma uma sombra de inveja. "Aquele malandro não pensa em nada", disse ele consigo. "Daqui a pouco está dormindo, enquanto eu..."

— Meu amo, entre, que o animal é bom. Vamos lá em quinze minutos.

Os outros dois cocheiros diziam-lhe a mesma coisa, quase por iguais palavras:

— Meu amo, venha aqui e verá...

— Olhe o meu cavalinho...

— Faça favor; são treze minutos de viagem. Em treze minutos está em casa.

Rubião, depois de hesitar ainda, deu consigo dentro do tílburi que lhe ficava à mão, e mandou tocar para Botafogo. Então lembrou-se de um velho episódio esquecido, ou foi o episódio que lhe deu inconscientemente a solução. Uma ou outra coisa, Rubião guiou o pensamento, com o fim de escapar às sensações daquela noite.

Lá iam longos anos. Ele era então muito rapaz, e pobre. Um dia, às oito horas da manhã, saiu de casa, que era na Rua do Cano (Sete de Setembro), entrou no Largo do São Francisco de Paula; dali desceu pela Rua do Ouvidor. Ia com alguns cuidados; morava em casa de um amigo, que começava a tratá-lo como hospede de três dias, e ele já o era de quatro semanas. Dizem que os de três dias cheiram mal; muito antes disso cheiram mal os defuntos, ao menos nestes climas quentes... Certo é que o nosso Rubião, singelo como um bom mineiro, mas desconfiado como um paulista, ia cheio de cuidados, pensando em retirar-se quanto antes. Pode crer-se que, desde que saiu de casa, entrou no Largo de São Francisco, e desceu a Rua do Ouvidor até a dos Ourives, não viu nem ouviu coisa alguma.

Na esquina da Rua dos Ourives, deteve-o um ajuntamento de pessoas, e um préstito singular. Um homem, judicialmente trajado, lia em voz alta um papel, a sentença. Havia mais o juiz, um padre, soldados, curiosos. Mas as principais figuras eram dois pretos. Um deles, mediano, magro, tinha as mãos atadas, os olhos baixos, a cor fula, e levava uma corda enlaçada no pescoço; as pontas do baraço iam nas mãos de outro preto. Este outro olhava para a frente e tinha a cor fixa e retinta. Sustentava com galhardia a curiosidade pública. Lido o papel, o préstito seguiu pela Rua dos Ourives adiante; vinha do Aljube[33] e ia para o Largo do Moura.

Rubião naturalmente ficou impressionado. Durante alguns segundos, esteve como agora à escolha de um tílburi. Forças íntimas ofereciam-lhe o seu cavalo: umas que voltasse para trás ou descesse para ir aos seus negócios — outras que fosse ver enforcar o preto. Era tão raro ver um enforcado!

— Senhor, em vinte minutos está tudo findo!

— Senhor, vamos tratar de outras coisas!

E o nosso homem fechou os olhos e deixou-se ir ao acaso. O acaso, em vez de levá-lo pela Rua do Ouvidor abaixo até à da Quitanda, torceu-lhe o caminho pela dos Ourives, atrás do

33. O Aljube era uma antiga prisão em Portugal e no Brasil, geralmente destinada a presos eclesiásticos ou detentos ainda não sentenciados. No contexto do Rio de Janeiro do século XIX, referia-se a uma cadeia onde ficavam detidos escravizados e outros prisioneiros antes de serem encaminhados a seus destinos finais.

préstito. Não iria ver a execução, pensou ele; era só ver a marcha do réu, a cara do carrasco, as cerimônias... Não queria ver a execução. De quando em quando, parava tudo, chegava gente às portas e janelas, e o porteiro dos auditórios relia a sentença. Depois, o préstito continuava a andar com a mesma solenidade. Os curiosos iam narrando o crime — um assassinato em Mataporcos[34]. O assassino era dado como homem frio e feroz. A notícia dessas qualidades fez bem a Rubião; deu-lhe força para encarar o réu, sem delíquios de piedade. Não era já a cara do crime; o terror dissimulava a perversidade. Sem reparar, deu consigo no largo da execução. Já ali havia bastante gente. Com a que vinha, formou-se multidão compacta.

"Voltemos", disse ele consigo.

Verdade é que o réu ainda não subira à forca; não o matariam de relance; sempre era tempo de fugir. E, dado que ficasse, por que não fecharia os olhos, como fez certo Alípio[35] diante do espetáculo das feras? Note-se bem que Rubião nada sabia desse tal rapaz antigo; ignorava, não só que fechara os olhos, mas também que os abrira logo depois, devagarinho e curioso...

Eis o réu que sobe à forca. Passou pela turba um frêmito. O carrasco pôs mãos à obra. Foi aqui que o pé direito de Rubião descreveu uma curva na direção exterior, obedecendo a um sentimento de regresso; mas o esquerdo, tomado de sentimento contrário, deixou-se estar; lutaram alguns instantes... — Olhe o meu cavalo! — Veja, é um rico animal! — Não seja mau! — Não seja medroso! Rubião esteve assim alguns segundos, os que bastaram para que chegasse o momento fatal. Todos os olhos

34. Hoje, Bairro Estácio.

35. Foi um dos amigos e seguidores mais próximos de Santo Agostinho. Ele aparece principalmente nas *Confissões* de Agostinho, onde é descrito como alguém que teve uma forte influência na conversão deste ao cristianismo. Eles compartilharam uma amizade íntima e uma busca espiritual, e Alípio, com sua própria jornada de fé, também desempenhou um papel importante na reflexão de Agostinho sobre a graça divina e a moralidade.

fixaram-se no mesmo ponto, como os dele. Rubião não podia entender que bicho era que lhe mordia as entranhas, nem que mãos de ferro lhe pegavam da alma e a retinham ali. O instante fatal foi realmente um instante; o réu esperneou, contraiu-se, o algoz cavalgou-o de um modo airoso e destro; passou pela multidão um rumor grande, Rubião deu um grito, e não viu mais nada.

XLVIII

— Vossa Senhoria há de ter visto que o cavalinho é bom...

Rubião abriu os olhos, meio fechados, e deu com o cocheiro, que sacudia de leve a pontinha do chicote para espertar o animal. Interiormente zangou-se com o homem, que o veio tirar de recordações antigas. Não eram belas, mas eram antigas — antigas e enfermeiras, porque lhe davam a beber um elixir que de todo parecia curá-lo do presente. E vai o cocheiro, empurra-o e acorda-o. Iam subindo a Rua da Lapa; o cavalo, em verdade, comia o espaço como se fosse a descer.

— Este cavalo tem-me uma amizade — continuou o cocheiro — que não se acredita. Podia contar coisas extraordinárias. Há pessoas que até dizem que é mentira minha; mas não, senhor, não é. Quem não sabe que cavalo e cachorro são os animais que mais gostam da gente? Cachorro parece que ainda gosta mais...

Cachorro trouxe à memória de Rubião o Quincas Borba, que lá devia estar em casa, à espera dele, ansioso. Rubião não esquecia a condição do testamento; jurava cumpri-la à risca. Convém dizer que, de envolta com o receio de vê-lo fugir, entrava o de vir a perder os bens. Não valiam afirmações do advogado; não há, dizia-lhe este, não há no testamento cláusula reversível para outrem, no caso de fuga do cachorro; os bens não podiam sair--lhe das mãos. Que lhe importava a fuga, se era até melhor, um cuidado menos? Rubião aceitava aparentemente a explicação, mas lá ficava a dúvida, o exemplo de longas demandas, a variedade das opiniões jurídicas sobre uma só matéria, a ação de algum invejoso ou inimigo, e, o que resumia tudo, o terror de ficar sem nada. Daí os rigores da reclusão; daí também o remorso de ter passado a tarde e a noite sem pensar uma só vez no Quincas Borba.

"Sou um ingrato!", disse consigo.

Emendou-se logo; mais ingrato era não ter pensado no outro Quincas Borba, que lhe deixou tudo. Vai senão quando, teve uma ideia extraordinária, a de serem os dois Quincas Borbas a mesma criatura, por efeito da entrada da alma do defunto no corpo do cachorro, menos a purgar os seus pecados que a vigiar o dono. Foi uma preta de São João del-Rei que lhe meteu, em criança, essa ideia de transmigração. Dizia ela que a alma cheia de pecados ia para o corpo de um bruto; chegou a jurar que conhecera um escrivão que acabou feito gambá...

— Vossa Senhoria não se esqueça de dizer onde é a casa — disse-lhe repentinamente o cocheiro.

— Pare.

XLIX

O cão ladrou de dentro; mas, logo que Rubião entrou, recebeu-o com grande alegria; e por mais importuno que fosse, Rubião desfez-se em carícias. A ideia de poder estar ali o testador dava-lhe arrepios. Subiram juntos a escada de pedra; ali ficaram por alguns instantes, à luz do lampião que Rubião mandara deixar aceso. Rubião era mais crédulo que crente; não tinha razões para atacar nem para defender nada — terra eternamente virgem para se lhe plantar qualquer coisa. A vida da Corte deu-lhe até uma particularidade: entre incrédulos, chegava a ser incrédulo...

Olhou para o cão, enquanto esperava que lhe abrissem a porta. O cão olhava para ele de tal jeito, que parecia estar ali dentro o próprio e defunto Quincas Borba; era o mesmo olhar meditativo do filósofo, quando examinava as coisas humanas... Novo arrepio; mas o medo, que era grande, não era tão grande que lhe atasse as mãos. Rubião estendeu-as sobre a cabeça do animal, coçando-lhe as orelhas e a nuca.

— Pobre Quincas Borba! Gosta de seu senhor, não gosta? Rubião é muito amigo de Quincas Borba...

E o cão movia devagar a cabeça, para a esquerda e para a direita, ajudando a distribuição das carícias às duas orelhas pendentes; depois levantava o queixo para que lhe coçasse embaixo, e o dono obedecia; mas então os olhos do cão, meio fechados de gosto, tinham um ar dos olhos do filósofo, na cama, contando-lhe coisas de que ele entendia pouco ou nada... Rubião fechava os seus. Abriram-lhe a porta; despediu-se do cão, mas com tais carinhos, que era o mesmo que pedir-lhe que entrasse. O criado espanhol incumbiu-se de o levar para baixo.

— Não lhe dê pancadas — recomendou Rubião.

Não lhe deu pancadas; mas só a descida era dolorosa, e o cão amigo gemeu por muito tempo no jardim. Rubião entrou, despiu-se e deitou-se. Ah! tinha vivido um dia cheio de sensações diversas e contrárias, desde as recordações da manhã, e o almoço aos dois amigos, até aquela última ideia de metempsicose, passando pela lembrança do enforcado, e por uma declaração de amor não aceita, mal repelida, parece que adivinhada por outros... Misturava tudo; o espírito ia de um para outro lado como bola de borracha entre mãos de crianças. Contudo, a sensação maior era a do amor. Rubião estava admirado de si mesmo, e arrependia-se; mas o arrependimento era obra da consciência, ao passo que a imaginação não soltava por nenhum preço a figura da bela Sofia... Uma, duas, três horas... Sofia ao longe, os latidos do cão embaixo... O sono esquivo... Onde iam já as três horas? Três e meia... Enfim, depois de muito cuidar, apareceu-lhe o sono, espremeu as clássicas papoulas[36], e foi um instante; Rubião dormiu antes das quatro.

36. Significa "cerrar as pálpebras".

L

Não, senhora minha, ainda não acabou este dia tão comprido; não sabemos o que se passou entre Sofia e o Palha, depois que todos se foram embora. Pode ser até que acheis aqui melhor sabor que no caso do enforcado.

Tende paciência; é vir agora outra vez a Santa Teresa. A sala está ainda alumiada, mas por um bico de gás; apagaram-se os outros, e ia apagar-se o último, quando o Palha mandou que o criado esperasse um pouco lá dentro. A mulher ia a sair, o marido deteve-a, ela estremeceu.

— A nossa festa esteve bem bonita — disse ele.

— Esteve.

— O Siqueira é um cacete, mas paciência; é alegre. A filha não estava mal arranjada. Viste o Ramos como devorava tudo o que se lhe pôs no prato? Tu verás que ele um dia engole a mulher.

— A mulher? — disse Sofia, sorrindo.

— É gorda, concordo; mas a primeira era muito mais gorda, e creio que não morreu, ele engoliu-a, com certeza.

Sofia, reclinada no canapé, ria das graças do marido. Criticaram ainda alguns episódios da tarde e da noite; depois, Sofia, acariciando os cabelos do marido, disse-lhe de repente:

— E você ainda não sabe do melhor episódio da noite.

— Que foi?

— Adivinhe.

Palha ficou algum tempo calado, olhando para a mulher, a ver se adivinhava qual tinha sido o melhor episódio da noite. Não podia acertar; acudia-lhe isto ou aquilo, nada; Sofia abanava a cabeça.

— Mas então que foi?

— Não sei; adivinha.

— Não posso. Diz logo.

— Com uma condição. — Acudiu ela. — Não quero zangas nem barulhos.

Palha foi ficando mais sério. "Zangas? barulhos? Que diabo podia ser?", pensava ele. Já não se ria; tinha só um resto de sorriso forçado e resignado. Olhou bem para ela e perguntou-lhe o que era.

— Você promete o que lhe disse?

— Vá lá. Que foi?

— Pois saiba que ouvi nada menos que uma declaração de amor.

Palha empalideceu. Não prometera deixar de empalidecer. Gostava da mulher, como sabemos, até o ponto singular de publicá-la; não podia ouvir a frio a notícia. Sofia viu a palidez, e gostou da má impressão causada; para saboreá-la mais, inclinou o busto, soltou o cabelo atrás, que a incomodava um pouco, recolheu os grampos em um lenço, depois sacudiu a cabeça, respirou largo e pegou nas mãos do marido, que ficara de pé.

— É verdade, meu velho, namoraram-te a mulher.

— Mas quem foi o patife? — disse ele impaciente.

— Mau, se vamos assim, não digo nada. Quem foi? Quer saber quem foi? Há de ouvir quietinho. Foi o Rubião.

— O Rubião?

— Nunca imaginei tanto. Parecia-me acanhado e respeitoso; fica sabendo que não é o hábito que faz o monge. De tantos homens que aqui vêm, e até rapazes solteiros, não ouvi nunca a menor coisa. Olhava para mim; naturalmente, porque não sou feia... Para que estás andando assim, de um lado para outro? Para, que não quero levantar a voz... Bem, assim... Vamos ao caso. Não me fez declaração positiva...

— Ah! não? — Acudiu vivamente o marido.

— Não, mas vem a dar na mesma.

E depois de contar o que se passara no jardim, desde que ali chegaram os dois, até que o major apareceu:

— Foi só isso — concluiu. — Mas é bastante para ver que se ele não disse amor é porque não lhe chegou à língua, mas chegou-lhe à mão, que me apertou os dedos... Só isso, e é demais. Ainda bem que te não zangas; mas é preciso trancar-lhe a porta — ou de uma vez ou aos poucos; eu preferia logo, mas estou por tudo. Como achas melhor?

Mordendo o beiço inferior, Palha ficou a olhar para ela a modo de estúpido. Sentou-se no canapé, mas não falou logo. Considerava o negócio. Achava natural que as gentilezas da esposa chegassem a cativar um homem — e Rubião podia ser esse homem —; mas confiava tanto no Rubião, que o bilhete que Sofia mandara a este, acompanhando os morangos, foi redigido por ele mesmo; a mulher limitou-se a copiá-lo, assiná-lo e mandá-lo. Nunca, entretanto, passou-lhe pela cabeça que o amigo chegasse a declarar amor a alguém, menos ainda à Sofia, se é que era amor deveras; podia ser gracejo de intimidade. Rubião olhava para ela muita vez, é certo; parece também que Sofia, em algumas ocasiões, pagava os olhares com outros... Concessões de moça bonita! Mas, enfim, contanto que lhe ficassem os olhos, podiam ir alguns raios deles. Não havia de ter ciúmes do nervo ótico, ia pensando o marido. Sofia levantou-se, foi pôr o lenço com os grampos em cima do piano, e deu uma olhada ao espelho para ver-se com a tranca caída. Quando voltou ao canapé, o marido pegou-lhe na mão, rindo:

— Parece-me que te amofinaste mais do que o caso merecia. Comparar os olhos de uma moça às estrelas, e as estrelas aos olhos, afinal de contas, é coisa que até se pode fazer à vista de todos, em família, e em prosa ou verso para o público. A culpa é de quem tem olhos bonitos. Demais, apesar do que me contas, sabes que ele é ainda matuto...

— Então o diabo também é matuto, porque ele pareceu-me nada menos que o diabo. E pedir-me que à certa hora olhasse para o Cruzeiro, a fim de que as nossas almas se encontrassem?

— Isso, sim, isso já cheira a namoro — concordou Palha —; mas bem vês que é um pedido de alma cândida. É assim que as moças falam aos quinze anos; é assim que falam os tolos em todos os tempos, e os poetas também; mas ele nem é moça nem poeta.

— Creio que não; mas segurar-me nas mãos para reter-me no jardim?

Palha teve um calafrio; a ideia do contato das mãos e da força empregada para reter a mulher é que o mortificava mais. Francamente, se pudesse, era capaz de ir ter com ele, e deitar-lhe as mãos ao gasnate[37]. Outras ideias, porém, acudiram e dissiparam o efeito da primeira; de modo que, cuidando Sofia havê-lo irritado, viu-o dar de ombros com desprezo, e responder-lhe que efetivamente era um ato de grosseria.

— E depois, Sofia, que ideia foi essa de convidá-lo a ir ver a lua, não me dirás?

— Chamei Dona Tonica para ir conosco.

— Mas uma vez que Dona Tonica recusou, devias ter achado meios e modos de não ir ao jardim. São coisas que acodem logo. Tu é que deste ocasião...

Sofia olhou para ele, contraindo as grossas sobrancelhas; ia responder, mas calou-se. Palha continuou a desenvolver a mesma ordem de ideias; a culpa era dela, não devia ter dado ocasião...

— Mas você mesmo não me tem dito que devemos tratá-lo com atenções particulares? Seguramente, que eu não iria ao

37. Goela.

jardim, se pudesse imaginar o que se passou. Mas nunca esperei que um homem tão pacato, tão não sei como, se tirasse dos seus cuidados para vir dizer-me coisas esquisitas...

— Pois daqui em diante evita a lua e o jardim — disse o marido, procurando sorrir.

— Mas, Cristiano, como queres tu que lhe fale a primeira vez que ele cá vier? Não tenho cara para tanto; olha, o melhor de tudo é acabar com as relações.

Palha atravessou uma perna sobre a outra e começou a rufar no sapato. Durante alguns segundos ficaram calados; cada um deles pensava em alguma coisa. Palha cuidava na proposta de acabar com as relações, não que quisesse aceitá-la, mas não sabia como responder à mulher, que mostrava tanto ressentimento, e se portava com tal dignidade. Era preciso nem desaprová-la, nem aceitar a proposta, e não lhe acendia nada. Levantou-se, meteu as mãos nas algibeiras das calças, e, depois de alguns passos, parou defronte de Sofia.

— Talvez nos estejamos a incomodar com um simples efeito de vinhos. Olha que ele não mandou o seu quinhão ao vigário; cabeça fraca, um pouco de abalo, e entornou o que tinha dentro... Sim, eu não nego que lhe possas ter causado certa impressão, como tantas outras senhoras. Há dias foi a um baile no Catete, e falou-me depois encantado das senhoras que lá vira, de uma principalmente, a viúva Mendes...

Sofia interrompeu-o:

— Por que é que não convidou essa beleza a ver o Cruzeiro?

— Não jantou lá, naturalmente, e não havia jardim nem lua. O que eu quero dizer é que o *nosso amigo* não estaria em si. Talvez se ache agora arrependido do que fez, envergonhado, sem saber como se há de explicar, ou se não explicará nada... É muito possível até que se ausente...

— Era melhor.

— ...Se o não chamarmos — concluiu o Palha.

— Mas para que chamá-lo?

— Sofia — disse-lhe o marido, sentando-se ao pé dela. — Não quero entrar em minudências; digo só que não permito que alguém te falte ao respeito...

Houve uma pequena pausa; Sofia olhava para ele, esperando.

— Não permito, e ai daquele que o fizesse, assim como ai de ti se o consentires; sabes que sou de ferro, a este respeito, e que a certeza da tua amizade, ou, vá logo tudo, do amor que me tens é que me tranquiliza. Pois bem, nada me abala relativamente ao Rubião. Crê que o Rubião é nosso amigo, devo-lhe obrigações...

— Alguns presentes, algumas joias, camarotes no teatro, não são motivos para que eu fite o Cruzeiro com ele.

— Prouvera a Deus que fosse só isso! — suspirou o zangão.

— Que há mais?

— Não entremos em minudências... Há outras coisas... Falaremos depois... Mas fica certa que nada me faria recuar, se visse no que contaste alguma gravidade. Não há nenhuma. O homem é um simplório.

— Não.

— Não?

Sofia levantou-se; também não queria entrar em minudências. O marido pegou-lhe na mão, ela ficou de pé e calada. Palha, com a cabeça reclinada nas costas do sofá, olhava sorrindo, sem achar que dizer. Ao cabo de alguns minutos, ponderou a mulher que era tarde, que ia mandar apagar tudo.

— Bem — tornou o Palha depois de breve silêncio. — Escrevo-lhe amanhã que não ponha aqui os pés.

Olhou para a mulher esperando alguma recusa. Sofia coçava as sobrancelhas, e não respondeu nada. Palha repetiu a solução; e pode ser que desta vez com sinceridade. A mulher então, com ar de tédio:

— Ora, Cristiano... Quem é que te pede cartas? Já estou arrependida de haver falado nisto. Contei-te um ato de desrespeito, e disse que era melhor cortar as relações — aos poucos ou de uma vez.

— Mas como se hão de cortar as relações de uma vez?

— Fechar-lhe a porta, mas não digo tanto; basta, se queres, aos poucos...

Era uma concessão; Palha aceitou-a; mas imediatamente ficou sombrio, soltou a mão da mulher, com um gesto de desespero. Depois, agarrando-a pela cintura, disse em voz mais alta do que até então:

— Mas, meu amor, eu devo-lhe muito dinheiro.

Sofia tapou-lhe a boca e olhou assustada para o corredor.

— Está bom — disse. — Não falemos mais nisto. Verei como ele se comporta, e tratarei de ser mais fria... Nesse caso, tu é que não deves mudar, para que não pareça que sabes alguma coisa. Verei o que posso fazer.

— Você sabe, coisas do negócio, algumas perdas... é preciso tapar um buraco aqui, outro dali... o diabo! É por isso que... Mas riamos, meu bem; não vale nada. Sabes que confio em ti...

— Vamos, que é tarde.

— Vamos — repetiu o Palha, dando-lhe um beijo na face.

— Estou com muita dor de cabeça — murmurou ela. — Creio que foi do sereno, ou desta história... Estou com muita dor de cabeça...

LI

Banhado, barbeado, meio vestido, Palha lia os jornais, à espera do almoço, quando viu entrar a mulher no gabinete, um tanto pálida.

— Estás pior?

Sofia respondeu com um gesto dos lábios, que tanto negava como afirmava. Palha acreditou que, pelo dia adiante, passaria o incômodo; a agitação da véspera, o jantar tarde... Depois, pediu que lhe deixasse acabar de ler um artigo relativo a certo negócio da praça. Era uma briga entre dois comerciantes, a propósito de uns saques; na véspera escrevera um deles, hoje vinha a resposta do outro. — Resposta completa — disse ele, acabando a leitura; e explicou longamente à mulher a questão dos saques, o mecanismo da coisa, a situação dos dois adversários, os boatos da praça, tudo com o vocabulário técnico. Sofia ouvia e suspirava; mas para o despotismo da profissão não há suspiros de mulher, nem cortesia de homem. Felizmente, o almoço estava na mesa.

Ficando só, a nossa amiga, que apenas tomou um caldo, lá para as duas horas, foi sentar-se à porta de casa, no jardim. Naturalmente, voltou a pensar no lance da véspera. Não estava bem em si nem fora de si, nem com Deus nem com o diabo. Arrependia-se de haver contado o episódio ao marido, e ao mesmo tempo irritava-se com as tentativas de explicação que este lhe deu. No meio das reflexões, ouviu distintamente as palavras do major: "*Olá! estão apreciando a lua?*", como se as folhas as tivessem guardado, e repetido agora que a aragem começava a movê-las. Sofia teve um calafrio. Siqueira era indiscreto — indiscreto em farejar e indagar das coisas alheias; sê-lo-ia ao ponto de publicá-las? Sofia considerava-se já objeto de suspeita ou de calúnia... Formava planos. Não visitaria ninguém; ou iria para fora, para Nova Friburgo ou mais longe. A exigência do marido em receber o Rubião, como antes, era excessiva; maiormente pela causa dada. Não querendo obedecer nem desobedecer, cuidava em deixar a cidade, pretextando o que quer que fosse.

— A culpa foi minha! — suspirou ela consigo.

A culpa eram as atenções especiais com o homem, carinhos, lembranças, obséquios familiares, e, na véspera, aqueles olhos tão longamente pregados nele... Se não fosse isso... Ia-se assim perdendo em reflexões multiplicadas. Tudo a aborrecia: plantas, móveis, uma cigarra que cantava, um rumor de vozes na rua, outro de pratos em casa, o andar das escravas, e até um pobre preto velho que, em frente à casa dela, trepava com dificuldade um pedaço de morro. As cautelas do preto buliam-lhe com os nervos.

LII

Nisto passou um rapaz alto, que a cortejou sorrindo e vagarosamente. Sofia cortejou-o também, um pouco espantada da pessoa e da ação.

"Quem é este sujeito?", pensou ela.

E entrou a cogitar donde é que o conhecia, porque, em verdade, a cara não lhe era estranha, nem as maneiras, nem os olhos plácidos e grandes. Onde é que o teria visto? Percorreu várias casas, sem acertar com a verdadeira; afinal pensou em certo baile, no mês anterior, em casa de um advogado que fazia anos. Era isso; viu-o lá, dançaram uma quadrilha, por simples condescendência dele, que não dançava nunca; lembrava-se de lhe ter ouvido muitas coisas agradáveis, relativamente à beleza da mulher, que, dizia ele, consistia principalmente nos olhos e nos ombros. Os dela, como sabemos, eram magníficos. E quase não tratou de outra coisa — os ombros e os olhos —, a propósito de uns e outros contou várias anedotas sucedidas com ele, algumas sem interesse, mas falava tão bem! e o assunto era tão dela! É verdade; lembrava-se agora que, apenas ele a deixou, Palha veio ter com ela, sentou-se na cadeira, ao lado, e disse-lhe o nome do rapaz, porque ela não ouvira bem à pessoa que lhe apresentara: era Carlos Maria, o próprio do almoço do nosso Rubião.

— É a primeira figura do salão — disse-lhe o marido com orgulho de ver que se ocupara tanto tempo com ela.

— Entre os homens — explicou Sofia.

— Entre as senhoras és tu — acudiu ele, mirando-se no colo da mulher, e circulando depois os olhos pela sala, com uma expressão de posse e domínio, que a mulher já conhecia e que lhe fazia bem.

Quando acabou de recordar tudo, já iria longe o rapaz; ao menos, foi uma interrupção na série de tédios que lhe tomavam a alma. Tinha uma dor nas costas, que se calara por instantes. Voltou logo, teimosa, aborrecida; Sofia reclinou-se na cadeira e fechou os olhos. Quis ver se passava pelo sono, mas não pôde. Os pensamentos eram tão teimosos como a dor, e ainda mais ruins que ela. De quando em quando um bater de asas, rápido, quebrava o silêncio: eram as pombas de uma casa vizinha que tornavam ao pombal. Sofia a princípio abriu os olhos, umas duas vezes; depois, acostumou-se ao rumor, e deixou-os fechados, a ver se dormia. Passado algum tempo, ouviu passos na rua, e levantou a cabeça, supondo que era Carlos Maria que regressava; era um carteiro que lhe trazia uma carta da roça. Entregou-lha em mão. Ao sair do jardim, tropeçou o carteiro no pé de um banco e caiu de bruços, espalhando as cartas no chão. Sofia não pôde conter o riso.

LIII

Perdoem-lhe esse riso. Bem sei que o desassossego, a noite mal passada, o terror da opinião, tudo contrasta com esse riso inoportuno. Mas, leitora amada, talvez a senhora nunca visse cair um carteiro. Os deuses de Homero — e mais eram deuses — debatiam uma vez no Olimpo, gravemente, e até furiosamente. A orgulhosa Juno, ciosa dos colóquios de Tétis e Júpiter em favor de Aquiles, interrompe o filho de Saturno. Júpiter troveja e ameaça; a esposa treme de cólera. Os outros gemem e suspiram. Mas quando Vulcano pega da urna de néctar, e vai coxeando servir a todos, rompe no Olimpo uma enorme gargalhada inextinguível[38]. Por quê? Senhora minha, com certeza nunca viu cair um carteiro.

Às vezes, nem é preciso que ele caia; outras vezes nem é sequer preciso que exista. Basta imaginá-lo ou recordá-lo. A sombra da sombra de uma lembrança grotesca projeta-se no meio da paixão mais aborrecível, e, então, o sorriso vem à tona na cara, leve que seja — um nada. Deixemo-la rir e ler a sua carta da roça.

38. Referência à *Ilíada*, de Homero, especialmente ao canto I, em que os deuses do Olimpo discutem sobre o destino dos mortais na Guerra de Troia. Juno (Hera), enciumada pela influência de Tétis sobre Júpiter (Zeus), desafia o marido, que a repreende severamente. O episódio termina quando Vulcano (Hefesto), mancando, serve néctar aos deuses, provocando uma grande gargalhada coletiva. Esse momento ilustra a dualidade dos deuses homéricos, que transitam entre a solenidade e o humor.

LIV

QUINZE DIAS DEPOIS, ESTANDO RUBIÃO EM CASA, APARECEU-LHE o marido de Sofia. Vinha perguntar-lhe o que era feito dele? onde se tinha metido que não aparecia? estivera doente? ou já não cuidava dos pobres? Rubião mastigava as palavras, sem acabar de compor uma frase única. No meio disto, Palha viu que havia na sala um homem mirando os quadros, e abafou a voz.

— Desculpe, não vi que estava com visitas — disse ele.

— Desculpar o que? é um amigo, como o senhor. Doutor, aqui está o meu amigo Cristiano de Almeida e Palha. Creio que já lhe falei dele. Este é o meu amigo Doutor Camacho — João de Souza Camacho.

Camacho fez um sinal de cabeça, disse uma ou duas coisas, e quis sair; mas Rubião interveio, insistindo que não, senhor, que ficasse. Eram ambos amigos; e depois a lua não tardava a iluminar a bela enseada de Botafogo.

A lua — outra vez a lua — e esta frase: "*Creio que já lhe falei dele*", atordoaram de tal jeito o recém-chegado, que não lhe foi possível proferir uma palavra durante algum tempo. Bom é acrescentar que o dono da casa também não sabia que dissesse. Estavam os três sentados: Rubião no canapé, Palha e Camacho em cadeiras defronte um do outro. Camacho, que conservara a bengala na mão, pô-la verticalmente nos joelhos, batendo no nariz e olhando para o teto. Fora, rumor de carros, tropel de cavalos e algumas vozes. Eram sete horas e meia da noite, ou mais, perto de oito. O silêncio foi mais longo do que era lícito na ocasião; nem Rubião nem Palha davam por ele. Camacho é que, aborrecido, foi à janela, e exclamou dali para os dois:

— Lá vem o luar entrando!

Rubião fez um gesto, Palha outro; mas quão diferentes! Rubião era para transportar-se à janela; Palha ia a agarrá-lo pela gola. Cedia menos à divulgação possível da aventura do que à lembrança da violência com que ele pegara nas mãos da mulher para atraí-las a si. Um e outro contiveram-se; logo depois, Rubião, cruzando a perna esquerda sobre a direita, voltou-se para o Palha, e perguntou-lhe:

— Sabe que vou deixá-los?

LV

Tudo esperava o outro, menos isto. Daí o espanto em que se dissolveu a cólera; daí também uma sombrinha de pesar, que é o que o leitor menos espera. Deixá-los? Naturalmente ia-se embora do Rio de Janeiro; era o castigo que a si mesmo impunha pela ação ruim que praticara em Santa Teresa; logo, vexara-se, arrependera-se... Não tinha cara de aparecer à esposa do amigo... Tal foi a primeira conclusão do Palha; mas vieram outras hipóteses... Por exemplo, a paixão podia persistir, e a saída dele era um modo de afastar-se da pessoa amada... também podia acontecer que entrasse aí algum plano de casamento.

A última hipótese trouxe à fisionomia do Palha um elemento novo, que não sei como chamar. Desapontamento? Já o elegante Garrett não achava outro termo para tais sensações, e nem por ser inglês o desprezava[39]. Vá desapontamento. Misturem-lhe o espanto da notícia de separação, e a sombrinha de pesar; não se esqueçam da cólera que primeiro trovejou surdamente, e não faltará quem ache que a alma deste homem é uma colcha de retalhos.

39. Referência a João Baptista da Silva Leitão de Almeida Garrett (1799–1854), escritor e poeta português, um dos principais nomes do Romantismo em Portugal. Descendente de irlandeses e tendo vivido na Inglaterra entre 1828 e 1831, Garrett introduziu uma linguagem mais naturalista na literatura e renovou o teatro português. Sua obra frequentemente aborda sentimentos intensos e subjetivos, justificando a menção ao "desapontamento" como um termo adequado para descrever certas emoções complexas.

Pode ser; mas as colchas inteiriças são tão raras! O principal é que as cores se não desmintam umas às outras — quando não possam obedecer à simetria e regularidade. Era o caso do nosso homem. Tinha o aspecto baralhado à primeira vista; mas atentando bem, por mais opostos que fossem os matizes, lá se achava a unidade moral da pessoa.

LVI

MAS POR QUE É QUE RUBIÃO IA DEIXÁ-LOS? QUE RAZÃO? Que negócio?

No dia seguinte ao do caso de Santa Teresa, acordou opresso. Almoçou mal. Não cuidou de nada; calçou as chinelas africanas sem interesse, não cuidou das coisas belas, ou simplesmente ricas, que lhe enchiam a casa. Não pôde suportar as carícias do cão mais de dois minutos; tão depressa o recebeu na sala, como o mandou embora. O animal é que enganou os criados e tornou ao amo; mas, tal foi o tabefe que recebeu na orelha, que não repetiu os afagos: estirou-se no chão com os olhos no amigo.

Rubião estava arrependido, irritado, envergonhado. No capítulo X deste livro, ficou escrito que os remorsos deste homem eram fáceis, mas de pouca dura; faltou explicar a natureza das ações que os podiam fazer curtos ou compridos. Lá, tratava-se daquela carta escrita pelo finado Quincas Borba, tão expressiva do estado mental do autor, e que ele ocultou do médico, podendo ser útil à ciência ou à justiça. Se entregasse a carta, não teria remorsos, nem talvez legado — o pequeno legado que então esperava do enfermo. No caso presente, era uma tentativa de adultério. Certo que ele suspirava há muito e tinha ímpetos interiores; mas foi só a animação indiscreta da moça, e a própria excitação do momento que o levou a fazer a declaração repelida. Passados os vapores da noite, não era só vexame que sentia, mas também remorsos. A moral é uma, os pecados são diferentes.

Saltemos por cima de tudo o que ele sentiu e pensou durante os primeiros dias. Chegou a esperar alguma coisa no domingo, um bilhete como o do anterior — com morangos ou sem eles. Na segunda-feira estava determinado a ir a Minas passar uns dois meses; tinha necessidade de restaurar a alma aos ventos de Barbacena. Não contava com o Doutor Camacho.

— Deixar-nos? — perguntou finalmente o Palha.

— Creio que sim; vou a Minas.

Camacho, voltando da janela, sentou-se na cadeira em que estivera antes.

— Que Minas? — disse ele sorrindo. — Deixe-se de Minas por ora; lá irá quando for preciso, e não se demorará muito que o seja.

Palha não ficou menos admirado das palavras deste que das do outro. Donde surgira semelhante homem, com ar de dominar o Rubião? Olhou para ele; era pessoa de estatura média, rosto estreito, pouca barba, queixo comprido, orelhas de pavilhão largo e aberto. Foi tudo o que pôde observar rapidamente. Viu também que a roupa era fina, sem luxo, e que os pés não estavam mal calçados. Não examinou os olhos, nem o sorriso, nem as maneiras; não chegou a reparar no princípio de calva, nem nas mãos magras e cabeludas.

LVII

CAMACHO ERA HOMEM POLÍTICO. FORMADO EM DIREITO EM 1844, pela faculdade do Recife, voltara para a província natal, onde começou a advogar; mas a advocacia era um pretexto. Já na academia, escrevera um jornal político, sem partido definido, mas com muitas ideias colhidas aqui e ali, e expostas em estilo meio magro e meio inchado. Pessoa que recolheu esses primeiros frutos de Camacho fez um índice dos seus princípios e aspirações: — *ordem pela liberdade, liberdade pela ordem;* — *a autoridade não pode abusar da lei, sem esbofetear-se a si própria;* — *a vida dos princípios é a necessidade moral das nações novas como das nações velhas;* — *dai-me boas finanças, dar-vos-ei boa política* (Barão Louis[40]); — *mergulhemos no Jordão constitucional;* — *dai passagem aos valentes, homem do poder; eles serão os vossos sustentáculos, etc., etc.*

Na província natal, essa ordem de ideias teve de ceder a outras; e o mesmo se pode dizer do estilo. Fundou ali um jornal; mas, sendo a política local menos abstrata, Camacho aparou as asas e desceu dos intermúndios de Epicuro[41] às nomeações de delegados,

40. O barão Joseph-Dominique Louis (1755–1837) foi responsável por restaurar o equilíbrio financeiro da França após a administração napoleônica e por promover a lei do orçamento.

41. Foi um filósofo grego que viveu entre 341 a.C. e 270 a.C., que ensinava que o prazer é o supremo bem do homem, devendo, assim, ser buscado.

às obras provinciais, às gratificações, à luta com a folha adversa, e aos nomes próprios e impróprios. A adjetivação exigiu grande apuro. Nefasto, esbanjador, vergonhoso, perverso, foram os termos obrigados, enquanto atacou o governo; mas, logo que, por uma mudança de presidente, passou a defendê-lo, as qualificações mudaram também: enérgico, ilustrado, justiceiro, fiel aos princípios, verdadeira glória da administração, etc., etc. Esse tiroteio durou três anos. No fim deles, a paixão política dominava a alma do jovem bacharel.

Membro da assembleia provincial, logo depois da Câmara dos Deputados, presidente de uma província de segunda ordem, onde, por natural mudança do destino, leu nas folhas da oposição todos os nomes que escrevera outrora: nefasto, esbanjador, vergonhoso, perverso. Camacho teve dias grandes e pequenos, andou fora e dentro da câmara, falou, escreveu, lutou constantemente. Acabou por vir morar na capital do Império. Deputado da conciliação dos partidos, viu governar o Marquês de Paraná[42], e instou por algumas nomeações, nas quais foi atendido; mas, se é certo que o marquês lhe pedia conselhos, e usava confiar-lhe os planos que trazia, ninguém podia afirmá-lo, porque ele, em se tratando da própria consideração, mentia sem dificuldade.

O que se pode crer é que queria ser ministro, e trabalhou por obtê-lo. Agregou-se a vários grupos, segundo lhe parecia acertado; na câmara discorria largamente sobre matérias de administração, acumulava algarismos, artigos de legislação, pedaços de relatório, trechos de autores franceses, embora mal traduzidos. Mas, entre a espiga e a mão, está o muro de que fala o poeta; e por mais que

42. Honório Hermeto Carneiro Leão, Marquês de Paraná (1801–1856), foi um estadista, diplomata e magistrado brasileiro, uma das figuras centrais da política do Segundo Reinado. Como líder do Partido Conservador, destacou-se pela articulação da Conciliação, política promovida durante o governo de D. Pedro II para unir facções opostas e garantir a estabilidade do Império. Sua atuação incluiu a formação do Gabinete de Conciliação (1853–1856), no qual buscou harmonizar liberais e conservadores, promovendo nomeações estratégicas e reformas administrativas.

o nosso homem estendesse a mão do seu desejo para colhê-la, a espiga lá ficava do lado oposto, de onde a arrancavam outras mãos, mais ou menos sôfregas, ou até descuidadas.

Há solteirões na política. Camacho ia entrando nessa categoria melancólica, em que todos os sonhos nupciais se evaporam com o tempo; mas não tinha a superioridade de abandoná-la. Ninguém que organizasse um gabinete se atrevia, ainda que o desejasse, a dar-lhe uma pasta. Camacho ia-se sentindo cair; para simular influência, tratava familiarmente os poderosos do dia, contava em voz alta as visitas aos ministros e a outras dignidades do Estado; mas nem por isso dava um passo adiante.

Não lhe faltava o que comer. A família era pequena: mulher, uma filha, que ia pelos dezoito anos, um afilhado de nove, e, para isso, dava-lhe a advocacia. Mas trazia a política no sangue; não lia, quase não falava de outra coisa. De literatura, ciências naturais, história, filosofia, artes, não se preocupava absolutamente nada. Também não conhecia grandes coisas de direito; guardava algo do que lhe dera a academia, e mais a legislação posterior e as práticas forenses. Com isso ia arrazoando e ganhando.

LVIII

DIAS ANTES, INDO PASSAR A NOITE EM CASA DE UM CONSELHEIRO, viu ali Rubião. Falava-se da chamada dos conservadores ao poder e da dissolução da câmara. Rubião assistira à sessão em que o Ministério Itaboraí[43] pediu os orçamentos. Tremia ainda ao contar as suas impressões, descrevia a câmara, tribunas, galerias cheias que não cabia um alfinete, o discurso de José Bonifácio[44], a moção, a votação... Toda essa narrativa nascia de uma alma simples; era claro. A desordem dos gestos, o calor da palavra tinham a eloquência da sinceridade. Camacho escutava-o atento. Teve modo de o levar a um canto da janela e fazer-lhe considerações graves sobre a situação. Rubião opinava de cabeça, ou por palavras soltas e aprobatórias.

— Os conservadores não se demoram no poder — disse-lhe finalmente Camacho.

— Não?

— Não; eles não querem a guerra, e têm de cair por força. Veja como andei bem no programa da folha.

43. O Ministério Itaboraí refere-se ao gabinete ministerial liderado por Joaquim José Rodrigues Torres, Visconde de Itaboraí (1802–1872), que governou o Brasil entre 1852 e 1853 durante o Segundo Reinado de D. Pedro II. Representante do Partido Conservador, Itaboraí destacou-se na política econômica, promovendo medidas para estabilizar as finanças do Império e garantir o equilíbrio orçamentário. Seu governo também foi marcado pela continuidade da política de Conciliação, que buscava unir conservadores e liberais, além da tensão política envolvendo a dissolução da Câmara dos Deputados.

44. Deputado liberal (1827–1872) sobrinho-neto do Patriarca da Independência.

— Que folha?

— Conversaremos depois.

No dia seguinte, almoçaram no *Hotel de la Bourse*[45], a convite de Camacho. Este referiu ao outro que fundara, meses antes, uma folha com o único programa de continuar a guerra a todo o transe... Andava muito acesa a dissensão entre liberais; pareceu-lhe que o melhor modo de servir ao próprio partido era dar-lhe um terreno neutro e nacional.

— E isto agora serve-nos — concluiu ele —, porque o governo inclina-se à paz. Já amanhã sai um artigo meu, furibundo.

Rubião ouvia tudo, quase sem tirar os olhos do outro, comendo rapidamente, nos intervalos em que o próprio Camacho inclinava a cabeça ao prato. Folgava de ver-se confidente político, e, para dizer tudo, a ideia de entrar em luta para colher alguma coisa depois — um lugar na câmara, por exemplo — espanejou as asas de ouro no cérebro do nosso amigo. Camacho não lhe falou em mais nada; procurou-o no dia seguinte, e não o achou. Agora, pouco depois de entrar, vinha o Palha interrompê-los.

45. Era um estabelecimento situado no Rio de Janeiro durante o século XIX, frequentado por políticos, intelectuais e figuras da sociedade da época. O nome remete à tradição europeia de hotéis próximos a bolsas de valores (*bourse*, em francês), sugerindo um ambiente de encontros para debates políticos e negociações. No contexto de *Quincas Borba*, o hotel simboliza um espaço de sociabilidade e articulação política no Segundo Reinado.

LIX

— Sim, mas eu preciso ir a Minas — teimou Rubião.

— Para quê? — perguntou Camacho.

E o Palha fez-lhe igual pergunta. Para que iria a Minas, salvo se era negócio de pouco tempo. Ou já estava aborrecido da Corte?

— Não, aborrecido não estou; ao contrário...

Ao contrário, gostava muito dela; mas a terra natal, por menos bonita que seja — um lugarejo —, dá saudades à gente, ainda mais quando a pessoa veio de lá homem. Queria ver Barbacena. E Barbacena era a primeira terra do mundo. Durante alguns minutos, Rubião pôde subtrair-se à ação dos outros. Tinha a terra natal em si mesmo: ambições, vaidades da rua, prazeres efêmeros; tudo cedia ao mineiro saudoso da província. Se a alma dele foi alguma vez dissimulada e escutou a voz do interesse, agora era a simples alma de um homem arrependido do gozo e mal acomodado na própria riqueza.

Palha e Camacho olharam um para o outro... Oh! esse olhar foi como um bilhete de visita trocado entre as duas consciências. Nenhuma disse o seu segredo, mas viram os nomes no cartão, e cumprimentaram-se. Sim, era preciso impedir que o Rubião saísse; Minas podia retê-lo. Concordaram que lá fosse, mas depois — alguns meses depois —, e talvez o Palha fosse também. Nunca vira Minas; seria excelente ocasião.

— O senhor? — perguntou Rubião.

— Sim, eu; há muito que desejo ir a Minas e a São Paulo. Olhe, há mais de ano que estivemos vai não vai... Sofia é companheira para estas coisas. Lembra-se quando nos encontramos no trem da estrada de ferro?... Vínhamos de Vassouras; mas esta ideia de Minas nunca nos deixou. Iremos os três.

Rubião agarrou-se às eleições próximas; mas aqui interveio Camacho, afirmando que não era preciso, que a serpente devia ser esmagada cá mesmo na capital; não faltaria tempo depois para ir matar saudades e receber a recompensa... Rubião agitou-se no canapé. A recompensa era, com certeza, o diploma de deputado. Visão magnífica, ambição que nunca teve, quando era um pobre diabo... Ei-la que o toma, que lhe aguça todos os apetites de grandeza e glória... Entretanto, ainda insistiu por poucos dias de viagem, e, para ser exato, devo jurar que o fez sem desejo de que lhe aceitassem a proposta.

A lua estava então brilhante; a enseada, vista pelas janelas, apresentava aquele aspecto sedutor que nenhum carioca pode crer que exista em outra parte do mundo. A figura de Sofia passou ao longe, na encosta do morro, e diluiu-se no luar; a última sessão da câmara, tumultuosa, ressoou aos ouvidos do Rubião... Camacho foi até à janela e voltou logo.

— Mas quantos dias? — perguntou ele.

— Isso é que não sei, mas poucos.

— Em todo o caso, amanhã falaremos.

Camacho despediu-se. Palha ficou ainda alguns instantes, para dizer-lhe que seria esquisito voltar a Minas sem que eles liquidassem as contas... Rubião interrompeu-o. Contas? Quem lhe falava em contas?

— Bem se vê que o senhor não é homem de comércio — redarguiu Cristiano.

— Não sou, é verdade; mas as contas pagam-se quando se podem. Entre nós, tem sido isto. Ou, quem sabe? Seja franco; precisa de algum dinheiro?

— Não, não preciso. Obrigado. Tenho que propor um negócio, mas há de ser mais demoradamente. Vim vê-lo para não botar anúncios nos jornais: "Desapareceu um amigo, por nome Rubião, que tem um cachorro..."

Rubião gostou da facécia. Palha saiu e ele foi acompanhá-lo até a esquina da Rua Marquês de Abrantes. Ao despedir-se, prometeu visitá-lo em Santa Teresa, antes de ir a Minas.

LX

Pobre Minas! Rubião voltou para casa, sozinho, a passo lento, pensando no modo de lá não ir agora. E as palavras dos dois andavam-lhe no cérebro, como peixinhos de ouro em globo de vidro, abaixo, acima, rutilantes: "*Aqui é que se deve esmagar a cabeça da cobra*"; "*Sofia é companheira para estas coisas.*" Pobre Minas!

No dia seguinte recebeu um jornal que nunca vira antes, a *Atalaia.* O artigo editorial desancava o ministério; a conclusão, porém estendia-se a todos os partidos e à nação inteira: *Mergulhemos no Jordão constitucional.* Rubião achou-o excelente; tratou de ver onde se imprimia a folha para assiná-la. Era na Rua da Ajuda; lá foi, logo que saiu de casa; lá soube que o redator era o Doutor Camacho. Correu ao escritório dele.

Mas, em caminho na mesma rua:

— Deolindo! Deolindo! — bradou angustiadamente uma voz de mulher à porta de uma colchoaria.

Rubião ouviu o grito, voltou-se, viu o que era. Era um carro que descia e uma criança de três ou quatro anos que atravessava a rua. Os cavalos vinham quase em cima dela, por mais que o cocheiro os sofreasse. Rubião atirou-se aos cavalos e arrancou o menino ao perigo. A mãe, quando o recebeu das mãos do Rubião, não podia falar; estava pálida, trêmula, e chorava. Algumas pessoas puseram-se a altercar com o cocheiro, mas um homem calvo, que vinha dentro, ordenou-lhe que fosse andando. O cocheiro obedeceu. Assim, quando o pai, que estava no interior da colchoaria, veio para fora, já o carro dobrava a esquina de São José.

— Ia quase morrendo — disse a mãe. — Se não fosse este senhor, não sei o que seria do meu pobre filho.

Era uma novidade no quarteirão. Vizinhos entravam a ver o que sucedera ao pequeno; na rua, crianças e moleques espiavam pasmados. A criança tinha apenas um arranhão no ombro esquerdo, produzido pela queda.

— Não foi nada — disse Rubião. — Em todo caso, não deixem o menino sair à rua; é muito pequenino.

— Obrigado — acudiu o pai. — Mas onde está o seu chapéu?

Rubião advertiu então que perdera o chapéu. Um rapazinho esfarrapado, que o apanhara, estava à porta da colchoaria, aguardando a ocasião de restitui-lo. Rubião deu-lhe uns cobres em recompensa, coisa em que o rapazinho não cuidara ao ir apanhar o chapéu. Não o apanhou senão para ter uma parte na glória e nos serviços. Entretanto, aceitou os cobres com prazer; foi talvez a primeira ideia que lhe deram da venalidade das ações.

— Mas, espere — tornou o colchoeiro. — O senhor feriu-se?

Com efeito, a mão do nosso amigo tinha sangue; havia um ferimento na palma, coisa pequena, e que ele não podia saber se era obra do dente do cavalo, se de algum ferrão das correias. A verdade é que só agora começou a senti-lo. A mãe do pequeno correu a buscar uma bacia e uma toalha, apesar de dizer o Rubião que não era nada, que não valia a pena. Veio a água; enquanto ele lavava a mão, o colchoeiro correu à farmácia próxima, e trouxe um pouco de arnica. Rubião curou-se, atou o lenço na mão; a mulher do colchoeiro escovou-lhe o chapéu; e, quando ele saiu, um e outro agradeceram-lhe muito o benefício da salvação do filho. A outra gente, que estava à porta e na calçada, fez-lhe alas.

LXI

— Que é que tem aí na mão? — inquiriu Camacho, logo que Rubião entrou no escritório.

Rubião narrou o incidente da Rua da Ajuda. O advogado fez-lhe muitas perguntas sobre a criança, os pais, o número da casa; mas o próprio Rubião pôs termo às respostas.

— Não sabe, ao menos, o nome do pequeno?

— Ouvi chamar Deolindo. Vamos ao que importa. Venho assinar a sua folha; recebi um número, e quero contribuir para...

Camacho acudiu que não precisava de assinaturas. Em assinaturas, a folha ia bem. O que ela precisava era de material tipográfico e desenvolvimento no texto; ampliar a matéria, pôr-lhe mais noticiário, variedades, tradução de algum romance para o folhetim, movimento do porto, da praça, etc. Tinha anúncios, como viu.

— Sim, senhor.

— Estou com o capital quase subscrito. Bastam dez pessoas, e já somos oito; eu e mais sete. Faltam dois. Com mais duas pessoas está completo o capital.

"Quanto será?", pensou Rubião.

Camacho batia com um canivete na beira da escrivaninha, calado, olhando às furtadelas para o outro. Rubião passou uma vista à sala: poucos móveis, alguns autos sobre um tamborete ao pé do advogado, estante com livros, Lobão, Pereira e Souza,

Dalloz, *Ordenações do reino*[46], um retrato na parede, diante da escrivaninha.

— Conhece? — disse Camacho apontando para o retrato.

— Não, senhor.

— Veja se conhece.

— Não posso saber. Nunes Machado[47]?

— Não — acudiu o ex-deputado dando à cara um ar pesaroso. — Não pude obter um bom retrato dele. Vendem-se aí umas litografias que não me parecem boas. Não; aquele é o marquês.

— De Barbacena[48]?

— Não, de Paraná; é o grande marquês, meu particular amigo. Tentou conciliar os partidos, e foi por isso que me achei com ele. Morreu cedo; a obra não pôde ir adiante. Hoje, se ele a quisesse, ter-me-ia contra si. Não! nada de conciliações; guerra de morte. Havemos de destruí-los; leia a *Atalaia*, meu bom companheiro de lutas; recebê-la-á em casa...

— Não, senhor.

— Por que não?

Rubião baixou os olhos diante do nariz interrogativo do Camacho.

— Não, senhor; sou firme, desejo ajudar os amigos. Receber a folha de graça...

— Mas, se já lhe disse que de assinaturas vamos bem — retorquiu Camacho.

— Sim, senhor, mas não disse também que faltam duas pessoas para o capital?

---

46. Manuel de Almeida e Souza Lobão (1810–1877) e José Caetano Pereira e Souza (1756–1819): juristas portugueses; Victor Dalloz (1795–1869): jurista francês autor do *Dicionário do Direito*. Ordenações são as compilações das antigas leis do Reino de Portugal, publicadas de 1446 a 1603.

47. Joaquim Nunes Machado (1809–1849): deputado brasileiro filiado ao Partido Liberal.

48. Felisberto Caldeira Brant Pontes (1772–1842), marquês de Barbacena: foi marechal, deputador, senador e ministro no Primeiro Reinado.

— Duas, sim; temos oito...

— Quanto é o capital?

— O capital é de cinquenta contos; cinco por pessoa.

— Pois entro com cinco.

Camacho agradeceu-lho em nome das ideias. Tinha intenção de convidá-lo para entrar com eles; era um direito adquirido pela convicção, pela fidelidade, pelo amor aos negócios públicos do seu recente amigo. Uma vez que espontaneamente se alistou, pedia-lhe que o desculpasse... Mostrou-lhe a lista dos outros; Camacho era o primeiro; entrava com a folha, o material existente, as assinaturas, e o trabalho hercúleo... Ia a emendar-se, mas repetiu corajosamente: trabalho hercúleo. Podia dizer que o era, sem deslustre, nem mentira; esganou cobras, em criança. Já agora era um vício; gostava da luta, morreria nela, envolvido na bandeira...

LXII

Rubião despediu-se. No corredor passou por ele uma senhora alta, vestida de preto, com um arruído de seda e vidrilhos. Indo a descer a escada, ouviu a voz do Camacho, mais alta do que até então:

— Oh! senhora baronesa!

No primeiro degrau parou. A voz argentina da senhora começou a dizer as primeiras palavras; era uma demanda... Baronesa! E o nosso Rubião ia descendo a custo, de manso, para não parecer que ficara ouvindo. O ar mentia-lhe pelo nariz acima um aroma fino e raro, coisa de tontear, o aroma deixado por ela. Baronesa! Chegou à porta da rua; viu parado um *coupé*[49]; o lacaio, em pé, na calçada, o cocheiro na almofada, olhando; fardados ambos... Que novidade podia haver em tudo isso? Nenhuma. Uma senhora titular, cheirosa e rica, talvez demandista para matar o tédio. Mas o caso particular é que ele, Rubião, sem saber por quê, e apesar do seu próprio luxo, sentia-se o mesmo antigo professor de Barbacena...

49. Tipo de carruagem fechada, comum no século XIX, geralmente puxada por um ou dois cavalos, com espaço para dois passageiros. Mais tarde, o termo passou a ser usado para designar certos modelos de automóveis de duas portas.

LXIII

NA RUA, ENCONTROU SOFIA COM UMA SENHORA IDOSA E OUTRA moça. Não teve olhos para ver bem as feições desta; todo ele foi pouco para Sofia. Falaram-se acanhadamente, dois minutos apenas, e seguiram o seu caminho. Rubião parou adiante, e olhou para trás; mas as três senhoras iam andando sem voltar a cabeça. Depois do jantar, consigo:

"Irei lá hoje?"

Reflexionou muito sem adiantar nada. Ora que sim, ora que não. Achara-lhe um modo esquisito; mas lembrava-se que sorriu — pouco, mas sorriu. Pôs o caso à sorte. Se o primeiro carro que passasse viesse da direita, iria; se viesse da esquerda, não. E deixou-se estar na sala, no pufe central, olhando. Veio logo um tílburi da esquerda. Estava dito; não ia a Santa Teresa. Mas aqui a consciência reagiu; queria os próprios termos da proposta: um carro. Tílburi não era carro. Devia ser o que vulgarmente se chama carro, uma caleça inteira ou meia, ou ainda uma vitória... Daí a pouco vieram chegando da direita muitas caleças que voltavam de um enterro. Foi.

LXIV

Sofia deu-lhe a mão gentilmente, sem sombra de rancor. As duas senhoras do passeio estavam com ela, em trajes caseiros; apresentou-as. A moça era prima, a velha era tia — aquela tia da roça, autora da carta que Sofia recebeu no jardim das mãos do carteiro, que logo depois deu uma queda. A tia chamava-se Dona Maria Augusta; tinha uma fazendola, alguns escravos e dívidas que lhe deixara o marido, além das saudades. A filha era Maria Benedita — nome que a vexava, por ser de velha, dizia ela; mas a mãe retorquia-lhe que as velhas foram algum dia moças e meninas, e que os nomes adequados às pessoas eram coisas de poetas e contadores de histórias. Maria Benedita era o nome da avó dela, afilhada de Luiz de Vasconcelos[50], o vice-rei. Que queria mais?

Contaram isto ao Rubião, sem que ela se vexasse. Sofia, ou para atenuar o caso, ou por outro motivo, acrescentou que os mais feios nomes eram lindos, segundo a pessoa. Maria Benedita era lindíssimo.

— Não lhe parece? — concluiu voltando-se para Rubião.

— Deixa de caçoada, prima! — acudiu Maria Benedita, rindo.

Podemos crer que a velha nem Rubião entenderam o dito — a velha, porque começava a cochilar; Rubião, porque afagava um

50. Vice-rei do Brasil no período de 1779 a 1790.

cãozinho que tinham dado a Sofia, pequeno, delgado, leve, buliçoso, olhos negros, com um guizo ao pescoço. Mas, insistindo a dona da casa, ele respondeu que sim, sem saber o que era. Maria Benedita deu um muxoxo. Em verdade, não era bonita; não lhe pedissem olhos que fascinam, nem dessas bocas que segredam alguma coisa, ainda caladas. Altinha, mãos grandes, grandes olhos atônitos quando escutavam somente, mas que sabiam falar, se a boca falava também — aí fica o principal das feições da moça. Era natural, sem acanho de roceira, e tinha um donaire particular, que corrigia as incoerências do vestido.

Nascera na roça e gostava da roça. A roça era perto, Iguaçu[51]. De longe em longe vinha à cidade, passar alguns dias; mas, ao cabo dos dois primeiros, já estava ansiosa por tornar a casa. A educação foi sumária: ler, escrever, doutrina e algumas obras de agulha. Nos últimos tempos (ia em dezenove anos), Sofia apertou com ela para aprender piano; a tia consentiu; Maria Benedita veio para a casa da prima, e ali esteve uns dezoito dias. Não pôde mais; doeram-lhe as saudades da mãe e voltou para a roça, deixando consternado o professor, que anunciou nela, desde os primeiros dias, um grande talento musical.

— Oh! sem dúvida, um grande talento!

Maria Benedita riu-se quando a prima lhe contou isto, e nunca mais pôde ver a sério o homem. Às vezes, no meio de uma lição, deitava a rir; Sofia contraía as sobrancelhas, a modo de ralho, e o pobre homem perguntava o que era, e, de si mesmo, explicava que havia de ser alguma lembrança de moça, e continuava a lição. Nem piano, nem francês — outra lacuna que Sofia mal podia desculpar. Dona Maria Augusta não compreendia a consternação da sobrinha. Para que francês? A sobrinha dizia-lhe que era indispensável para conversar, para ir às lojas, para ler um romance...

51. Cidade ao norte da atual Nova Iguaçu.

— Sempre fui feliz sem francês — respondia a velha. — E os meias-línguas da roça são a mesma coisa: não vivem pior que os crioulos.

Um dia acrescentou:

— Nem por isso lhe hão de faltar noivos. Pode casar, já lhe disse que pode casar quando quiser, como eu também casei; e até deixar-me na roça, sozinha, morrer como uma besta velha...

— Mamãe!

— Não tenha pena; é só aparecer o noivo. Em aparecendo, vá com ele, e deixe-me ficar. Olha Maria José o que fez comigo? Vive lá pelo Ceará...

— Mas se o marido é juiz de direito — ponderava Sofia.

— Torto que seja! Para mim é a mesma coisa. Cá fica o frangalho da velha. Casa, Maria Benedita, casa depressa; eu morrerei com Deus... Não terei filhos, mas terei Nossa Senhora, que é mãe de todos. Casa, anda, casa!

Toda essa rabugem era cálculo; tinha em mira arredar a filha do matrimônio, excitando-lhe o terror e a piedade. Quando menos, retardar-lho. Não creio que revelasse esse pecado ao confessor, nem que chegasse a entendê-lo: era obra de um egoísmo idoso e melindroso. Dona Maria Augusta fora longamente querida; a mãe era doida por ela, o marido amou-a até o último dia com a mesma intensidade. Mortos ambos, todas as suas saudades filiais e matrimoniais foram postas na cabeça das duas filhas. Uma fugira-lhe, casando. Ameaçada da solidão, se a outra casasse também, Dona Maria Augusta fazia tudo o que podia por evitar o desastre.

LXV

Curta foi a visita de Rubião. Às nove horas levantou-se ele discretamente, esperando qualquer palavra de Sofia, um pedido para que ficasse ainda algum tempo, que esperasse o marido que já vinha, um espanto que fosse: *Já!* mas nem isso. Sofia estendeu-lhe a mão, em que ele mal pôde tocar. Contudo, a moça, durante a visita, mostrou-se tão natural, tão sem azedume... Não teve seguramente os olhos longos e loquazes, como dantes; parecia até que não houvera nada, nem bem nem mal, nem morangos, nem lua. Rubião tremia, não achava palavras; ela achava todas as que queria, e, se era preciso olhar para ele, fazia-o direitamente, tranquilamente...

— Lembranças ao nosso Palha — murmurou ele de chapéu e bengala na mão.

— Obrigada! Foi fazer uma visita; parece que ouço passos; há de ser ele.

Não era ele; era Carlos Maria. Rubião ficou espantado de o ver ali, mas achou logo que a presença da fazendeira e da filha explicaria tudo; podia ser até que fossem aparentados.

— Ia saindo, quando o senhor entrou — disse-lhe Rubião depois de o ver sentado ao pé de Dona Maria Augusta.

— Ah! — respondeu o outro, olhando para o retrato de Sofia.

Sofia foi até a porta despedir-se do Rubião; disse-lhe que o marido ficaria com pena de não estar em casa; mas que a visita era imperiosa. Negócios... Iria pedir-lhe desculpa.

— Que desculpa? — acudiu Rubião.

Parece que quis dizer ainda alguma coisa; mas o aperto de mão de Sofia e a reverência que esta lhe fez deram-lhe o sinal de despedida. Rubião inclinou-se, atravessou o jardim, ouvindo a voz de Carlos Maria, na sala:

— Vou denunciar seu marido, minha senhora; é homem de muito mau gosto, e *le mauvais goût mène au crime*...

Rubião parou.

— Por quê? — disse Sofia.

— Tem este seu retrato na sala — continuou Carlos Maria. — A senhora é muito mais bela, infinitamente mais bela que a pintura... Comparem, minhas senhoras.

LXVI

"Como ele diz aquelas coisas tão naturalmente!", pensou Rubião, em casa, relembrando as palavras de Carlos Maria. Desfazer no retrato só para elogiar a pessoa! Note-se que o retrato é muito parecido...

LXVII

De manhã, na cama, teve um sobressalto. O primeiro jornal que abriu foi a *Atalaia.* Leu o artigo editorial, uma correspondência e algumas notícias. De repente, deu com o seu nome.

— Que é isto?

Era o seu próprio nome impresso, rutilante, multiplicado, nada menos que uma notícia do caso da Rua da Ajuda. Depois do sobressalto, aborrecimento. Que diacho de ideia aquela de imprimir uma coisa particular, contada em confiança? Não quis ler nada; desde que percebeu o que era, deitou a folha ao chão, e pegou em outra. Infelizmente, perdera a serenidade; lia por alto, pulava algumas coisas, não entendia outras, ou dava por si no fim de vinte linhas sem saber como viera escorregando até ali...

Ao levantar-se, sentou-se na poltrona, ao pé da cama, e pegou da *Atalaia.* Lançou os olhos pela notícia: era mais de uma coluna. "Coluna e tanto para coisa tão diminuta!", pensou consigo. E a fim de ver como é que Camacho enchera o papel, leu tudo, um pouco às pressas, vexado dos adjetivos e da descrição dramática do caso.

— Foi bem feito! — disse em voz alta. — Quem me mandou ser linguarudo?

Passou ao banho, vestiu-se, penteou-se, sem esquecer a bisbilhotice da folha, acanhado com a publicação de um negócio que ele considerava mínimo, e ainda mais pelo exagero que lhe dera o escritor, como se se tratasse de dizer bem ou mal em política. Ao café, pegou novamente na folha para ler outras coisas, nomeações do governo, um assassinato em Garanhuns[52], meteorologia, até que a vista desastrada foi cair na notícia, e leu-a então com pausa. Aqui, confessou Rubião que bem podia crer na sinceridade do escritor. O entusiasmo da linguagem explicava-se pela impressão que lhe ficou do fato; tal foi ela que não lhe permitiu ser mais sóbrio. Naturalmente é o que foi. Rubião recordou a sua entrada no escritório do Camacho, o modo porque falou; e daí tornou atrás, ao próprio ato. Estirado no gabinete, evocou a cena: o menino, o carro, os cavalos, o grito, o salto que deu, levado de um ímpeto, irresistível. Agora mesmo não podia explicar o negócio; foi como se lhe tivesse passado uma coisa pelos olhos... Atirou-se à criança, e aos cavalos, cego e surdo, sem atender ao próprio risco... E podia ficar ali, embaixo dos animais, esmagado pelas rodas, morto ou ferido; ferido que fosse... Podia ou não podia? Era impossível negar que a situação foi grave... A prova é que os pais e a vizinhança...

Rubião interrompeu as reflexões para ler ainda a notícia. Que era bem escrita, era. Havia trechos que releu com muita satisfação. O diabo do homem parecia ter assistido à cena. Que narração! que viveza de estilo! Alguns pontos estavam acrescentados — confusão de memória —, mas o acréscimo não ficava mal. E certo orgulho que lhe notou ao repetir-lhe o nome? "O nosso amigo, o nosso distintíssimo amigo, o nosso valente amigo..."

Ao almoço, riu-se de si mesmo; achou-se mortificado em demasia. Afinal, que tinha que o outro desse aos seus leitores uma coisa que era verdadeira, que era interessante, dramática — e, seguramente —, não vulgar? Saindo, recebeu alguns cumprimentos; Freitas chamou-lhe São Vicente de Paulo[53]. E o nosso amigo sorria, agradecia, diminuía-se, não era nada...

52. Cidade localizada no interior de Pernambuco.

53. Padre francês que foi canonizado em 1737 por suas obras de socorro aos pobres.

— Nada? — replicou alguém. — Dê-me muitos desses nadas... Salvar uma criança com risco da própria vida...

Rubião ia concordando, ouvindo, sorrindo; contava a cena a alguns curiosos, que a queriam da própria boca do autor. Certos ouvintes respondiam com proezas suas — um que salvara uma vez um homem, outro uma menina, prestes a afogar-se no boqueirão do Passeio[54], estando a tomar banho. Vinham também suicídios malogrados, por intervenção do ouvinte, que tomou a pistola ao infeliz, e fê-lo jurar... Cada gloriazinha oculta picava o ovo e punha a cabeça de fora, olho aberto, sem penas, em volta da glória máxima do Rubião. Também teve invejosos, alguns que nem o conheciam, só por ouvi-lo louvar em voz alta. Rubião foi agradecer a notícia ao Camacho, não sem alguma censura pelo abuso de confiança, mas uma censura mole, ao canto da boca... Dali foi comprar uns tantos exemplares da folha para os amigos de Barbacena. Nenhuma outra transcreveu a notícia; ele, a conselho do Freitas, fê-la reimprimir nos "A pedidos" do *Jornal do Comércio*, entrelinhada.

54. Passeio Público, que foi construído no aterro do Boqueirão da Ajuda.

LXVIII

Maria Benedita consentiu finalmente em aprender francês e piano. Durante quatro dias a prima teimou com ela, a todas as horas, de tal arte e maneira, que a mãe da moça resolveu apressar a volta à fazenda, para evitar que ela acabasse aceitando. A filha resistiu muito; respondia que eram coisas supérfluas, que moça de roça não precisa de prendas da cidade. Uma noite, porém, estando ali Carlos Maria, pediu-lhe este que tocasse alguma coisa; Maria Benedita fez-se vermelha. Sofia acudiu com uma mentira:

— Não lhe peça isso; ainda não tocou depois que veio. Diz que agora só toca para os roceiros.

— Pois faça de conta que somos roceiros — insistiu o moço.

Felizmente, falou logo de outra coisa, do baile da baronesa do Piauí (casualmente, a mesma que o nosso amigo Rubião encontrou no escritório do Camacho), um baile esplêndido, oh! esplêndido! A baronesa prezava-o muito. No dia seguinte, Maria Benedita declarou à prima que estava pronta a aprender piano e francês, rabeca e até russo, se quisesse. A dificuldade era vencer a mãe. Esta, quando soube da resolução da filha, pôs as mãos na cabeça. Que francês? que piano? Bradou que não, ou então que deixasse de ser sua filha; podia ficar, tocar, cantar, falar cabinda ou a língua do diabo que os levasse a todos. Palha é que a persuadiu finalmente; disse-lhe que, por mais supérfluas que lhe parecessem aquelas prendas, eram o mínimo dos adornos de uma educação de sala...

— Mas eu criei minha filha na roça e para a roça — interrompeu a tia.

— Para a roça? Quem sabe lá para que cria os filhos? Meu pai destinara-me a padre; é por isso que arranho algum latim. A senhora não há de viver sempre; os seus negócios andam atrapalhados. Pode acontecer que Maria Benedita fique ao desamparo... Ao desamparo, não digo; enquanto vivermos somos todos uma só pessoa. Mas não é melhor prevenir? Podia ser até que, se lhe faltássemos todos, ela vivesse à larga, só com ensinar francês e piano... Basta que os saiba para estar em condições melhores. É bonita, como a senhora foi no seu tempo; e possui raras qualidades morais. Pode achar marido rico... Sabe a senhora se já tenho alguém em vista, pessoa séria?

— Sim? Então ela vai aprender francês, piano e namoro?

— Que namoro? Falo-lhe de pensamentos íntimos, de um plano que me parece adequado à felicidade dela e de sua mãe. Pois eu havia... Ora, tia Augusta!

Palha mostrou-se tão mortificado que a tia deixou o tom áspero pelo tom seco. Resistiu ainda, mas a noite deu-lhe bons conselhos. O estado dos seus negócios e a possibilidade de um genro abastado fizeram mais do que outras razões. Os melhores genros da roça aliavam-se a outras fazendas, a famílias de representação e de riqueza segura. Dois dias depois, acharam um *modus vivendi*: Maria Benedita ficaria com a prima; iriam de quando em quando à roça, e a tia também viria à capital, para vê-las. Palha chegou a dizer que, logo que o estado da praça o permitisse, arranjaria um meio de liquidar-lhe os negócios e transportá-la para cá. Mas, a isso, a boa senhora abanou a cabeça.

Não se pense que tudo isso foi tão fácil como aí fica escrito. Na prática, vieram os óbices, amofinações, saudades, rebeliões de Maria Benedita. Dezoito dias depois da volta da mãe à fazenda, quis ir visitá-la, e a prima acompanhou-a; estiveram lá uma semana. A mãe, dois meses depois, veio passar uns dias aqui. Sofia acostumava habilmente a prima às distrações da cidade; teatros, visitas, passeios, reuniões em casa, vestidos novos, chapéus lindos, joias. Maria Benedita era mulher, posto que mulher esquisita; gostou de tais coisas, mas tinha para si que, logo que quisesse, podia arrebentar todos esses liames, e andar para a roça. A roça vinha ter com ela, às vezes, em sonho ou simples devaneio. Depois dos primeiros saraus, quando voltava para casa, não eram as sensações da noite que lhe enchiam a alma, eram as saudades de Iguaçu. Cresciam-lhe mais a certas horas do dia, quando a quietação da casa e da rua era completa. Então batia as asas para a varanda da velha casa, onde bebia café, ao pé da mãe; pensava na escravaria, nos móveis antigos, nas bonitas chinelas que lhe mandara o padrinho, um fazendeiro rico de São João del-Rei — e que lá ficaram em casa. Sofia não consentiu que ela as trouxesse.

Os mestres de francês e piano eram homens sabedores do ofício. Sofia teve modo de dizer-lhes em particular que a prima se vexava de aprender tão tarde, e pediu-lhes que não falassem nunca de tal discipula. Prometeram que sim; o de piano apenas referiu o pedido a alguns colegas da arte, que lhe acharam graça, e contaram outras anedotas da clientela. O certo é que Maria Benedita aprendia com singular facilidade, estudava com afinco quase todas as horas, a tal ponto que a mesma prima julgava acertado interrompê-la.

— Descansa, filha de Deus!

— Deixa recobrar o tempo perdido — respondia ela rindo.

Então, Sofia inventava passeios, à toa, para fazê-la descansar. Ora um bairro, ora outro. Em certas ruas, Maria Benedita não perdia tempo: lia as tabuletas francesas e perguntava pelos substantivos novos, que a prima, algumas vezes, não sabia dizer o que eram, tão estritamente adequado era o seu vocabulário às coisas do vestido, da sala e do galanteio.

Mas não era só nessas disciplinas que Maria Benedita fazia progressos rápidos. A pessoa ajustara-se ao meio mais depressa do que fariam crer o gosto natural e a vida da roça. Já competia com a outra, embora houvesse nesta um desgarre, e não sei que expressão particular que, por assim dizer, dava cor a todas as linhas e gestos da figura. Não obstante essa diferença, é certo que a outra era vista e notada ao pé dela, de tal jeito que Sofia, que começara por louvá-la em toda parte, não a deslouvava agora, mas ouvia calada as admirações. Falava bem — mas, quando calava, era por muito tempo; dizia que eram os seus "calundus". Contradançava sem vida, que é a perfeição desse gênero de recreio; gostava muito de ver polcar e valsar. Sofia, imaginando que era por medo que a prima não valsava nem polcava, quis dar-lhe algumas lições em casa, sozinhas, com o marido ao piano, mas a prima recusava sempre.

— Isso é ainda um bocadinho de casca da roça — disse-lhe uma vez Sofia.

Maria Benedita sorriu de um modo tão particular, que a outra não insistiu. Não foi riso de vexame, nem de despeito, nem de desdém. Desdém, por quê? Contudo, é certo que o riso parecia vir de cima. Não menos o é que Sofia polcava e valsava com ardor, e ninguém se pendurava melhor do ombro do parceiro; Carlos Maria, que era raro dançar, só valsava com Sofia — dois ou três giros, dizia ele —, Maria Benedita contou uma noite quinze minutos.

LXIX

Os quinze minutos foram contados no relógio do Rubião, que estava ao pé da Maria Benedita, e a quem ela perguntou duas vezes que horas eram, no princípio e no fim da valsa. A própria moça inclinou-se para ver bem o ponteiro dos minutos.

— Está com sono? — perguntou Rubião.

Maria Benedita olhou para ele de soslaio. Viu-lhe o rosto plácido, sem intenção nem riso.

— Não — respondeu. — Digo-lhe até que estou com medo que prima Sofia se lembre de ir cedo para casa.

— Não vai cedo. Já acabou a desculpa de Santa Teresa, por causa da subida. A casa fica perto daqui.

De fato, as duas moravam agora na Praia do Flamengo, e o baile era na Rua dos Arcos.

É de saber que tinham decorrido oito meses desde o princípio do capítulo anterior, e muita coisa estava mudada. Rubião é socio do marido de Sofia, em uma casa de importação, à Rua da Alfândega, sob a firma Palha & Cia. Era o negócio que este ia propor-lhe, naquela noite, em que achou o Doutor Camacho na casa de Botafogo. Apesar de fácil, Rubião recuou algum tempo. Pediam-lhe uns bons pares de contos de réis; não entendia de comércio, não lhe tinha inclinação. Demais, os gastos particulares eram já grandes; o capital precisava do regime do bom juro e alguma poupança, a ver se recobrava as cores e as carnes primitivas. O regime que lhe indicavam não era claro; Rubião não podia compreender os algarismos do Palha, cálculos de lucros, tabelas de preço, direitos da alfândega, nada; mas a linguagem falada supria a escrita. Palha dizia coisas extraordinárias, aconselhava o amigo que aproveitasse a ocasião para pôr o dinheiro a caminho, multiplicá-lo. Se tinha medo, era outra coisa; ele, Palha, faria o negócio com John Roberts, sócio que foi da casa Wilkinson, fundada em 1844, cujo chefe voltou para a Inglaterra, e era agora membro do parlamento.

Rubião não cedeu logo; pediu prazo, cinco dias. Consigo era mais livre, mas, desta vez, a liberdade só servia para atordoá-lo. Computou os dinheiros despendidos, avaliou os rombos feitos no cabedal que lhe deixara o filósofo. Quincas Borba, que estava com ele no gabinete, deitado, levantou casualmente a cabeça e fitou-o, Rubião estremeceu; a ideia de que naquele Quincas Borba podia estar a alma do outro nunca se lhe varreu inteiramente do cérebro. Desta vez, chegou a ver-lhe um tom de censura nos olhos. Riu-se: era tolice; cachorro não podia ser homem. Insensivelmente, porém, abaixou a mão e coçou as orelhas do animal, para captá-lo.

Atrás dos motivos de recusa, vieram outros contrários. E se o negócio rendesse? Se realmente lhe multiplicasse o que tinha? Acrescia que a posição era respeitável, e podia trazer-lhe vantagens na eleição, quando houvesse de propor-se ao parlamento, como o velho chefe da casa Wilkinson. Outra razão mais forte ainda era o receio de magoar o Palha, de parecer que lhe não confiava dinheiros, quando era certo que, dias antes, recebera parte da dívida antiga, e a outra parte restante devia ser-lhe restituída dentro de dois meses.

Nenhum desses motivos era pretexto de outro; vinham de si mesmos. Sofia só apareceu no fim, sem deixar de estar nele, desde o princípio, ideia latente, inconsciente, uma das causas últimas do ato, e a única dissimulada. Rubião abanou a cabeça para expeli-la, e levantou-se. Sofia (dona astuta!) recolheu-se à inconsciência do homem, respeitosa da liberdade moral, e deixou-o resolver por si mesmo que entraria de sócio com o marido, mediante certas cláusulas de segurança. Foi assim que se fez a sociedade comercial; assim é que Rubião legalizou a assiduidade das suas visitas.

— Senhor Rubião — disse Maria Benedita depois de alguns segundos de silêncio —, não lhe parece que minha prima é bem bonita?

— Não desfazendo na senhora, acho.

— Bonita e bem-feita.

Rubião aceitou o complemento. Um e outro acompanharam com os olhos o par de valsistas, que passeava ao longo do salão. Sofia estava magnífica. Trajava de azul-escuro, muito decotada — pelas razões ditas no capítulo XXXVIII. Os braços nus, cheios, com uns tons de ouro claro, ajustavam-se às espáduas e aos seios, tão acostumados ao gás do salão. Diadema de pérolas feitiças, tão bem acabadas que iam de par com as duas pérolas naturais, que lhe ornavam as orelhas, e que Rubião lhe dera um dia...

Ao lado dela, Carlos Maria não ficava mal. Era um rapaz galhardo, como sabemos, e trazia os mesmos olhos plácidos do almoço do Rubião. Não tinha as maneiras súditas, nem as curvas reverentes dos outros rapazes; falava com a graça de um rei benévolo. Entretanto, se à primeira vista parecia fazer apenas um obséquio àquela senhora, não é menos certo que ia desvanecido, por trazer ao lado a mais esbelta mulher da noite. Os dois sentimentos não se contradiziam; fundiam-se ambos na adoração que este moço tinha de si mesmo. Assim, o contato de Sofia era para ele como a prosternação de uma devota. Não se admirava de nada. Se um dia acordasse imperador, só se admiraria da demora do ministério em vir cumprimentá-lo.

— Vou descansar um pouco — disse Sofia.

— Está cansada ou... aborrecida? — perguntou-lhe o braceiro.

— Oh! cansada apenas!

Carlos Maria, arrependido de haver suposto a outra hipótese, deu-se pressa em eliminá-la.

— Sim, creio; por que é que estaria aborrecida? Mas eu afirmo que é capaz de fazer-me o sacrifício de passear ainda algum tempo. Cinco minutos?

— Cinco minutos.

— Nem mais um que seja? Pela minha parte, passearia a eternidade.

Sofia abaixou a cabeça.

— Com a senhora, note bem.

Sofia deixou-se ir com os olhos no chão, sem contestar, sem concordar, sem agradecer, ao menos. Podia não ser mais que uma galanteria, e as galanterias é de uso que se agradeçam. Já lhe tinha ouvido outrora palavras análogas, dando-lhe a primazia entre as mulheres deste mundo. Deixou de as ouvir durante seis meses — quatro que ele gastou em Petrópolis, dois em que lhe não apareceu. Ultimamente é que tornou a frequentar a casa, a dizer-lhe finezas daquelas, ora em particular, ora à vista de toda a gente. Deixou-se ir; e ambos foram andando calados, calados, calados — até que ele rompeu o silêncio, notando-lhe que o mar, defronte da casa dela, batia com muita força na noite anterior.

— Passou lá? — perguntou Sofia.

— Estive lá; ia pelo Catete, já tarde, e lembrou-me de descer à Praia do Flamengo. A noite era clara; fiquei cerca de uma hora entre o mar e a sua casa. A senhora aposto que nem sonhava comigo? Entretanto, eu quase que ouvia a sua respiração...

Sofia tentou sorrir; ele continuou:

— O mar batia com força, é verdade, mas o meu coração não batia menos rijamente — com esta diferença que o mar é estúpido, bate sem saber por quê, e o meu coração sabe que batia pela senhora.

— Oh! — murmurou Sofia.

Com espanto? Com indignação? Com medo? São muitas perguntas a um tempo. Estou que a própria dama não poderia responder exatamente, tal foi o abalo que lhe trouxe a declaração do moço. Em todo caso, não foi com incredulidade. Não posso dizer mais senão que a exclamação saiu tão frouxa, tão abafada que ele mal pôde ouvi-la. Pela sua parte, Carlos Maria disfarçou bem, ante os olhos de toda a sala; nem antes, nem durante, nem depois das palavras, mostrou no rosto a menor comoção; tinha até umas sombras de riso cáustico, um riso de seu uso, quando mofava de alguém; parecia ter dito um epigrama. Contudo, mais de um olho de mulher espreitava a alma de Sofia, estudava o gesto da moça, tal ou qual acanhado, e as pálpebras teimosamente caídas.

— A senhora está perturbada — disse ele. — Disfarce com o leque.

Sofia, maquinalmente, entrou a abanar-se e levantou os olhos. Viu que muitos outros a fitavam, e empalideceu. Os minutos iam correndo, com a mesma brevidade dos anos; os primeiros cinco e os segundos iam longe; estavam no décimo terceiro, atrás deste, iam apontando as asas de outro, e mais outro. Sofia disse ao braceiro que queria sentar-se.

— Vou deixá-la e retiro-me.

— Não — disse ela precipitadamente.

Depois, emendou-se:

— O baile está bonito.

— Está, mas eu quero levar comigo a melhor recordação da noite. Qualquer outra palavra que ouça agora será como o coaxar das rãs, depois do canto de um lindo pássaro, um dos seus pássaros lá de casa. Onde quer que a deixe?

— Ao lado de minha prima.

LXX

Rubião cedeu a cadeira e acompanhou Carlos Maria, que atravessou a sala e foi até o gabinete da entrada, onde estavam os sobretudos e uns dez homens conversando. Antes que o rapaz entrasse no gabinete, Rubião pegou-lhe no braço, familiarmente, para lhe perguntar alguma coisa — fosse o que fosse — mas, em verdade, para retê-lo consigo, e procurar sondá-lo. Começava a crer possível ou real uma ideia que o atormentava desde muitos dias. Agora, a conversação dilatada, os modos dela...

Carlos Maria não tinha notícia da longa paixão do mineiro, guardada, mortificada, não se podendo confessar a ninguém — esperando os benefícios do acaso — contentando-se de pouco, da simples vista da pessoa, dormindo mal as noites, dando dinheiro para as operações mercantis... Que ele não tinha ciúmes do marido. Nunca a intimidade do casal lhe excitara os ódios contra o legítimo senhor. E lá iam meses e meses, sem alteração do sentimento, nem morte da esperança... Mas a possibilidade de um rival de fora veio atordoá-lo; aqui é que o ciúme trouxe ao nosso amigo uma dentada de sangue.

— Que é? — disse Carlos Maria voltando-se.

Ao mesmo tempo, entrou no gabinete, onde os dez homens tratavam de política, porque este baile — ia-me esquecendo de dizê-lo — era dado em casa de Camacho, a propósito dos anos da mulher. Quando os dois ali entraram, a conversação era geral, o assunto o mesmo, e todos falavam para todos — um turbilhão de ditos, de pareceres, de afirmações diversas... Um, que era doutrinário, conseguiu dominar os outros, que se calaram por instantes, fumando.

— Podem fazer tudo — disse o doutrinário —, mas a punição moral é certa. As dívidas dos partidos pagam-se com juros até o último real e até a última geração. Princípios não morrem; os partidos que o esquecem expiram no lodo e na ignomínia.

Outro, meio calvo, não acreditava na punição moral, e dizia por quê; mas um terceiro falou da demissão de uns coletores, e os espíritos, meio tontos com a doutrina, tomaram pé. Os coletores não tinham outra culpa, além da opinião; e nem ao menos se podia defender o ato com o merecimento dos substitutos. Um destes trazia às costas um desfalque; outro era cunhado de um tal Marques que dera um tiro de garrucha no delegado, em São José dos Campos... E os novos tenentes-coronéis? Verdadeiros réus de polícia...

— Já se vai embora? — perguntou Rubião ao moço, quando o viu tirar o sobretudo dentre os outros.

— Já; estou com sono. Ajude-me a enfiar esta manga. Estou com sono.

— Mas ainda é cedo; fique. O nosso Camacho não deseja que os rapazes saiam; quem é que há de dançar com a moças?

Carlos Maria replicou sorrindo que era pouco dado a danças. Valsara com Dona Sofia, por ser mestra no ofício; senão, nem isso. Estava com sono; preferia a cama à orquestra. E estendeu-lhe a mão com benignidade; Rubião apertou-lha, meio incerto.

Não sabia o que pensava. O fato de sair, de a deixar no baile, em vez de esperar para acompanhá-la à carruagem, como de outras vezes... Podia ser engano dele... E pensava, recordava a noite de Santa Teresa, quando ele ousou declarar à moça o que sentia, pegando-lhe na bela mão delicada... O major interrompera-os; mas por que não insistiu ele mais tarde? Nem ela o maltratou, nem o marido percebera coisa nenhuma... Aqui voltava a ideia do possível rival; é certo que se retirara com sono, mas os modos dela... Rubião ia à porta do salão, para ver Sofia, depois chegava-se a um canto ou à mesa do voltarete, inquieto, aborrecido.

LXXI

Em casa, ao despentear-se, Sofia falou daquele sarau como de uma coisa enfadonha. Bocejava, doíam-lhe as pernas. Palha discordava; era má disposição dela. Se lhe doíam as pernas é porque dançara muito. Ao que retorquiu a mulher que, se não dançasse, teria morrido de tédio. E ia tirando os grampos, deitando-os a um vaso de cristal; os cabelos caiam-lhe aos poucos sobre os ombros, mal cobertos pela camisola de cambraia. Palha, por trás dela, disse-lhe que o Carlos Maria valsava muito bem. Sofia estremeceu; fitou-o no espelho, o rosto era plácido. Concordou que não valsava mal.

— Não, senhora, valsa muito bem.

— Você louva os outros porque sabe que ninguém é capaz de o desbancar. Anda, meu vaidoso, já te conheço.

Palha, estendendo a mão e pegando-lhe no queixo, obrigou-a a olhar para ele. Vaidoso, por quê? Por que é que ele era vaidoso?

— Ai — gemeu Sofia. — Não me machuques.

Palha beijou-lhe a espádua; ela sorriu, sem tédio, sem dor de cabeça, ao contrário daquela noite de Santa Teresa, em que relatou ao marido os atrevimentos do Rubião. É que os morros serão doentios, e as praias saudáveis...

No dia seguinte, Sofia acordou cedo, ao som dos trilos da passarada de casa, que parecia dar-lhe um recado de alguém. Deixou-se estar na cama, e fechou os olhos para ver melhor.

Ver melhor o quê? Não, seguramente, os morros doentios. A praia era outra coisa. Posta à janela, dali a meia hora, Sofia contemplava as ondas que vinham morrer defronte, e, ao longe, as que se levantavam e desfaziam à entrada da barra. A imaginosa dama perguntava a si mesma se aquilo era a valsa das águas, e deixava-se ir por essa torrente de ideias abaixo, sem velas nem remos. Deu consigo olhando para a rua, ao pé do mar, como procurando os sinais do homem que ali estivera, na antevéspera, alta noite... Não juro, mas cuido que achou os sinais. Ao menos, é certo que cotejou o achado com o texto da conversação:

> "*A noite era clara; fiquei cerca de uma hora entre o mar e a sua casa. A senhora aposto que nem sonhava comigo? Entretanto, eu quase que ouvia a sua respiração... O mar batia com força, é verdade, mas o meu coração não batia menos rijamente — com esta diferença que o mar é estúpido, bate sem saber por quê, e o meu coração sabe que batia pela senhora.*"

Sofia teve um calafrio, procurou esquecer o texto, mas o texto ia-se repetindo: "*A noite era clara...*"

LXXII

Entre duas frases, sentiu que alguém lhe punha a mão no ombro; era o marido, que acabava de tomar café e ia para a cidade. Despediram-se afetuosamente; Cristiano recomendou-lhe Maria Benedita, que acordara muito aborrecida.

— Já de pé! — exclamou Sofia.

— Quando eu desci, já a achei na sala de jantar. Acordou com ideias de ir para a roça; teve um sonho... não sei que...

— Calundus! — concluiu Sofia.

E com os dedos hábeis e leves consertou a gravata ao marido, puxou-lhe a gola do fraque para diante, e despediram-se outra vez. Palha desceu e saiu; Sofia deixou-se estar à janela. Antes de dobrar a esquina, ele voltou a cabeça, e, na forma do costume, disseram adeus com a mão.

LXXIII

"A noite era clara; fiquei cerca de uma hora entre o mar e a sua casa. A senhora aposto que..."

Quando Sofia pôde arrancar-se de todo à janela, o relógio de baixo batia nove horas. Zangada, arrependida, jurou a si mesma, pela alma da mãe, não pensar mais em semelhante episódio. Considerou que não valia nada; o erro foi deixar que o rapaz chegasse ao fim dos seus atrevimentos. Verdade é que, procedendo assim, evitou algum grande escândalo, porque ele era capaz de a acompanhar até a cadeira e dizer-lhe o resto ao pé de outras pessoas. E o resto repetia-se ainda uma vez na memória dela, como um trecho musical teimoso, as mesmas palavras, e a mesma voz: "*A noite era clara; fiquei cerca de uma hora...*"

LXXIV

Enquanto ela repetia a declaração da véspera, Carlos Maria abria os olhos, estirava os membros, e, antes de ir para o banho, vestir-se e dar um passeio a cavalo, reconstruiu a véspera. Tinha esse costume; achava sempre nos sucessos do dia anterior algum fato, algum dito, alguma coisa que lhe fazia bem. Aí é que o espírito se demorava; aí eram as estalagens do caminho, onde ele descavalgava o corpo, para beber vagarosamente um gole d'água fresca. Se não havia sucesso em nenhum desses — ou se os havia só contrários —, nem por isso as sensações eram desconfortativas; bastava-lhe o sabor de alguma palavra que ele mesmo houvesse dito — de algum gesto que fizesse, a contemplação subjetiva, o gosto de se ter sentido viver — para que a véspera não fosse um dia perdido.

Na véspera figurava Sofia. Parece até que foi o principal da reconstrução, a fachada do edifício, larga e magnífica. Carlos Maria saboreou de memória toda a conversação da noite, mas, quando se lembrou da confissão de amor, sentiu-se bem e mal. Era um compromisso, um estorvo, uma obrigação; e, posto que o benefício corrigisse o tédio, o rapaz ficou entre uma e outra sensação, sem plano. Ao recordar-se da notícia que lhe deu de haver ido à Praia do Flamengo, na outra noite, não pôde suster o riso, porque não era verdade. Nascera-lhe a ideia da própria conversação; mas nem lá foi, nem pensara nisso. Afinal, susteve o riso, e até arrependeu-se dele; o fato de haver mentido trouxe-lhe uma sensação de inferioridade, que o abateu. Chegou a pensar em retificar o que dissera, logo que estivesse com Sofia, mas reconheceu que a emenda era pior que o soneto, e que há bonitos sonetos mentirosos.

Depressa ergueu a alma. Viu de memória a sala, os homens, as mulheres, os leques impacientes, os bigodes despeitados, e estirou-se todo num banho de inveja e admiração. De inveja alheia, note-se bem; ele carecia desse sentimento ruim. A inveja e a admiração dos outros é que lhe davam ainda agora uma delícia íntima. A princesa do baile entregava-se-lhe. Definia assim a superioridade de Sofia, posto que lhe conhecesse um defeito capital — a educação. Achava que as maneiras polidas da moça vinham da imitação adulta, após o casamento, ou pouco antes, e, ainda assim, não subiam muito do meio em que vivia.

LXXV

Outras mulheres vieram ali — as que o preferiam aos demais homens no trato e na contemplação da pessoa. Se as requestava ou requestará todas? Não se sabe. Algumas, vá: é certo, porém, que se deleitava com todas elas. Tais havia de provada honestidade que folgavam de o trazer ao pé de si, para gostar o contato de um belo homem, sem a realidade nem o perigo da culpa — como o expectador que se regala das paixões de Otelo, e sai do teatro com as mãos limpas da morte de Desdêmona[55].

Vinham todas rodear o leito de Carlos Maria, tecendo-lhe a mesma grinalda. Nem todas seriam moças em flor; mas a distinção supria a juvenilidade. Carlos Maria recebia-as, como um deus antigo devia receber, quieto no mármore, as lindas devotas e suas oferendas. No burburinho geral distinguia as vozes de todas — não todas a um tempo —, mas às três e às quatro.

A derradeira delas foi a da recente Sofia; escutou-a ainda namorado, mas sem o alvoroço do princípio, porque a lembrança das outras donas, pessoas de qualidade, diminuía agora a importância desta. Contudo, não podia negar que era muito atrativa e que valsava perfeitamente. Chegaria a amar com força? Nisto apareceu-lhe outra vez a mentira da praia. Levantou-se aborrecido da cama.

55. Otelo, louco de ciúme infundado, assassina a sua mulher, Desdêmona, mata e fere outras pessoas e se suicida.

— Quem diabo me mandou dizer semelhante coisa?

Tornou a encarar a ideia de restabelecer a verdade; e desta vez mais seriamente que da outra. "Mentir", pensava ele, "era para os lacaios e seus congêneres."

Daí a meia hora, trepava ao cavalo e saía de casa, que era na Rua dos Inválidos. Catete adiante, veio-lhe à ideia que a casa de Sofia era na Praia do Flamengo; nada mais natural que torcer a rédea, descer uma das ruas perpendiculares ao mar, e passar pela porta da valsista. Achá-la-ia, talvez à janela, vê-la-ia corar, cumprimentá-lo. Tudo isto passou pela cabeça ao rapaz, em poucos segundos; chegou a dar um jeito à rédea, mas a alma — não o cavalo —, a alma empinou; era ir muito depressa atrás dela. Deu outro jeito à rédea e continuou o passeio.

LXXVI

Montava bem. Toda a gente que passava, ou estava às portas, não se fartava de mirar a postura do moço, o garbo, a tranquilidade régia com que se deixava ir. Carlos Maria — e este era o ponto em que cedia à multidão — recolhia as admirações todas, por ínfimas que fossem. Para adorá-lo, todos os homens faziam parte da humanidade.

LXXVII

— Já de pé! — repetiu Sofia, ao ver a prima lendo os jornais.

Maria Benedita teve um sobressalto, mas aquietou-se logo; dormira mal e acordou cedo. Não estava para aquelas folias até tão tarde, disse ela, mas a outra replicou logo que era preciso acostumar-se; a vida do Rio de Janeiro não era a mesma da roça, dormir com as galinhas e acordar com os galos. E depois perguntou-lhe que impressões trouxera do baile. Maria Benedita levantou os ombros com indiferença, mas verbalmente respondeu que boas. Custava-lhe falar, as palavras saiam-lhe poucas e moles. Sofia, entretanto, ponderou-lhe que dançara muito, salvo polcas e valsas. E porque não havia de polcar e valsar também? A prima lançou-lhe uns olhos maus.

— Não gosto.

— Qual não gosta! É medo.

— Medo?

— Falta de costume — explicou Sofia.

— Não gosto que um homem me aperte o corpo ao seu corpo, e ande comigo, assim, à vista dos outros. Tenho vexame.

Sofia tornou-se séria; não se defendeu nem continuou, falou-lhe da roça, perguntou-lhe se era certo o que lhe dissera Cristiano, que ela queria ir para casa. Então, a prima, que folheava os jornais à toa, respondeu animadamente que sim; não podia viver sem a mãe.

— Mas por quê? Você não estava tão contente conosco?

Maria Benedita não disse nada; passeou os olhos em um dos jornais, como se procurasse alguma coisa, trincando o beiço, trêmula, inquieta. Sofia teimou em querer saber a causa daquela mudança repentina; pegou-lhe nas mãos, achou-as frias.

— Você precisa casar — disse finalmente. — Tenho já um noivo.

Era Rubião; o Palha queria acabar por aí, casando o sócio com a prima; tudo ficava em casa, dizia ele à mulher. Esta tomou a si guiar o negócio. Acudia-lhe agora a promessa; tinha um noivo pronto, era só falar.

— Quem? — perguntou Maria Benedita.

— Uma pessoa.

Crê-lo-eis, pósteros? Sofia não pôde soltar o nome de Rubião. Já uma vez, dissera ao marido haver falado nele, e era mentira. Agora, indo a falar deveras, o nome não lhe saiu da boca. Ciúmes? Seria singular que esta mulher, que não tinha amor àquele homem, não quisesse dá-lo de noivo à prima, mas a natureza é capaz de tudo, amigo e senhor. Inventou o ciúme de Otelo e o do cavaleiro Des Grieux[56], podia inventar este outro de uma pessoa que não quer ceder o que não quer possuir.

— Mas quem? — repetiu Maria Benedita.

— Direi depois, deixe-me arranjar as coisas — respondeu Sofia, e mudou de conversa.

Maria Benedita trocou de rosto; a boca encheu-se lhe de riso, um riso de alegria e de esperança. Os olhos agradeceram a promessa e o trabalho, e disseram palavras que ninguém podia ouvir nem entender, palavras curiosas e obscuras:

56. Personagem do romance *Manon Lescaut* (1731), de Antoine François Prévost. O cavaleiro Des Grieux é um jovem aristocrata que se apaixona perdidamente por Manon Lescaut, vivendo um amor intenso e trágico, marcado por ciúmes e sacrifícios.

— Gosta de valsar; é o que é.

Gosta de valsar quem? Provavelmente a outra. Tinha valsado tanto na véspera, com o mesmo Carlos Maria, que bem se poderia achar na dança um pretexto; Maria Benedita concluía agora que era o próprio e único motivo. Conversaram muito nos intervalos, é certo, mas naturalmente era dela que falavam, uma vez que a prima tinha a peito casá-la, e só lhe pedia que deixasse arranjar as coisas. Talvez ele a achasse feia, ou sem graça. Uma vez, porém, que a prima queria arranjar as coisas... Tudo isso diziam os olhos gaios da menina.

LXXVIII

Rubião é que não perdeu a suspeita assim tão facilmente. Teve ideia de falar a Carlos Maria, interrogá-lo, e chegou a ir à Rua dos Inválidos, no dia seguinte, três vezes; não o encontrando, mudou de parecer. Encerrou-se por alguns dias; o major Siqueira arrancou-o à solidão. Ia participar-lhe que se mudara para a Rua Dois de Dezembro. Gostou muito da casa do nosso amigo, das alfaias, do luxo, de todas as minúcias, ouros e bambinelas. Sobre esse assunto falou longamente, relembrando alguns móveis antigos. Como só ele falasse, parou de repente para dizer que o achava aborrecido; era natural, faltava-lhe ali um complemento.

— O senhor é feliz, mas falta-lhe aqui uma coisa; falta-lhe mulher. O senhor precisa casar. Case-se, e diga que eu o engano.

Rubião lembrou-se de Santa Teresa — daquela famosa noite da conversação com Sofia — e sentiu correr-lhe um frio pelas costas; mas a voz do major não tinha nenhum sarcasmo. Também não lhe falava por interesse. A filha estava ainda como a deixamos no capítulo XLXIII, com a diferença de que os quarenta anos vieram. Quarentona, solteirona. Gemeu-os consigo, logo de manhã, no dia em que os completou; não pôs fita nem rosa no cabelo. Nenhuma festa; tão somente um discurso do pai, ao almoço, lembrando-lhe coisas de criança, anedotas da mãe e da avó, um dominó de baile de máscaras, um batizado de 1848, a solitária de um coronel Clodomiro, várias coisas assim de mistura, para entreter as horas. Dona Tonica mal podia ouvi-lo; metida em si mesma, ia roendo o pão da solitude moral, ao passo que se arrependia dos últimos esforços empregados na busca de um marido. Quarenta anos; era tempo de parar.

Nada disso lembrava agora ao major. Falou sinceramente; achou que a casa de Rubião não tinha alma. E repetiu, ao despedir-se:

— Case-se, e diga que eu o engano.

LXXIX

— E POR QUE NÃO? — PERGUNTOU UMA VOZ, DEPOIS QUE O major saiu.

Rubião, apavorado, olhou em volta de si; viu apenas o cachorro, parado, olhando para ele. Era tão absurdo crer que a pergunta viria do próprio Quincas Borba — ou antes do outro Quincas Borba, cujo espírito estivesse no corpo deste — que o nosso amigo sorriu com desdém; mas, ao mesmo tempo, executando o gesto do capítulo XLIX, estendeu a mão, e coçou amorosamente as orelhas e a nuca do cachorro — ato próprio a dar satisfação ao possível espírito do finado.

Era assim que o nosso amigo se desdobrava, sem público, diante de si mesmo.

LXXX

Mas a voz repetiu: — E por que não? — Sim, porque não havia de casar, continuou ele raciocinando. Mataria a paixão que o ia comendo aos poucos, sem esperança nem consolação. Demais, era a porta de um mistério. Casar, sim, casar logo e bem.

Estava ao portão quando essa ideia começou a abotoar — foi dali para dentro, subindo os degraus de pedra, abrindo a porta, sem consciência de nada. Ao fechar a porta, é que um pulo do Quincas Borba, que o viera acompanhando, fê-lo dar por si. Onde ficara o major? Quis descer para vê-lo, mas advertiu a tempo que acabava de o acompanhar até à rua. As pernas tinham feito tudo; elas é que o levaram por si mesmas, direitas, lúcidas, sem tropeço, para que ficasse à cabeça tão somente a tarefa de pensar. Boas pernas! pernas amigas! muletas naturais do espírito!

Santas pernas! Elas o levaram ainda ao canapé, estenderam-se com ele, devagarinho, enquanto o espírito trabalhava a ideia do casamento. Era um modo de fugir a Sofia; podia ser ainda mais alguma coisa.

Sim, podia ser também um modo de restituir à vida a unidade que perdera, com a troca do meio e da fortuna; mas esta consideração não era propriamente filha do espírito nem das pernas, mas de outra causa, que ele não distinguia bem nem mal, como a aranha. Que sabe a aranha a respeito de Mozart[57]? Nada; entretanto, ouve com prazer uma sonata do mestre. O gato, que nunca leu Kant[58], é talvez um animal metafísico. Em verdade, o casamento podia ser o laço da unidade perdida. Rubião sentia-se disperso; os próprios amigos de trânsito, que ele amava tanto, que o cortejavam tanto, davam-lhe à vida um aspecto de viagem, em que a língua mudasse com as cidades, ora espanhol, ora turco. Sofia contribuía para esse estado; era tão diversa de si mesma, ora isto, ora aquilo, que os dias iam passando sem acordo fixo, nem desengano perpétuo.

Rubião não tinha o que fazer; para matar os dias longos e variados, ia às sessões do júri, à Câmara dos Deputados, à passagem dos batalhões, dava grandes passeios, fazia visitas desnecessárias à noite, ou ia aos teatros, sem prazer. A casa era ainda um bom repouso ao espírito, com o seu luxo rutilante e os sonhos que vagavam no ar.

Ultimamente, ocupava-se muito em ler; lia romances, mas só os históricos de Dumas pai[59], ou os contemporâneos de Feuillet[60], estes com dificuldade, por não conhecer bem a língua original. Dos primeiros sobravam traduções. Arriscava-se a algum mais, se lhe achava o principal dos outros, uma sociedade fidalga e

57. Wolfgang Amadeus Mozart (1756–1791) foi um compositor austríaco do período clássico, considerado um dos maiores gênios da música erudita. Sua obra abrange sinfonias, concertos, óperas e música sacra, destacando-se pela complexidade harmônica e profundidade emocional.

58. Immanuel Kant (1724–1804) foi um filósofo alemão e um dos principais pensadores do Iluminismo. Sua filosofia, especialmente a *Crítica da razão pura*, revolucionou a metafísica, a epistemologia e a ética, influenciando profundamente o pensamento ocidental.

59. Alexandre Dumas (1802–1870) foi um escritor francês conhecido por seus romances históricos de aventura, como *Os três mosqueteiros* e *O conde de Monte Cristo*. Suas obras são marcadas por tramas envolventes e personagens carismáticos.

60. Octave Feuillet (1821–1890) foi um romancista e dramaturgo francês. Suas obras retratam a aristocracia e a alta sociedade do século XIX, explorando temas de moralidade, honra e sentimentos refinados, sendo *O romance de um jovem pobre* uma de suas obras mais conhecidas.

régia. Aquelas cenas da corte de França, inventadas pelo maravilhoso Dumas, com os seus nobres espadachins e aventureiros, as condessas e os duques de Feuillet, metidos em estufas ricas, todos eles com palavras muito compostas, polidas, altivas ou graciosas, faziam-lhe passar o tempo às carreiras. Quase sempre, acabava com o livro caído e os olhos no ar, pensando. Talvez algum velho marquês defunto lhe repetisse anedotas de outras eras.

LXXXI

Antes de cuidar da noiva, cuidou do casamento. Naquele dia e nos outros, compôs de cabeça as pompas matrimoniais, os coches — se ainda existissem antigos e ricos, quais ele via gravados nos livros de usos passados. Oh! grandes e soberbos coches! Como ele gostava de ir esperar o imperador, nos dias de grande gala, à porta do paço da cidade, para ver chegar o préstito imperial, especialmente o coche de Sua Majestade, vastas proporções, fortes molas, finas e velhas pinturas, quatro ou cinco parelhas guiadas por um cocheiro grave e digno! Outros vinham, menores em grandeza, mas ainda assim tão grandes que enchiam os olhos.

Um desses outros, ou ainda algum menor, podia servir-lhe às bodas, se toda a sociedade não estivesse já nivelada pelo vulgar *coupé*. Mas, enfim, iria de *coupé*; imaginava-o forrado magnificamente, de quê? De uma fazenda que não fosse comum, que ele mesmo não distinguia, por ora; mas que daria ao veículo o ar que não tinha. Parelha rara. Cocheiro fardado de ouro. Oh! mas de um ouro nunca visto. Convidados de primeira ordem, generais, diplomatas, senadores, um ou dois ministros, muitas sumidades do comércio; e as damas, as grandes damas? Rubião nomeava-as de cabeça; via-as entrar, ele no alto da escada de um palácio, com o olhar perdido por aquele tapete abaixo — elas atravessando o saguão, subindo os degraus com os seus sapatinhos de cetim, breves e leves — a princípio, poucas — depois mais, e mais, e ainda mais. Carruagens após carruagens... Lá vinham os condes de Tal, um varão guapo e uma singular dama... "Caro amigo, aqui estamos", dir-lhe-ia o conde, no alto; e, mais tarde, a condessa: "Senhor Rubião, a festa é esplêndida..."

De repente, o internúncio... Sim, esquecera-se de que o internúncio devia casá-los; lá estaria ele, com as suas meias roxas de monsenhor, e os grandes olhos napolitanos, em conversação com o ministro da Rússia. Os lustres de cristal e ouro iluminando os mais belos colos da cidade, casacas direitas, outras curvas ouvindo os leques que se abriam e fechavam, dragonas e diademas, a orquestra dando sinal para uma valsa. Então os braços negros, em ângulo, iam buscar os braços nus, enluvados até o cotovelo, e os pares saiam girando pela sala — cinco, sete, dez, doze, vinte pares. Ceia esplêndida. Cristais da Boêmia, louça da Hungria, vasos de Sèvres[61], criadagem lesta e fardada, com as iniciais do Rubião na gola.

61. Referência à manufatura de porcelana de Sèvres, uma das mais prestigiadas da França, fundada no século XVIII. A porcelana de Sèvres é conhecida por sua alta qualidade, elegância e refinamento, sendo frequentemente associada à realeza e à aristocracia europeia.

LXXXII

Esses sonhos iam e vinham. Que misterioso Próspero[62] transformava assim uma ilha banal em mascarada sublime? "Vai; Ariel, traze aqui os teus companheiros, para que eu mostre a este jovem casal alguns feitiços da minha feitiçaria." As palavras seriam as mesmas da comédia; a ilha é que era outra, a ilha e a mascarada. Aquela era a própria cabeça do nosso amigo; esta não se compunha de deusas nem de versos, mas de gente humana e prosa de sala. Mais rica era. Não esqueçamos que o Próspero de Shakespeare era um duque de Milão; e eis aí, talvez, porque se meteu na ilha do nosso amigo.

Em verdade, as noivas que apareciam ao lado do Rubião, naqueles sonhos de bodas, eram sempre titulares. Os nomes eram os mais sonoros e fáceis da nossa nobiliarquia. Eis aqui a explicação: poucas semanas antes, Rubião apanhou um almanaque de Laemmert[63], e, entrando a folheá-lo, deu com o capítulo dos titulares. Se ele sabia de alguns, estava longe de os conhecer a

62. Personagem central da peça *A tempestade*, de William Shakespeare. Duque legítimo de Milão, Próspero é traído por seu irmão e exilado em uma ilha mágica, onde se torna um poderoso mago. Ele usa seus poderes e a ajuda do espírito Ariel para manipular os eventos da peça e restaurar sua posição.

63. Publicação brasileira do século XIX, editada pela Casa Laemmert, uma das principais editoras e livrarias do Rio de Janeiro na época. O almanaque continha informações diversas, incluindo listas de autoridades, nobres, estatísticas e dados comerciais, sendo uma referência para a sociedade da época.

todos. Comprou um almanaque, e lia-o muitas vezes, deixando escorregar os olhos por ali abaixo, desde os marqueses até os barões, voltava atrás, repetia os nomes bonitos, trazia a muitos de cor. Às vezes, pegava da pena e de uma folha de papel, escolhia um título moderno ou antigo, e escrevia-o repetidamente, como se fosse o próprio dono e assinasse alguma coisa:

Marquês de Barbacena

Marquês de Barbacena

Marquês de Barbacena

Marquês de Barbacena

Marquês de Barbacena

Marquês de Barbacena

Ia assim, até o fim da lauda, variando a letra, ora grossa, ora miúda, cabida para trás, em pé, de todos os feitios. Quando acabava a folha, pegava nela, e comparava as assinaturas; deixava o papel e perdia-se no ar.

Daí a jerarquia das noivas. O pior é que todas traziam a cara de Sofia — podiam parecer-se nos primeiros instantes com alguma vizinha, ou com a moça que ele cumprimentara, à tarde, na rua; podiam começar muito magras ou gordas; mas não tardavam em mudar de figura, encher ou desbastar o corpo, e sobre isto vinha rutilar o rosto da bela Sofia, com os seus mesmos olhos amotinados ou quietos. Não havia fugir, ainda casando? Rubião chegou a pensar na morte do Palha; foi em certo dia, ao sair da casa dele, tendo-lhe ouvido a ela uma porção de coisas bonitas e vagas. Grande foi a sensação de ventura, posto que ele repelisse daí a pouco a ideia, como um ruim agouro. Dias depois, trocadas as maneiras, tornava ele definitivamente aos seus planos. Mais de uma vez, era o próprio Palha que o acordava daqueles sonhos conjugais.

— Tem onde ir hoje à noite?

— Não.

— Pegue lá uma entrada para o Teatro Lírico[64]; camarote número oito, primeira ordem, à esquerda.

Rubião chegava mais cedo, ia esperar por eles, e dava o braço a Sofia. Se ela estava de bom humor, a noite era das melhores do mundo. Se não, era um martírio, para repetir as próprias palavras dele, ao cão, um dia:

— Vim ontem de um martírio, meu pobre amigo.

— Case-se, e diga que eu o engano — latiu-lhe Quincas Borba.

— Sim, meu pobre amigo — acudiu ele pegando-lhe nas patas dianteiras e colocando-as sobre os joelhos. — Você tem razão; precisa de uma boa amiga que lhe dê cuidados que não posso ou não sei dar. Quincas Borba, você ainda se lembra do nosso Quincas Borba? Bom amigo meu, grande amigo, eu também fui amigo dele, dois grandes amigos. Se fosse vivo, seria o padrinho do meu casamento, levantaria os brindes — ao menos, o de honra, aos noivos —, e seria por um copo de ouro e diamantes, que eu lhe mandaria fazer de propósito... Grande Quincas Borba!

E o espírito de Rubião pairava sobre o abismo.

64. Importante casa de espetáculos do Rio de Janeiro no século XIX, inaugurada em 1852. Foi um dos principais teatros da cidade, recebendo óperas, concertos e apresentações dramáticas, além de ser frequentado pela elite carioca da época.

LXXXIII

Um dia, como houvesse saído mais cedo de casa, e não soubesse onde passar a primeira hora, caminhou para o armazém. Desde uma semana que não ia à Praia do Flamengo, por haver Sofia entrado em um dos seus períodos de sequidão. Achou o Palha de luto; morrera a tia da mulher, Dona Maria Augusta, na fazenda; a notícia chegara na antevéspera, à tarde.

— A mãe daquela mocinha?

— Justo.

Palha falou da defunta com muitos encarecimentos; depois contou a dor de Maria Benedita; estava que metia pena. Perguntou-lhe por que é que não ia ao Flamengo, logo à noite, para ajudá-los a distraí-la? Rubião prometeu ir.

— Vá, é favor que nos faz; a pobre pequena vale tudo. Não imagina que primor ali está. Boa educação, muito severa; e quanto a prendas de sociedade, se não as teve em criança, ressarciu o tempo perdido com rapidez extraordinária. Sofia é a mestra. E dona de casa? Isso, meu amigo, não sei se em tal idade se achará pessoa tão completa. Já agora fica conosco. Tem uma irmã, Maria José, casada com um juiz de direito, no Ceará; tem também o padrinho, em São João del-Rei. A defunta falava dele com elogio; não creio que ele a mande buscar, mas ainda que mande, não a dou. Já agora é nossa. Não há de ser pelo que o padrinho lhe quiser deixar em testamento que nos desfaremos dela. Aqui ficará — concluiu tirando com o dedo um pouco de poeira da gola do Rubião.

Rubião agradeceu. Depois, como estavam no escritório, ao fundo, olhou por entre as grades, e viu entrar uns fardos no armazém. Perguntou que traziam.

— São uns morins ingleses.

— Morins ingleses — repetiu Rubião, com indiferença.

— A propósito, sabe que a casa Moraes & Cunha paga a todos os credores, integralmente?

Rubião não sabia nada, nem se a casa existia, nem se eles eram credores dela; ouviu a notícia, respondeu que estimava muito, e dispôs-se a ir embora. Mas o sócio reteve-o ainda alguns instantes. Estava alegre agora; parecia que não lhe morrera ninguém. Voltou a falar de Maria Benedita. Tinha intenção de casá-la bem; nem ela era moça de dar lérias a pelintras, nem se deixava ir por fantasias tolas; era ajuizada, merecia um bom esposo, pessoa séria.

— Sim, senhor — ia dizendo Rubião.

— Olhe — murmurou de repente o sócio —, não se admire do que lhe vou dizer. Creio que você é que casa com ela.

— Eu? — acudiu Rubião, espantado. — Não, senhor. — E em seguida, para atenuar o efeito da recusa: — Não nego que seja moça digna e perfeita; mas... por ora... não penso em casar...

— Ninguém lhe diz que seja amanhã ou depois; casamento não é coisa que se improvise. O que eu digo é que tenho cá um palpite. São coisas; palpites. Sofia nunca lhe falou neste meu palpite?

— Nunca.

— É esquisito, disse-me que lhe falara uma vez, ou duas, não me lembro bem.

— Pode ser, sou muito distraído. Que queriam casar-me com a moça?

— Não, que eu tinha um palpite. Mas, não falemos mais nisto. Demos tempo ao tempo.

— Adeus.

— Adeus; vá cedo.

LXXXIV

"Com que então, Sofia queria casá-lo?", saiu pensando o Rubião; era naturalmente o processo mais expedito para descartar-se dele. Casá-lo, fazê-lo seu primo. Rubião palmilhou muita rua antes que chegasse a esta outra hipótese: "Talvez Sofia não se houvesse esquecido de falar, mas mentisse de propósito ao marido para não dar andamento ao projeto." Neste caso, o sentimento era outro. Essa explicação pareceu-lhe lógica; a alma voltou à serenidade anterior.

LXXXV

Mas não há serenidade moral que corte uma polegada sequer às abas do tempo, quando a pessoa não tem maneira de o fazer mais curto. Ao contrário, a ânsia de ir ao Flamengo à noite vinha tornar as horas mais arrastadas. Era cedo, cedo para tudo: para ir à Rua do Ouvidor, para voltar a Botafogo. O Doutor Camacho estava em Vassouras, defendendo um réu no júri. Não havia divertimento algum público; festa nem sermão. Nada. Rubião, profundamente aborrecido, trocava as pernas à toa, lendo as tabuletas, ou detendo-se ao simples incidente de um atropelo de carros. Em Minas, não se aborrecia tanto, por quê? Não achou solução ao enigma, uma vez que o Rio de Janeiro tinha mais em que se distrair, e que o distraía deveras; mas havia aqui horas de um tédio mortal.

Felizmente, há um deus para os enojados. Acudiu à memória de Rubião que o Freitas — aquele Freitas tão alegre — estava gravemente enfermo. Rubião chamou um tílburi e foi visitá-lo à Praia Formosa, onde morava. Gastou ali perto de duas horas, conversando com o doente; este adormeceu, ele despediu-se da mãe — um caco de velha —, e, à porta, antes de sair:

— A senhora há de ter tido seus apertos de dinheiro — disse o Rubião; e, vendo-a morder o beiço e baixar os olhos: — Não se envergonhe; necessidade aflige, mas não envergonha. Eu o que queria era que a senhora aceitasse alguma coisa, que lhe vou deixar para acudir à despesa; pagará um dia, se puder...

Tinha aberto a carteira, tirou seis notas de vinte mil réis, fez um bolo de todas elas, e deixou-lho na mão. Abriu a porta e saiu. A velha, espantada, nem teve alma para agradecer; só ao rodar do tílburi, é que correu à janela, mas já não podia ver o benfeitor.

LXXXVI

Tudo aquilo saiu tão espontaneamente ao Rubião, que ele só teve tempo de refletir depois que o tílburi começou a andar. Parece que chegou a levantar a cortina do postigo; a velha ia entrando; viu-lhe ainda o resto do braço. Rubião sentiu toda a vantagem de não estar inválido. Reclinou-se, desabafou o peito com um grande suspiro e olhou para a praia; logo depois inclinou-se. Na vinda, mal pudera vê-la.

— Vossa Senhoria está gostando — disse-lhe o cocheiro contente com o bom freguês que tinha.

— Acho bonito.

— Nunca veio aqui?

— Creio que vim, há muitos anos, quando estive no Rio de Janeiro pela primeira vez. Que eu sou de Minas... Pare, moço.

O cocheiro fez parar o cavalo; Rubião desceu, e disse-lhe que fosse andando devagar.

Em verdade, era curioso. Aquelas grandes braçadas de mato, brotando do lodo, e postas ali ao pé da cara do Rubião, davam-lhe vontade de ir ter com elas. Tão perto da rua! Rubião nem sentia o sol. Esquecera o doente e a mãe do doente. Assim sim — dizia ele consigo —, fosse o mar todo uma coisa daquele feitio, alastrado de terras e verduras, e valia a pena navegar. Para lá daquilo ficava a Praia dos Lázaros e a de São Cristóvão. Uma pernada apenas.

— Praia Formosa — murmurou ele —; bem-posto nome.

Entretanto, a praia ia mudando de aspecto. Dobrava para o Saco do Alferes, vinham as casas edificadas do lado do mar. De quando em quando, não eram casas, mas canoas encalhadas no lodo, ou em terra, fundo para o ar. Ao pé de uma dessas canoas, viu meninos brincando, de camisa e descalços, em volta de um homem que estava de barriga para baixo. Todos eles riam; um ria mais que os outros porque não acabava de fixar o pé do homem no chão. Era um pequerrucho de três anos; agarrava-se à perna e ia-a estendendo até nivelá-la com o chão, mas o homem fazia um gesto e levava pelo ar o pé e o menino.

Rubião deteve-se alguns minutos diante daquilo. O sujeito, vendo-se objeto de atenção, redobrou o esforço no brinco; perdeu a naturalidade. Os outros meninos, mais idosos, detiveram-se a olhar espantados. Mas Rubião não distinguia nada; via tudo confusamente. Foi ainda a pé durante largo tempo; passou o Saco do Alferes, passou a Gamboa, parou diante do cemitério dos ingleses, com os seus velhos sepulcros trepados pelo morro, e, afinal, chegou à Saúde. Viu ruas esguias, outras em ladeira, casas apinhadas ao longe e no alto dos morros, becos, muita casa antiga, algumas do tempo do rei — comidas, gretadas, estripadas, o caio encardido —, e a vida lá dentro. E tudo isso lhe dava uma sensação de nostalgia... Nostalgia do farrapo, da vida escassa, acalcanhada e sem vexame. Mas durou pouco; o feiticeiro que andava nele transformou tudo. Era tão bom não ser pobre!

LXXXVII

Rubião chegou ao fim da Rua da Saúde. Ia à toa com os olhos espraiados e desatentos. Rente com ele, passou uma mulher — não bonita, nem feia, singela, sem elegância, antes pobre que remediada, mas fresca de feições. Contaria vinte e cinco anos, e levava pela mão um menino. Este atrapalhou-se nas pernas do Rubião.

— Que é isso, nhonhô? — disse a moça, puxando o filho pelo braço.

Rubião inclinara-se ao pequeno, para ampará-lo.

— Muito obrigada, desculpe — disse ela sorrindo; e cumprimentou-o.

Rubião tirou o chapéu e sorriu também. A visão da família apoderou-se dele outra vez. "*Case-se, e diga que eu o engano!*" Parou, olhou para trás, viu ir a moça, *tique-tique*, e o menino ao pé dela, amiudando as perninhas para ajustar-se ao passo da mãe. Depois, foi andando lentamente, pensando em várias mulheres que podia escolher muito bem, para executar, a quatro mãos, a sonata conjugal, música séria, regular e clássica. Chegou a pensar na filha do major, que apenas sabia umas velhas mazurcas. De repente, ouvia a guitarra do pecado, tangida pelos dedos de Sofia, que o deliciavam, que o estonteavam, a um tempo; e lá se ia toda a castidade do plano anterior. Teimava novamente, forcejava por trocar as composições; pensava na moça da Saúde, modos tão bonitos, criancinha pela mão...

LXXXVIII

À VISTA DO TÍLBURI FEZ-LHE LEMBRAR O DOENTE DA PRAIA Formosa.

— Pobre Freitas! — suspirou.

Logo depois, pensou também no dinheiro que deixara à mãe do enfermo, e achou que fizera bem. Talvez a ideia de haver dado uma ou duas notas demais esvoaçou por alguns segundos no cérebro do nosso amigo; ele a sacudiu depressa, não sem se zangar consigo, e, para esquecê-la de todo, exclamou ainda em voz alta:

— Boa velha! pobre velha!

LXXXIX

Como a ideia tornasse ainda, Rubião atirou-se depressa ao tílburi, entrou e sentou-se, falando ao cocheiro, para fugir de si mesmo.

— Dei uma caminhada grande; mas, sim, senhor, isto aqui é bonito, é curioso; aquelas praias, aquelas ruas, é diferente dos outros bairros. Gosto disto. Hei de vir mais vezes.

O cocheiro sorriu para si de um modo tão particular, que o nosso Rubião desconfiou. Não atinava com o motivo do riso; talvez lhe houvesse escapado alguma palavra que no Rio de Janeiro tivesse mau sentido; mas repetiu-as e não descobriu nada; eram todas usadas e comuns. Entretanto, o cocheiro sorria ainda, com o mesmo ar do princípio, meio subserviente, meio velhaco. Rubião esteve a pique de o interrogar, mas recuou a tempo. Foi o outro que reatou a conversação.

— Vossa Senhoria está então muito admirado do bairro? — disse ele. — Há de deixar que eu não acredite, sem se zangar, que não é para ofender a Vossa Senhoria, nem eu sou pessoa que agrave um freguês sério; mas não creio que esteja admirado do bairro.

— Por quê? — aventurou Rubião.

O cocheiro meneou a cabeça para um e outro lado, e insistiu em não crer — não porque o bairro não fosse digno de apreço, mas porque naturalmente já o conhecia muito. Rubião ratificou a primeira afirmação; tinha ido ali muitos anos antes, quando esteve da outra vez no Rio de Janeiro, mas não se lembrava de nada. E o cocheiro ria; e, à medida que o freguês ia demonstrando, ele ia ficando mais familiar, fazia negativas com o nariz, com os beiços, com a mão.

— Já sei disso — concluiu ele. — Nem eu sou homem que não veja as coisas. Vossa Senhoria pensa que não vi a maneira por que olhou para aquela moça que passou ainda agora? Basta só isso para mostrar que Vossa Senhoria tem faro e gosta...

Rubião, lisonjeado, sorriu um pouco; mas emendou-se logo:

— Que moça?

— Que lhe dizia eu? — redarguiu o homem. — Vossa Senhoria é fino, e faz muito bem; mas eu sou pessoa de segredo, e cá o carro tem servido para estas idas e vindas. Não há muitos dias trouxe aqui um belo moço, muito bem vestido, pessoa fina — já se sabe, negócio de rabo de saia.

— Mas eu... — interrompeu o Rubião.

Mal podia conter-se; a suposição agradava-lhe; o cocheiro cuidou que ele dissimulava a culpa.

— Olhe, eu bem digo — continuou ele —, tal qual o moço da Rua dos Inválidos. Vossa Senhoria pode ficar descansado; não digo nada; cá estou para outras. Então, quer que eu acredite que é por gosto que uma pessoa, que tem carro às ordens, vem andando a pé desde a Praia Formosa até aqui? Vossa Senhoria veio ao lugar marcado, a pessoa não veio...

— Que pessoa? Fui ver um doente, um amigo que está para morrer.

— Tal qual o moço da Rua dos Inválidos — repetiu o homem. — Esse veio ver uma costureira da mulher, como se fosse casado...

— Da Rua dos Inválidos? — perguntou Rubião, que só agora atentava no nome da rua.

— Não digo mais nada — acudiu o cocheiro. — Era da Rua dos Inválidos, bonito, um moço de bigodes e olhos grandes, muito grandes. Oh! eu também, se fosse mulher, era capaz de apaixonar-me por ele... Ela não sei donde era, nem diria ainda que soubesse; sei só que era um peixão.

E vendo que o freguês o escutava com os olhos arregalados:

— Oh! Vossa Senhoria não imagina! Era de boa altura, bonito corpo, a cara meia coberta por um véu, coisa papa-fina. A gente, por ser pobre, não deixa de apreciar o que é bom.

— Mas... como foi? — murmurou Rubião.

— Ora, como foi! Ele chegou como Vossa Senhoria, no meu tílburi, apeou-se e entrou numa casa de rótula; disse que ia ver a costureira da mulher. Como eu não lhe perguntei nada, e ele tinha vindo calado toda a viagem, muito cheio de si, compreendi logo a finura. Agora, podia ser verdade, porque é mesmo uma costureira que mora na casa da Rua da Harmonia...

— Da Harmonia? — repetiu Rubião.

— Mau! Vossa Senhoria está arrancando o meu segredo; falemos de outra coisa; não digo mais nada.

Rubião olhava atônito para o homem, que de fato se calou por dois ou três minutos, mas logo depois continuou:

— Também não há muita coisa mais. O moço entrou; eu fiquei esperando; meia hora depois vi um vulto de mulher, ao longe, e desconfiei logo que ia para lá. Meu dito, meu feito; ela veio, veio, devagar, olhando disfarçadamente para todos os lados; ao passar pela casa, não lhe digo nada, nem precisou bater; foi como nas mágicas, a rótula abriu-se por si, e ela enfiou por ali dentro. Se eu já conheço isto. Em que é que Vossa Senhoria quer que a gente ganhe alguma coisa mais? O preço da tabela mal dá para comer; é preciso fazer estes ganchos.

XC

"NÃO, NÃO PODIA SER ELA", REFLETIU RUBIÃO, EM CASA, VESTINdo-se de preto.

Desde que chegara, não pensou em outra coisa que não fosse o caso contado pelo cocheiro do tílburi. Tentou esquecê-lo, arranjando papéis, ou lendo, ou dando estalinhos com os dedos para ver pular o Quincas Borba; mas a visão perseguia-o. Dizia-lhe a razão que há muitas senhoras de boa figura, e nada provava que a da Rua da Harmonia fosse ela; mas o bom efeito era curto. Daí a pouco, desenhava-se ao longe, cabisbaixa, vagarosa, uma pessoa que era nem mais nem menos a própria Sofia, e andava, e entrava de repente pela porta de uma casa, que se fechava logo... *Beati quorum tecta sunt peccata*[65]. Assim rangia a porta em mau e literal sentido. A visão foi tal, em certa ocasião, que o nosso amigo ficou a olhar para a parede, como se ali estivesse a rótula da Rua Harmonia. De imaginação, fez uma série de ações: bateu, entrou, lançou a mão ao gasnate da costureira, e pediu-lhe a verdade ou a vida. A pobre mulher, ameaçada da morte, confessou tudo; levou-o a ver a dama, que era outra, não era Sofia. Quando Rubião voltou a si, sentiu-se vexado.

— Não, não podia ser ela.

65. Expressão em latim que pode ser traduzida como "Bem-aventurados aqueles cujos pecados foram encobertos". É uma referência bíblica, baseada no Salmo 32.

Vestiu o colete, e foi abotoá-lo diante de uma das janelas, que dava para os fundos, no momento em que uma caravana de formigas ia passando pelo peitoril. Quantas vira passar outrora! Mas desta vez, nunca soube como, pegou de uma toalha, deu dois golpes, atropelou as tristes formigas, matando uma porção delas. Talvez alguma lhe pareceu "boa figura e bonita de corpo". Logo depois arrependeu-se do ato; e, realmente, que tinham as formigas com as suas suspeitas? Felizmente, começou a cantar uma cigarra, com tal propriedade e significação, que o nosso amigo parou no quarto botão do colete. *Sôôôô... fia, fia, fia, fia, fia, fia... Sôóóô... fia, fia, fia, fia, fia...*

Oh! precaução sublime e piedosa da natureza, que põe uma cigarra viva ao pé de vinte formigas mortas, para compensá-las. Essa reflexão é do leitor. Do Rubião não pode ser. Nem era capaz de aproximar as coisas, e concluir delas — nem o faria agora que está a chegar ao último botão do colete, todo ouvidos, todo cigarra... Pobres formigas mortas! Ide agora ao vosso Homero gaulês, que vos pague a fama; a cigarra é que se ri, emendando o texto:

Vous marchiez? J'en suis fort aise.
Eh bien! mourez maintenant.[66]

66. Refere-se à fábula *La cigale et la fourmi* (A cigarra e a formiga), do escritor francês Jean de La Fontaine (1621–1695). Na fábula, a formiga repreende a cigarra por ter passado o verão cantando em vez de armazenar provisões para o inverno, encerrando com a frase irônica: "Você cantava? Pois bem, dance agora!" ("*Vous chantiez? J'en suis fort aise. Eh bien! dansez maintenant.*") Neste trecho, Machado de Assis altera a citação, substituindo "cantava" por "caminhava" ("*Vous marchiez?*"), para enfatizar o destino das formigas, associando-as ao trabalho incessante e à morte.

XCI

Soou a campainha do jantar; Rubião compôs o rosto para que os seus habituados (tinha sempre quatro ou cinco) não percebessem nada. Achou-os na sala de visitas, conversando, à espera; ergueram-se todos, foram apertar-lhe a mão, alvoroçadamente. Rubião teve aqui um impulso curioso — dar-lhes a mão a beijar. Reteve-se a tempo, espantado de si próprio.

XCII

De noite, correu à Praia do Flamengo. Não pôde falar a Maria Benedita, que estava em cima, no quarto, com duas moças da vizinhança, amigas dela. Sofia veio recebê-lo à porta, e levou-o para o gabinete, onde duas costureiras faziam os vestidos de luto. O marido acabava de chegar; ainda não descera.

— Sente-se aqui — disse ela.

Tomou conta dele; estava divina. As palavras sabiam-lhe carinhosas e graves, entrecortadas de sorrisos amigos e honestos. Falou-lhe da tia, da prima, do tempo, dos criados, dos espetáculos, da falta d'água, de uma multidão de coisas diversas, vulgares ou não, mas que passando pela boca da moça, mudavam de natureza e de aspecto. Rubião ouvia fascinado. Ela, para não estar vadia, ia cosendo uns folhos; e, quando a conversação fazia pausa, Rubião era pouco para comer-lhe as mãos ágeis, que pareciam brincar com a agulha.

— Sabe que estou formando uma comissão de senhoras? — perguntou ela.

— Não sabia; para quê?

— Não leu a notícia daquela epidemia numa cidade das Alagoas?

Contou-lhe que ficara tão penalizada, que resolveu logo organizar uma comissão de senhoras, para pedir esmolas. A morte da tia interrompeu os primeiros passos; mas ia continuar, passada a missa do sétimo dia. E perguntou que lhe parecia.

— Parece-me bem. Não há homens na comissão?

— Há só senhoras. Os homens apenas dão dinheiro — concluiu rindo.

Rubião, de cabeça, subscreveu logo uma quantia grossa para obrigar os que viessem depois. Era tudo verdade. Era também verdade que a comissão ia pôr em evidência a pessoa de Sofia, e dar-lhe um empurrão para cima. As senhoras escolhidas não eram da roda da nossa dama, e só uma a cumprimentava; mas, por intermédio de certa viúva que brilhara entre 1840 e 1850, e conservava do seu tempo as saudades e o apuro, conseguira que todas entrassem naquela obra de caridade. Desde alguns dias não pensara em outra coisa. Às vezes, à noite, antes do chá, parecia dormir na cadeira de balanço; não dormia, fechava os olhos para considerar-se a si mesma, no meio das companheiras, pessoas de qualidade. Compreende-se que este fosse o assunto principal da conversação; mas, Sofia tornava de quando em quando ao presente amigo. Por que é que ele fazia fugidas tão longas, oito, dez, quinze dias, e mais? Rubião respondeu que por nada, mas tão comovido, que uma das costureiras bateu no pé da outra. Daí em diante, ainda quando o silêncio era largo, cortado apenas pelo som das agulhas no merino, das tesouradas, dos rasgados, uma e outra não perdiam de vista a pessoa do nosso amigo, com os olhos fisgados na dona da casa.

Veio uma visita de pêsames — um homem, diretor de banco. Foram chamar logo o Palha, que desceu a recebê-lo. Sofia pediu licença ao Rubião, por alguns segundos; ia ver Maria Benedita.

XCIII

Rubião, ficando só com as duas mulheres, entrou a andar de um lado para outro, abafando os passos, para não incomodar ninguém. Da sala vinha uma ou outra palavra do Palha:

— Em todo o caso, pode crer...

— Nem a administração de um banco é coisa de brincadeira...

— Positivamente...

O diretor falava pouco, seco e baixo.

Uma das costureiras dobrou a costura, arrecadou apressadamente retalhos, tesouras, carretéis de linha, de retrós. Era tarde; ia-se embora.

— Dondon, espera um bocado que eu vou também.

— Não, não posso. O senhor faz favor de dizer que horas são?

— São oito e meia — respondeu Rubião.

— Jesus! é muito tarde.

Rubião, para dizer alguma coisa, perguntou-lhe por que não esperava, como a outra pedia.

— Só espero Dona Sofia — acudiu Dondon com respeito —, mas o senhor sabe onde é que esta mora? Mora na Rua do Passeio. E eu vou dar com os ossos na Rua da Harmonia. Olhe que daqui à Rua da Harmonia é um estirão.

XCIV

Sofia desceu logo, achou Rubião transtornado, fugindo com os olhos. Perguntou-lhe o que era; ele respondeu que nada. Dondon saiu, o diretor do banco despedia-se; Palha agradecia-lhe a fineza, estimava-lhe a saúde. Onde estava o chapéu? Achou-o; deu-lhe também o sobretudo; e, parecendo que ele procurava outra coisa, perguntou se era a bengala.

— Não, senhor, é o guarda-chuva. Creio que é este; é este. Adeus.

— Ainda uma vez, obrigado, muito obrigado — disse o Palha. — Ponha o seu chapéu, está úmido, não faça cerimônias. Obrigado, muito obrigado — concluiu apertando-lhe a mão nas suas, e curvado em ângulo.

Voltando ao gabinete, deu com o sócio, que teimava em sair. Instou também; disse-lhe que tomasse uma xícara de chá, que lhe passava logo; Rubião recusou tudo.

— A sua mão está fria — observou a moça ao Rubião, apertando-lha —, por que não espera? Água de melissa é muito bom. Vou buscar.

Rubião deteve-a; não era preciso; conhecia aqueles achaques, curavam-se com o sono. Palha quis mandar vir um tílburi; mas o outro acudiu dizendo que o ar da noite lhe faria bem, e que no Catete acharia condução.

XCV

— Vou agarrá-la antes de chegar ao Catete — disse Rubião subindo pela Rua do Príncipe.

Calculou que a costureira teria ido por ali. Ao longe, descobriu alguns vultos de um e outro lado; um deles pareceu-lhe de mulher. "Há de ser ela", pensou, e picou o passo. Entende-se, naturalmente, que levava a cabeça atordoada: Rua da Harmonia, costureira, uma dama, e todas as rótulas abertas. Não admira que, fora de si, e andando rápido, desse um encontrão em certo homem que ia devagar, cabisbaixo. Nem lhe pediu desculpa; alargou o passo, vendo que a mulher também andava depressa.

XCVI

E O HOMEM EMPURRADO, APENAS SENTIU O EMPURRÃO. Caminhava absorto, mas contente, espraiando a alma, desabafado de cuidados e fastios. Era o diretor de banco, o que acabava de fazer a visita de pêsames ao Palha. Sentiu o empurrão, e não se zangou; consertou o sobretudo e a alma, e lá foi andando tranquilamente.

Convém dizer, para explicar a indiferença do homem, que ele tivera, no espaço de uma hora, comoções opostas. Fora primeiro à casa de um ministro de Estado, tratar do requerimento de um irmão. O ministro, que acabava de jantar, fumava calado e pacífico. O diretor expôs atrapalhadamente o negócio, tornando atrás, saltando adiante, ligando e desligando as coisas. Mal sentado, para não perder a linha do respeito, trazia na boca um sorriso constante e venerador; curvava-se e pedia desculpas. O ministro fez algumas perguntas; ele, animado, deu respostas longas, extremamente longas, e acabou entregando um memorial. Depois ergueu-se, agradeceu, apertou a mão ao ministro, este acompanhou-o até a varanda. Aí fez o diretor duas cortesias — uma em cheio, antes de descer a escada — outra em vão, já embaixo, no jardim; em vez do ministro, viu só a porta de vidro fosco, e na varanda, pendente do teto, o lampião de gás. Enterrou o chapéu, e saiu. Saiu humilhado, vexado de si mesmo. Não era o negócio que o afligia, mas os cumprimentos que fez, as desculpas que pediu, as atitudes subalternas, um rosário de atos sem proveito. Foi assim que chegou à casa do Palha.

Em dez minutos, tinha a alma espanada, e restituída a si mesma, tais foram as mesuras do dono da casa, os *apoiados* de cabeça, e um raio de sorriso perene, não contando oferecimentos de chá e charutos. O diretor fez-se então severo, superior, frio, poucas palavras; chegou a arregaçar com desdém a venta esquerda, a propósito de uma ideia do Palha, que a recolheu logo, concordando que era absurda. Copiou do ministro o gesto lento. Saindo, não foram dele as cortesias, mas do dono da casa.

Estava outro, quando chegou à rua; daí o andar sossegado e satisfeito, o espraiar da alma devolvida a si própria, e a indiferença com que recebeu o embate do Rubião. Lá se ia a memória dos seus rapapés; agora o que ele rumina saborosamente são os rapapés de Cristiano Palha.

XCVII

Quando Rubião chegou à esquina do Catete, a costureira conversava com um homem que a esperara, e que lhe deu logo depois o braço; e viu-os ir ambos, conjugalmente, para o lado da Glória. Casados? amigos? Perderam-se na primeira dobra da rua, enquanto Rubião ficou parado, recordando as palavras do cocheiro, a rótula, o moço de bigodes, a senhora de bonito corpo, a Rua da Harmonia... Rua da Harmonia; ela dissera Rua da Harmonia.

Deitou-se tarde. Parte do tempo esteve à janela, matutando, charuto aceso, sem acabar de explicar aquele negócio. Dondon era por força a terceira nos amores; devia ser. "Tinha olhos sonsos", pensava Rubião.

— Amanhã vou lá, saio mais cedo, vou esperá-la na esquina; dou-lhe cem mil réis, duzentos, quinhentos; ela há de confessar-me tudo.

Quando cansou, olhou para o céu; lá estava o Cruzeiro... Oh! se ela houvesse consentido em fitar o Cruzeiro! Outra teria sido a vida de ambos. A constelação pareceu confirmar este modo de sentir, fulgurando extraordinariamente; e Rubião quedou-se a mirá-la, a compor mil coisas lindas e namoradas — a viver do que podia ter sido. Quando a alma se fartou de amores nunca desabrochados, acudiu à mente do nosso amigo que o Cruzeiro não é só uma constelação, é também uma ordem honorífica.

Daqui passou a outra série de pensamentos. Achou genial a ideia de fazer do Cruzeiro uma distinção nacional e privilegiada. Já tinha visto a venera ao peito de alguns servidores públicos. Era bela, mas principalmente rara.

— Tanto melhor! — disse ele em voz alta.

Era perto de duas horas quando saiu da janela; fechou-a e foi meter-se na cama, dormiu logo; acordou ao som da voz do criado espanhol, que lhe trazia um bilhete.

XCVIII

Rubião sentou-se na cama, estremunhado, não reparou na letra do sobrescrito; abriu o bilhete, e leu:

Ficamos ontem muito inquietos depois que o senhor saiu. Cristiano não vai lá agora porque acordou tarde e tem de ir falar ao inspetor da alfândega. Mande-nos dizer se passou melhor. Lembranças de Maria Benedita e da

Sua amiga e obrigada
Sofia.

— Diga ao portador que espere.

Daí a vinte minutos a resposta chegou à mão do moleque que trouxera o bilhete; foi o próprio Rubião que lha entregou, perguntando-lhe como tinham passado as senhoras. Soube que bem; deu-lhe dez tostões, recomendando-lhe que, quando precisasse alguma coisa, viesse procurá-lo. O rapaz, espantado, arregalou os olhos e prometeu tudo.

— Adeus! — disse-lhe benevolamente o Rubião.

E ficou parado, enquanto o portador descia os poucos degraus. Indo este a meio do jardim, ouviu bradar o Rubião:

— Espera!

Voltou para acudir ao chamado; Rubião já tinha descido os degraus; foram um ao outro, e pararam, calados. Correram dois minutos sem que Rubião abrisse a boca. Afinal, perguntou alguma coisa: se as senhoras tinham passado bem. Era a mesma pergunta de há pouco; o criado confirmou a resposta. Depois, Rubião deixou vagar os olhos pelo jardim. As rosas e as margaridas estavam lindas e frescas, alguns cravos desabrochavam, outras flores e folhagens, begônias e trepadeiras; todo esse pequeno mundo parecia estender os olhos invisíveis ao Rubião, e bradar-lhe:

— Alma sem vigor, acaba de uma vez com o teu desejo; colhe-nos, manda-nos...

— Bem — disse finalmente Rubião. — Lembranças às senhoras. Não se esqueça do que lhe disse; precisando de mim, venha cá. Guardou a carta?

— Está aqui, sim, senhor.

— É melhor metê-la no bolso, mas olhe, não machuque.

— Não machuco, não, senhor — retorquiu o criado acomodando a carta.

XCIX

Saiu o moleque. Rubião ficou passeando no jardim, com as mãos nos bolsos do chambre e os olhos nas flores. Que tinha que mandasse algumas? Era um presente natural, e até de obrigação, para pagar uma cortesia com outra. Fez mal; correu ao portão, mas já o moleque ia longe; Rubião advertiu que o luto excluía as lembranças alegres, e ficou tranquilo.

Senão quando, ao recomeçar o passeio, viu uma carta ao pé de um canteiro. Inclinou-se, apanhou-a, leu o sobrescrito... A letra era dela, tão só dela. Comparou-a com a do bilhete que recebera; era a mesma. O nome era o do diabo: Carlos Maria.

"Sim, foi isso", pensou ele ao cabo de alguns minutos. "O portador da minha carta trouxe esta, e deixou-a cair."

E, mirando a carta de um e outro lado, perguntava-lhe pelo conteúdo. Oh! o conteúdo! Que iria ali escrito dentro daquele papel homicida? Perversidade, luxúria, toda a linguagem do mal e da demência, resumidas em duas ou três linhas. Ergueu-a ante os olhos, para ver se podia ler alguma coisa; o papel era grosso; não se podia ler nada. Ao lembrar-se que o portador, dando por falta da carta, voltaria a procurá-la, meteu-a atrapalhadamente no bolso e correu para dentro.

Em casa, tirou-a e mirou-a outra vez; as mãos hesitavam, reproduzindo o estado da consciência. Se abrisse a carta, saberia tudo. Lida e queimada, ninguém mais conheceria o texto, ao passo que ele teria acabado por uma vez com essa terrível fascinação que o fazia penar ao pé daquele abismo de opróbrios... Não sou eu que o digo, é ele; ele é que junta esse e outros nomes ruins, ele é que para no meio da sala, com os olhos no tapete, em cuja trama figura um turco indolente, cachimbo na boca, olhando para o Bósforo[67]... Devia ser o Bósforo.

— Infernal carta! — rosnou surdamente, repetindo uma frase ouvida no teatro, algumas semanas antes; frase esquecida, que, por uma associação de ideias, vinha agora exprimir a analogia moral do espetáculo e do expectador.

Teve ímpetos de abri-la; era só um gesto, um ato; ninguém o via, os quadros da parede estavam quietos, indiferentes, o turco do tapete continuava a fumar e a olhar para o Bósforo. Contudo, sentia escrúpulos; a carta, posto que achada no jardim, não lhe pertencia, mas ao outro. Era como se fosse um embrulho de dinheiro; não devolveria o dinheiro ao dono? Despeitado, meteu-a outra vez no bolso. Entre mandar a carta ao destinatário e entregá-la a Sofia, adotou afinal o segundo alvitre; tinha a vantagem de poder ler a verdade nas feições da própria autora.

"Digo-lhe que achei uma carta, assim e assim", pensou Rubião; "e, antes de lhe dar a carta, vejo bem na cara dela, se fica aterrada ou não. Talvez empalideça: então ameaço-a, falo-lhe da Rua da Harmonia; juro-lhe que estou disposto a gastar trezentos, oitocentos, mil contos, dois mil, trinta mil contos, se tanto for preciso para estrangular o infame..."

67. O Bósforo é um estreito que separa a Europa da Ásia, ligando o mar de Mármara ao mar Negro. Tem grande importância geográfica e histórica, especialmente na cultura e no comércio do Império Otomano. O estreito também é famoso por sua paisagem pitoresca, com vistas deslumbrantes e cidadezinhas que se espalham ao longo de suas margens. Neste contexto, a referência ao Bósforo pode evocar a ideia de um cenário exótico e distante, além de sugerir a imersão mental e a reflexão do personagem sobre sua própria situação.

C

NENHUM DOS HABITUADOS DA CASA COMPARECEU AO ALMOÇO. Rubião esperou ainda alguns minutos, chegou a mandar um criado ao portão, a ver se vinha alguém. Ninguém; teve de almoçar sozinho.

Em geral, não podia suportar as refeições solitárias; estava tão afeito à linguagem dos amigos, às observações, às graças, não menos que aos respeitos e considerações, que comer só era o mesmo que não comer nada. Agora, porém, era como um Saul que precisasse de algum Davi[68], para expelir o espírito maligno que se metera nele. Já queria mal ao portador da carta, porque a deixara cair; ignorar era um benefício. E depois, a consciência vacilava — ia da entrega da carta à recusa e à guarda indefinida. Rubião tinha medo de saber alguma coisa; ora queria, ora não queria ler nada no rosto de Sofia. O desejo de saber tudo era, em resumo, a esperança de descobrir que não havia nada.

Davi apareceu enfim, entre o queijo e o café, na pessoa do Doutor Camacho, que voltara de Vassouras na véspera, à noite. Como o Davi da Escritura, trazia um jumento carregado de pães, um cântaro de vinho e um cabrito. Deixara gravemente enfermo

68. A referência a Saul e Davi remete ao episódio bíblico descrito no *Antigo Testamento*, mais especificamente no 1º Livro de Samuel. Saul, o rei de Israel, é atormentado por um espírito maligno, o que causa-lhe angústia e transtornos. Ele é aliviado do tormento quando Davi, um jovem pastor que mais tarde se tornaria rei, toca sua harpa para ele. A música de Davi acalma o espírito maligno e traz tranquilidade a Saul.

um deputado mineiro que estava em Vassouras e preparou a candidatura do Rubião, escrevendo às influências de Minas. Foi o que lhe disse aos primeiros goles de café.

— Candidato, eu?

— Pois então quem?

Camacho demonstrou que não podia haver melhor. Tinha serviços em Minas, não tinha?

— Alguns.

— Aqui os tem de grande relevância. Mantendo comigo o órgão das ideias, tem recebido solidariamente os golpes que me dão, além dos sacrifícios que todos fazemos pelo lado pecuniário. Sobre isto, não me diga nada. Digo-lhe que hei de fazer o que puder. Demais, o senhor é a melhor solução da divergência.

— Divergência?

— Sim, o Doutor Hermenegildo, de Catas-Altas, e o coronel Romualdo; dizem que ambos, em caso de vaga, querem apresentar-se; é dividir os votos.

— Seguramente; mas teimam?

— Creio que não teimarão, quando eu lhes mandar daqui confirmação dos chefes, porque foi uma das coisas que me lançaram à cara, é que eu não tinha poderes; confessei que, para aquele caso imprevisto, não; mas que possuía a confiança dos superiores, os quais me aprovariam. Creia que está feito. Então que pensa? Pensa que trabalho aqui sacrificando tempo e dinheiro, e algum talento, para não valer a um amigo que tantas provas tem dado de fidelidade aos princípios? Oh! isso não. Hão de ouvir-me, e adotar o que lhes proponho.

Rubião, comovido, fez ainda outras perguntas acerca da luta e da vitória, se eram precisas algumas despesas já, ou carta de recomendação e pedido, e como é que se havia de ter notícias frequentes do enfermo, etc. Camacho respondia a tudo; mas recomendava-lhe cautela.

— Em política — disse ele —, uma coisa de nada desvia o curso da campanha e dá a vitória ao adversário.

Contudo, ainda que não saísse vencedor, tinha Rubião a vantagem de ficar com o seu nome sufragado; e o precedente contava-se por um serviço.

— Firmeza e paciência — concluiu.

E logo em seguida:

— Eu próprio que sou, se não um exemplo de paciência e firmeza? A minha província está entregue a um grupo de bandidos; não há outro nome para a gente dos Pinheiros; e além disso (digo-lhe isto com dor e em particular) tenho amigos que me intrigam, uns ganhadores, que querem ver se o partido me repele e se me tomam o lugar... Uns biltres! Ah! meu caro Rubião, isto de política pode ser comparado à paixão de Nosso Senhor Jesus Cristo; não falta nada, nem o discípulo que nega, nem o discípulo que vende. Coroa de espinhos, bofetadas, madeiro, e afinal morre-se na cruz das ideias, pregado pelos cravos da inveja, da calúnia e da ingratidão...

Esta frase, caída no calor da conversa, pareceu-lhe digna de um artigo; reteve-a de memória; antes de dormir, escreveu-a em uma tira de papel. Mas, na ocasião da conversa, enquanto a repetia consigo para fixá-la, Rubião dizia que se animasse, que ele era homem para grandes campanhas. E não fugisse de caretas.

— De caretas? Seguramente que não. Nem de papões verdadeiros, se os há. Cá os espero! Que se acautelem no dia em que subirmos! Hão de pagar tudo. Ouça-me este conselho; em política, não se perdoa nem se esquece nada. Quem fez uma, paga; creia que a vingança é um prazer, continuou sorrindo; há muita delícia... Enfim, contados os males e os bens da política, os bens ainda são superiores. Há ingratos, mas os ingratos demitem-se, prendem-se, perseguem-se...

Rubião ouvia subjugado. Camacho impunha; ficavam-lhe os olhos. Os anátemas brotavam-lhe como da boca de Isaías[69]; as palmas do triunfo verdejavam-lhe nas mãos. Cada gesto parecia um princípio. Quando falava com os braços abertos, ferindo o ar, era como se desdobrasse um programa inteiro. Ia-se embriagando de esperanças, e tinha o vinho alegre. De uma vez, parou diante de Rubião:

— Vamos lá, deputado; ensaie um discurso pedindo o encerramento da discussão: *Senhor presidente...* Vamos, diga comigo: *Senhor presidente, peço a Vossa Excelência...*

Rubião interrompeu-o, erguendo-se; teve uma espécie de vertigem. Via-se na câmara, entrando para prestar juramento, todos os deputados de pé; e teve um calafrio. O passo era difícil. Contudo, atravessou a sala, subiu à mesa da presidência, prestou o juramento de estilo... Talvez a voz lhe fraqueasse na ocasião...

69. Um dos maiores profetas do Antigo Testamento, cuja missão se estendeu ao longo do reinado de diversos monarcas de Judá, por volta do século VIII a.C. Seus escritos formam o Livro de Isaías, um dos livros mais influentes da Bíblia. Isaías é conhecido por suas visões divinas de juízo e salvação, condenando os pecados de Israel e das nações vizinhas, mas também anunciando a promessa de restauração para o povo escolhido e a vinda de um futuro Messias.

CI

FOI NESSE ESTADO QUE O VEIO ACHAR A NOTÍCIA DA MORTE DO Freitas. Chorou uma lágrima às escondidas; tomou para si custear as despesas do enterro e acompanhou o defunto, na tarde seguinte, ao cemitério. A velha mãe do finado, quando o viu entrar na sala, quis ajoelhar-se aos pés dele; Rubião abraçou-a a tempo de impedir-lhe o gesto. Esse ato do nosso amigo fez grande impressão nos convidados. Um deles veio apertar-lhe a mão, depois a um canto, baixinho, contou-lhe a injustiça da demissão que recebera dias antes; demissão acintosa, por causa dc intrigas...

— Imagine Vossa Excelência que aquilo é (com perdão da palavra) um covil de patifes...

Chegou a hora de sair o enterro; as despedidas da mãe foram dolorosas; beijos, soluços, exclamações, tudo de mistura, e lancinante. As mulheres não conseguiram arrancá-la dali; foram precisos dois homens e o emprego da força; ela gritava e teimava por tornar ao cadáver:

— Meu filho! meu pobre filho!

— Um escândalo! — insistia o demitido. — O próprio ministro dizem que não gostou do ato; mas Vossa Excelência sabe, para não desmoralizar o diretor...

— Pan... pan... pan... — soavam os martelos surdamente, pregando o caixão.

Rubião acedeu ao pedido que lhe faziam de pegar em uma das argolas, e deixou o demitido. Fora, alguma gente parada; os vizinhos, às janelas, debruçavam-se uns sobre os outros, com os olhos cheios daquela curiosidade que a morte inspira aos vivos. Ademais, havia o *coupé* do Rubião, que se destacava das caleças velhas. Já se falava muito daquele amigo do finado, e a presença confirmou a notícia. O defunto era agora apreciado com certa consideração.

No cemitério, não se contentou Rubião em deitar a pá de terra, ato em que foi o primeiro, por solicitação de todos; esperou que os coveiros enchessem a cova com as suas grandes pás do ofício. Tinha os olhos úmidos; acabou e saiu, ladeado pelos outros, e, à porta, com uma só chapelada para a direita e para a esquerda, saudou todas as cabeças descobertas e curvas. Ao entrar no *coupé*, ainda ouviu estas palavras, a meia-voz:

— Parece que é senador ou desembargador, ou coisa assim...

CII

Era noite entrada. Rubião vinha por ali abaixo, recordando o pobre diabo que enterrará, quando, na Rua de São Cristóvão, cruzou com outro *coupé*, que levava duas ordenanças atrás. Era um ministro que ia para o despacho imperial. Rubião pôs a cabeça de fora, recolheu-a e ficou a ouvir os cavalos das ordenanças, tão iguaizinhos, tão distintos, apesar do estrepito dos outros animais. Era tal a tensão do espírito do nosso amigo, que ainda os ouvia, quando já a distância não permitia audiência. Catrapus... catrapus... catrapus...

CIII

Ao sétimo dia da morte de Dona Maria Augusta, rezou-se a missa de uso, em São Francisco de Paula; Rubião lá foi, lá viu Carlos Maria. Tanto bastou para precipitar a devolução da carta; três dias depois, meteu-a no bolso e correu ao Flamengo. Eram duas horas da tarde. Maria Benedita fora visitar as amigas da vizinhança, que a tinham acompanhado nos primeiros dias de aflição; Sofia estava só, vestida para sair.

— Mas, não importa — disse ela convidando-o a sentar-se. — Fico ou saio mais tarde.

Rubião retorquiu que a demora era curta; vinha dar-lhe um papel.

— Em todo caso, sente-se; também se pode dar um papel sentado.

Estava tão bonita que ele hesitou em dizer-lhe as palavras duras que trazia de cor. O luto ia-lhe muito bem, e o vestido parecia uma luva. Sentada, via-se-lhe metade do pé: sapato raso, meia de seda, coisas todas que pediam misericórdia e perdão. Quanto à espada daquela bainha — assim chama à alma um velho autor —, parecia não ter gume nem campanhas; era uma ingênua faca de marfim. Rubião esteve a pique de fraquejar; a primeira palavra arrastou as outras.

— Que papel? — perguntou Sofia.

— Um papel, que suponho grave — respondeu ele contendo-se. — Não se recorda ou não sabe que perdeu uma carta?

— Não.

— Costuma escrever cartas?

— Tenho escrito algumas; mas não me lembra se grave. Deixe ver.

Rubião tinha os olhos desvairados. Não disse nem fez nada. Levantou-se para sair, não saiu. Depois de alguns instantes de silêncio e inquietação, falou sem raiva:

— Não é segredo para a senhora que lhe quero bem. A senhora sabe disso, e não me despede nem me aceita, anima-me com os seus bonitos modos. Não me esqueci ainda de Santa Teresa, nem da nossa viagem no trem de ferro, quando vínhamos os dois, com seu marido no meio. Lembra-se? Foi a minha desgraça aquela viagem; desde aquele dia a senhora me prendeu. A senhora é má, tem gênio de cobra; que mal lhe fiz eu? Vá que não goste de mim; mas, podia desenganar-me logo...

— Cale-se, vem gente — interrompeu Sofia erguendo-se também e olhando para o lado da porta.

Não vinha ninguém; entretanto, podiam ouvi-lo, porque a voz do Rubião ia aquecendo e crescendo. Cresceu ainda mais. Já não pleiteava esperanças; abria e despejava a alma.

— Não me importa que ouçam — bradou ele. — Podem ouvir-me; agora digo tudo, a senhora bota-me para fora e tudo acaba. Não, não se pode fazer sofrer assim um homem.

— Cale-se, pelo amor de Deus!

— Qual Deus! Ouça-me o resto, porque eu estou disposto a não guardar nada...

Desatinada, receando deveras que algum criado ouvisse, Sofia levantou a mão e tapou-lhe a boca. Ao contato daquela epiderme querida, Rubião perdeu a voz. Sofia retirou a mão, e dispôs-se a deixar a sala; mas, chegando à porta, parou. Rubião caminhara até à janela, para convalescer da explosão.

CIV

Sofia, depois de estar alguns segundos à escuta, tornou à sala e foi sentar-se, com grande rumor de saias, na otomana de cetim azul, compra de poucos dias. Rubião voltou-se e deu com ela abanando repreensivamente a cabeça. Antes que ele falasse, Sofia pôs o dedo na boca, pedindo-lhe silêncio; depois chamou-o com a mão; Rubião obedeceu.

— Sente-se naquela cadeira — disse ela; e continuou, depois de o ver sentado: — Tenho razão para zangar-me com o senhor; não o faço porque sei que é bom, e estou que é sincero; arrependa-se do que me disse, e tudo lhe será perdoado.

Acabando de falar, Sofia bateu com o leque no lado direito do vestido para abaixá-lo e compô-lo; depois levantou os braços sacudindo as pulseiras de vidro preto; finalmente, pousou os braços sobre os joelhos, e, abrindo e fechando as varetas do leque, aguardou a resposta. Ao contrário do que esperava, Rubião abanou a cabeça negativamente.

— Não tenho de que me arrepender — disse ele —, e prefiro que me não perdoe. A senhora ficará cá dentro, quer queira, quer não; podia mentir, mas que é que rende a mentira? A senhora é que não tem sido sincera comigo, porque me tem enganado...

Sofia retesou o busto.

— ...Não se zangue; não desejo ofendê-la; mas, deixe-me dizer que a senhora é que me tem enganado, e muito, e sem compaixão. Que ame a seu marido, vá; perdoava-lhe; mas que...

— Mas que? — repetiu ela espantada.

Rubião meteu a mão no bolso, tirou a carta, e entregou-lha. Sofia, ao ler o nome de Carlos Maria, ficou sem pinga de sangue; ele viu-lhe a palidez. Dominando-se logo, perguntou o que era, que queria dizer essa carta.

— A letra é sua.

— É minha. Mas que diria eu aqui dentro? — continuou tranquila. — Quem lhe deu isto?

Rubião quis referir o achado; mas entendeu ter alcançado o bastante; cortejou-a para sair.

— Perdão — disse ela. — Abra o senhor mesmo a carta.

— Não tenho mais nada que fazer aqui.

— Fique, abra a carta, aqui a tem; leia tudo — dizia a moça pegando-lhe na manga; mas, Rubião puxou violentamente o braço, foi buscar o chapéu, e saiu. Sofia, com medo dos criados, deixou-se ficar na sala.

CV

TÃO NERVOSA ESTEVE DURANTE ALGUNS INSTANTES QUE NÃO cuidou da carta. Afinal, virou-a de um lado para outro, sem adivinhar o conteúdo; mas, pouco a pouco, já senhora de si, lembrou-se de que devia ser a circular da comissão das Alagoas. Rasgou a sobrecarta: era a circular. Como é que semelhante papel fora ter às mãos dele? E donde lhe vinha a suspeita? De si mesmo ou de fora? Correria algum boato? Foi ter com o criado que levara a circular a Carlos Maria, e perguntou-lhe se a entregara. Soube que não. Quando o criado chegou à Rua dos Inválidos, não achou o papel no bolso, e, com medo, não dissera nada à ama.

Sofia tornou à sala, disposta a não sair. Recolheu a carta e a sobrecarta, para mostrá-las a Rubião, a fim de que ele visse bem que não era nada; mas, provavelmente, suporia a substituição do papel. — Maldito homem! — murmurou. E começou a andar à toa.

Uma revoada de memórias entrou na alma de Sofia. A imagem de Carlos Maria veio postar-se ante ela, com os seus grandes olhos de espectro querido e aborrecido. Sofia quis arredá-lo, mas não pode; ele acompanhava-a de um lado para outro, sem perder o tom esbelto e másculo, nem o ar de riso sublime. Às vezes, via-o inclinar-se, articulando as mesmas palavras de certa noite de baile, que lhe custaram a ela horas de insônia, dias de esperança, até que se perderam na irrealidade. Nunca Sofia compreendera o malogro daquela aventura. O homem parecia querer-lhe deveras, e ninguém o obrigava a declará-lo tão atrevidamente, nem a passar-lhe pelas janelas, alta noite, segundo lhe ouviu. Recordou ainda outros encontros, palavras furtadas, olhos cálidos e compridos, e não chegava a entender que toda essa paixão acabasse em nada. Provavelmente, não haveria nenhuma; puro galanteio — quando muito, um modo de apurar as suas forças atrativas... Natureza de pelintra, de cínico, de fútil.

Que lhe importava o mistério? Era um sujeito fútil. Cresceu-lhe o nojo e o desdém. Chegou a rir-se dele; podia encará-lo sem remorsos. E foi andando por ali fora, vingando-se do bobo — chamava-lhe bobo — e fitando no ar os olhos de imaculada. Em verdade, era ocupar-se demais com tal assunto; começou a maldizer do Rubião, que evocara semelhante homem do esquecimento, por causa daquela triste circular... Depois, tornou às primeiras lembranças, às palavras de Carlos Maria. Se todos a achavam bela, por que não a acharia ele, que lho disse? Talvez o tivesse a seus pés, se não se houvesse mostrado tão agradecida, tão rasteira...

De repente, a criada, que estava na outra sala, ouvindo rumor de alguma coisa que se quebrava, correu à de visitas, e viu a ama, sozinha, de pé.

— Não é nada — disse-lhe esta.

— Pareceu-me que ouvi...

— Foi aquele boneco que caiu; apanhe os cacos.

— O chinês! — exclamou a criada.

De feito, era um mandarim de porcelana, pobre diabo que estava muito quieto, em cima de uma estante. Sofia achou-se com ele entre os dedos, sem saber como, nem desde quando; ao cuidar na sua voluntária humilhação, teve um impulso — parece que raiva de si mesma — e deu com o boneco em terra. Pobre mandarim! não lhe valeu ser de porcelana; não lhe valeu sequer ser dado pelo Palha.

— Mas, minha ama, como é que o chinês...

— Vá-se embora!

Sofia recordou todo o seu proceder diante de Carlos Maria, as aquiescências fáceis, os perdões antecipados, os olhos com que o buscava, os apertos de mão tão fortes... Era isso; tinha-se-lhe lançado aos pés. Depois, o sentimento foi mudando. Apesar de tudo, era natural que ele gostasse dela, e a conformidade moral de ambos não traria o abandono de um. Talvez a culpa fosse outra. Escavou razões possíveis, algum gesto duro e frio, alguma falta de atenção para com ele; lembrou-se que, uma vez, por medo de recebê-lo sozinha, mandou dizer que não estava em casa. Sim, podia ser isso. Carlos Maria era orgulhoso; a menor desfeita pungia-o. Soube que era mentira... Essa era a culpa.

CVI

...OU, MAIS PROPRIAMENTE, CAPÍTULO EM QUE O LEITOR, DESO-rientado, não consegue combinar as tristezas de Sofia com a anedota do cocheiro. E pergunta confuso: — Então a entrevista da Rua da Harmonia, Sofia, Carlos Maria, esse chocalho de rimas sonoras e delinquentes é tudo calúnia? Calúnia do leitor e do Rubião, não do pobre cocheiro, que não proferiu nomes, não chegou sequer a contar uma anedota verdadeira. É o que terias visto, se lesses com pausa. Sim, desgraçado, adverte bem que era inverosímil que um homem, indo a uma aventura daquelas, fizesse parar o tílburi diante da casa pactuada. Seria pôr uma testemunha ao crime. Há entre o céu e a terra muitas mais ruas do que sonha a tua filosofia[70] — ruas transversais, onde o tílburi podia ficar esperando.

— Bem; o cocheiro não soube compor. Mas que interesse tinha em inventar a anedota?

Conduzira Rubião a uma casa, onde o nosso amigo ficou quase duas horas, sem o despedir; viu-o sair, entrar no tílburi, descer logo e vir a pé, ordenando-lhe que o acompanhasse. Concluiu que era ótimo freguês; mas, ainda assim, não se lembrou de inventar nada. Passou, porém, uma senhora com um menino — a da Rua da Saúde — e Rubião quedou-se a olhar para ela

70. Adaptação das palavras de Hamlet, personagem de Shakespeare.

com vistas de amor e melancolia. Aqui é que o cocheiro o teve por lascivo, além de pródigo, e encomendou-lhe as suas prendas. Se falou na Rua da Harmonia foi por sugestão do bairro donde vinham; e, se disse que trouxera um moço da Rua dos Inválidos, é que naturalmente transportara de lá algum, na véspera — talvez o próprio Carlos Maria —, ou porque lá morasse, ou porque lá tivesse a cocheira, — qualquer outra circunstância que lhe ajudou a invenção, como as reminiscências do dia servem de matéria aos sonhos da noite. Nem todos os cocheiros são imaginativos. Já é muito concertar farrapos da realidade.

Resta só a coincidência de morar na Rua da Harmonia uma das costureiras do luto. Aqui, sim, parece um propósito do acaso. Mas a culpa é da costureira; não lhe faltaria casa mais para o centro da cidade, se quisesse deixar a agulha e o marido. Ao contrário disso, ama-os sobre todas as casas deste mundo. Não era razão para que eu cortasse o episódio, ou interrompesse o livro.

CVII

Das reflexões de Sofia é que não há que explicar. Todas tinham o pé na verdade. Era certo e certíssimo que Carlos Maria não correspondera às primeiras esperanças — nem às segundas e terceiras — porque as houve em quadras diversas, ainda que menos verdes e bastas. Quanto à causa disso, vimos que Sofia, à mingua de uma, atribuiu-lhe sucessivamente três. Não chegou a pensar em alguns amores que ele porventura trouxesse e lhe tornassem insípidos quaisquer outros. Seria uma quarta causa, e talvez a verdadeira.

CVIII

Durante alguns meses, Rubião deixou de ir ao Flamengo. Não foi resolução fácil de cumprir. Custou-lhe muita hesitação, muito arrependimento; mais de uma vez chegou a sair com o propósito de visitar Sofia e pedir-lhe perdão. De quê? Não sabia, mas queria ser perdoado. Em todas as tentativas desse gênero, a ideia de Carlos Maria fazia-o recuar. De certo ponto em diante, foi o próprio lapso de tempo que o tolheu; era esquisito aparecer lá um dia, como um triste filho pródigo, unicamente para suplicar o calor dos belos olhos da dona da casa. Ia ao armazém visitar o Palha; este, ao fim de algumas semanas, reprovou-lhe a ausência; e, passados dois meses, perguntou-lhe se era formal propósito.

— Tenho tido muito que fazer — acudiu Rubião. — Estas coisas políticas tomam todo o tempo a uma pessoa. Vou lá domingo.

Sofia aparelhou-se para recebê-lo. Espiaria a ocasião de lhe dizer o que era a carta, jurando por todas as coisas santas, para que ele visse que a verdade não era contra ela. Planos perdidos; Rubião não compareceu. Veio outro domingo, vieram outros domingos... Não obstante, Sofia remeteu-lhe um dia a subscrição para as Alagoas; ele assinou cinco contos de réis.

— É muito — disse-lhe o sócio, no armazém, quando ele lhe foi levar o papel.

— Não dou menos.

— Mas olhe que pode dar muito, sem dar tanto. Parece-lhe então que esta subscrição é feita entre meia dúzia de pessoas? Anda nas mãos de muitas senhoras e de alguns homens; está nos mostradores das lojas, na Praça do Comércio[71], etc. Assine menos.

— Como, se está escrito?

— Deste 5 pode-se fazer muito bem um 3. Três contos já é uma boa assinatura. Há maiores, mas são de pessoas obrigadas pelo cargo ou pelos milhões; o Bonfim, por exemplo, assinou dez contos.

Rubião não pôde reter um risinho irônico; abanou a cabeça e não saiu dos cinco contos. Só emendaria, escrevendo o algarismo 1 atrás — quinze contos — mais que o Bonfim.

— Seguramente que pode dar cinco, dez e quinze contos — tornou o Palha —, mas o seu capital precisa cautelas. Você está entrando muito por ele... Repare que já lhe rende menos.

Palha era agora o depositário dos títulos de Rubião (ações, apólices, escrituras) que estavam fechados na burra do armazém. Cobrava-lhe os juros, os dividendos e os aluguéis de três casas que lhe fizera comprar algum tempo antes, a vil preço, e que lhe rendiam muito. Guardava também uma porção de moedas de ouro, porque Rubião tinha a mania de colecioná-las para a contemplação. Conhecia, mais do que o dono, a soma total dos bens, e assistia aos rombos feitos na caravela, sem temporal, mar de leite. — Três contos bastavam — insistiu ele; e provou a sinceridade pelo fato de ser justamente marido da fundadora da comissão. Mas o Rubião não desistiu dos cinco; aproveitou a ocasião para pedir-lhe mais dez; precisava de dez contos. Palha coçou a cabeça.

— Você desculpe — disse-lhe ao cabo de alguns instantes —, mas para que é que os quer? Não está certo que vai perdê-los, ou arriscá-los, ao menos?

71. Construída para as reuniões e defesa dos interesses dos comerciantes da Corte, foi inaugurada em 1819 por João VI, na atual Rua Visconde de Itaboraí.

Rubião riu da objeção.

— Se eu estivesse certo de que os perdia, não viria buscá-los. Pode ser arriscado, mas não é sem arriscar que se ganha. Preciso deles para um negócio — quero dizer, três negócios. Dois são empréstimos seguros e não passam de um conto e quinhentos. Os oito contos e quinhentos são para uma empresa. Por que abana a cabeça, se não sabe de que se trata?

— Por isso mesmo. Se você me consultasse, se me dissesse que empresa e que pessoas eram, eu veria logo se podia arriscar-se; e receio muito que nada preste, a não ser o dinheiro que se perder. Lembra-se das ações daquela Companhia União dos Capitais Honestos? Disse-lhe logo quo este título era enfático, um modo de embair a gente, e dar emprego a sujeitos necessitados. Você não quis crer, e caiu. As ações estão por baixo, e já este semestre não há dividendos.

— Pois venda justamente essas ações. Contento-me com o sólido. Ou então dê-me da caixa da nossa casa... Passo logo por aqui, se você quiser — ou mande-me lá a Botafogo. Caucione umas apólices, se lhe parecer melhor...

— Não, não faço nada; não dou os dez contos — atalhou fogosamente o Palha. — Basta de ceder a tudo; o meu dever é resistir. Empréstimos seguros? Que empréstimos são esses? Não vê que lhe levam o dinheiro, e não lhe pagam as dívidas? Alguns sujeitos vão ao ponto de jantar diariamente com o próprio credor, como um tal Carneiro que lá vi algumas vezes. Dos outros não sei se lhe devem também alguma coisa; é possível que sim. Vejo que é demais. Falo-lhe por ser amigo; não dirá algum dia que não foi avisado em tempo. De que há de viver, se estragar o que possui? A nossa casa pode cair.

— Não cai — acudiu o Rubião.

— Pode cair; tudo pode cair. Eu vi cair o banqueiro Souto, em 1864.

Rubião remoía os conselhos do sócio, não por serem bons nem prováveis, mas por achar neles uma intenção maviosa, revestida de forma crua. Agradeceu-os de coração, mas rejeitou-os; precisava dos dez contos. Podia ter mais tento, dali em diante, e afirmava-lhe que seria menos fácil. De resto, possuía de sobra, tinha dinheiro para dar e vender...

— Para vender só — emendou o Palha.

E, depois de um instante:

— Bem, agora é tarde, amanhã levo-lhe os dez contos. E por que os não há de ir buscar lá à nossa casa, no Flamengo? Que mal lhe fizemos nós? Ou que lhe fizeram elas? porque a zanga parece ser com elas, visto que o vejo aqui, algumas vezes. Que foi, para castigá-las? — concluiu rindo.

Rubião desviou os olhos do sócio, cuja fala lhe parecia afiada de ironia — como de pessoa que soubesse tudo, e risse dele. Quando lhos tornou, viu o mesmo semblante interrogativo, e respondeu:

— Não me fizeram nada; lá irei amanhã à noite.

— Vá jantar.

— Jantar, não posso, tenho uns amigos em casa; vou de noite. — E querendo rir: — Não as castigue, que não me fizeram nada.

"Alguém o possui", refletiu Palha logo que ele saiu. "Alguém, por inveja às nossas relações... Também pode ser que Sofia lhe fizesse alguma para arredá-lo de casa..."

Rubião assomou outra vez à porta; não tivera tempo de chegar à esquina. Voltava para dizer que, precisando do dinheiro cedo, viria buscá-lo ao armazém; de noite iria então visitá-los. Precisava do dinheiro até às duas horas da tarde.

CIX

NESSA NOITE, RUBIÃO SONHOU COM SOFIA E MARIA BENEDITA. Viu-as num grande terreiro, apenas vestidas de saia, costas inteiramente despidas; o marido de Sofia, armado com um azorrague de cinco pontas de couro, rematando em bicos de ferro, castigava-as desapiedadamente. Elas gritavam, pediam misericórdia, torciam-se, alagadas em sangue, e as carnes caiam-lhes aos bocados. Agora, por que razão Sofia era a imperatriz Eugênia[72], e Maria Benedita uma aia sua, é o que não sei dizer com exatidão. "São sonhos, sonhos, Penseroso!", exclamava um personagem do nosso Álvares de Azevedo. Mas eu prefiro a reflexão do velho Apolônio[73], acabando de ouvir uma fala tresloucada de Hamlet: "Desvario embora, lá tem seu método". Também há método aqui, nessa mistura de Sofia e Eugênia; e ainda há método no que se lhe seguiu, e que parece mais extravagante.

Sim, Rubião, indignado, mandou logo cessar o castigo, enforcar o Palha e recolher as vítimas. Uma delas, Sofia, aceitou um lugar na carruagem aberta que esperava pelo Rubião, e lá foram a galope, ela garrida e sã, ele glorioso e dominador. Os

72. Referência à Eugênia Maria de Montijo de Guzmán (1826–1920), espanhola consorte do imperador Napoleão III.

73. Filósofo e místico da Antiguidade, cujas obras e ensinamentos foram em grande parte associadas ao movimento do Neoplatonismo. Ele é frequentemente retratado como um pensador de sabedoria profunda e um exemplo de virtude.

cavalos, que eram dois à saída, eram daí a pouco, oito, quatro belas parelhas. Ruas e janelas cheias de gente, flores caindo em cima deles, aclamações... Rubião sentiu que era o imperador Luís Napoleão; o cachorro ia no carro aos pés de Sofia...

Tudo acabou sem fim, nem fracasso. Rubião abriu os olhos; talvez alguma pulga o mordeu; qualquer coisa: "Sonhos, sonhos, Penseroso!" Ainda agora prefiro o dito de Apolônio: "Desvario embora, lá tem seu método!"

CX

Rubião fez os dois empréstimos e o negócio. O negócio era uma Empresa Melhoradora dos Embarques e Desembarques no porto do Rio de Janeiro. Um dos empréstimos tinha por fim pagar certa conta atrasada de papel da *Atalaia*, dívida urgente. A folha estava ameaçada de parar.

— Perfeitamente — disse Camacho, quando Rubião lhe foi levar o dinheiro à casa. — Muito obrigado. Veja você como, por uma miséria desta ordem, podia emudecer o nosso órgão. São os espinhos naturais da carreira. O povo não está educado; não reconhece, não apoia os que trabalham por ele, os que descem à arena todos os dias em defesa das liberdades constitucionais. Imagine que, de momento, não dispúnhamos desse dinheiro: tudo estava perdido, cada um iria para os seus negócios, e as sãs ideias ficavam sem o seu leal expositor.

— Nunca! — protestou Rubião.

— Tem razão; redobraremos de esforços. A *Atalaia* será como o Anteu da fábula[74]. De cada vez que cair, erguer-se-á com mais vida.

Dito isto, Camacho mirou o maço de notas. — Um conto e duzentos, não? — perguntou; e meteu-o no bolso do fraque. Continuou a dizer que estavam seguros agora, a folha ia de

74. Segundo a mitologia grega, era um gigante filho de Poseidon e Gaia, que obrigava todos os viajantes a lutar contra ele. Foi morto por Hércules.

vento em popa. Tinha algumas reformas materiais em vista; foi ainda mais longe.

— Precisamos desenvolver o programa, adiantar as ideias, dar um empurrão aos correligionários, atacá-los, se for preciso...

— Como?

— Ora, como? atacando. Atacar é um modo de dizer; corrigir. É evidente que o órgão do partido está afrouxando. Chamo órgão do partido, porque a nossa folha é órgão das ideias do partido; compreende a diferença?

— Compreendo.

— Vai afrouxando — continuou Camacho apertando um charuto entre os dedos, antes de o acender —, e nós precisamos de acentuar os princípios, mas francamente, nobremente, dizendo a verdade. Creia que os chefes precisam ouvi-las a seus próprios amigos e aderentes. Nunca rejeitei a conciliação dos partidos, pugnei por ela, e a ideia fundamental da *Atalaia* foi a princípio um terreno neutro. Mas conciliação não é jogo de empulha. Para lhe dar um exemplo, na minha província a gente dos Pinheiros tem o apoio do governo, unicamente para me deslocar; e os meus correligionários da Corte, em vez de a combater, visto que o governo lhe dá força, que pensa que fazem? Dão também apoio aos Pinheiros.

— Têm ao menos alguma influência os Pinheiros?

— Nenhuma — respondeu Camacho fechando violentamente a caixa de fósforos que ia a abrir. — Há um réu de polícia entre eles, e há outro que até foi aprendiz de barbeiro. Matriculou-se, é verdade, na Faculdade do Recife, creio que em 1855, por morte do padrinho, que lhe deixou alguma coisa, mas tal é o escândalo da carreira desse homem que, logo depois de receber o diploma de bacharel, entrou na assembleia provincial. É uma besta; é tão bacharel como eu sou papa.

Entenderam-se sobre as modificações políticas da folha. Camacho lembrou ao Rubião que a candidatura deste naufragara justamente por causa da oposição dos chefes. De alguns, emendou logo. Rubião concordou; assim lho tinha dito o amigo em tempo, e a lembrança avivou o ressentimento do desastre. Podia, devia estar na câmara. Os tais é que o não quiseram; mas haviam de ver, pensava Rubião que tinham de amargar o mal feito. Deputado, senador, ministro, vê-lo-iam tudo, com olhos tortos e espantados. A cabeça do nosso amigo, tanto que o outro lhe pôs a faísca, foi ardendo de si mesma, não por ódio, nem inveja, mas de ambição ingênua, de cordial certeza, visão antecipada e deslumbrante das coisas. Camacho estimou achá-lo de acordo.

— A nossa gente é de igual opinião — disse ele. — Creio que não faz mal uma pequena ameaça aos amigos.

Nessa mesma noite, leu-lhe o artigo em que advertia o partido da conveniência de não ceder às perfídias do poder, apoiando em algumas províncias certa gente corrupta e sem valor. Eis aqui a conclusão:

> Os partidos devem ser unidos e disciplinados. Há quem pretenda (*mirabile dictu!*[75]) que essa disciplina e união não podem ir ao ponto de rejeitar os benefícios que caem das mãos dos adversários. *Risum teneatis!*[76] Quem pode proferir tal blasfêmia sem que lhe tremam as carnes? Mas suponhamos que assim seja, que a oposição possa, uma ou outra vez, fechar os olhos aos desmandos do governo, à postergação das leis, aos excessos da autoridade, à perversidade e aos sofismas. *Quid inde?*[77] Tais casos — aliás, raros — só poderiam ser admitidos quando favorecessem os elementos bons, não os maus. Cada partido tem os seus díscolos e sicofantas. É interesse dos nossos adversários ver-nos afrouxar, a troco da animação dada à parte corrupta do

75. "Coisa admirável de se dizer", em latim.

76. "Contereis o riso", também em latim. Expressão do poeta romano Horácio (65 a.C.–8 a.C.).

77. "E daí?", em latim.

partido. Esta é a verdade; negá-la é provocar-nos à guerra intestina, isto é (*horresco referens!*[78]), à dilaceração da alma nacional... Mas, não, as ideias não morrem; elas são o lábaro da justiça. Os vendilhões serão expulsos do templo; ficarão os crentes e os puros, os que põem acima dos interesses mesquinhos, locais e passageiros a vitória indefectível dos princípios. Tudo que não for isto ter-nos-á contra si. *Alea jacta est.*[79]

78. "Horrorizo-me ao dizer", em latim.

79. "A sorte está lançada", em latim.

CXI

RUBIÃO APLAUDIU O ARTIGO; ACHAVA-O EXCELENTE. TALVEZ pouco enérgico. *Vendilhões*, por exemplo, era bem dito; mas ficava melhor *vis vendilhões.*

— Vis vendilhões? Há só um inconveniente — ponderou Camacho. — É a repetição dos *vv.* Vis ven... Vis vendilhões; não sente que o sem fica desagradável?

— Mas lá em cima há *vês vis...*

— *Vae victis*[80]. Mas é uma frase latina. Podemos arranjar outra coisa: vis mercadores.

— Vis mercadores é bom.

— Contudo, *mercadores* não tem a força de *vendilhões.*

— Então, por que não deixa vendilhões? Vis vendilhões é forte; ninguém repara no som. Olhe, eu nunca dou por isso. Gosto de energia. Vis vendilhões.

— Vis vendilhões, vis vendilhões — repetiu Camacho, a meia-voz. — Já estou achando melhor. Vis vendilhões. Aceito — concluiu emendando. E releu: — "Os vis vendilhões serão expulsos do templo; ficarão os crentes e os puros, os que põem acima dos interesses mesquinhos, locais e passageiros a vitória indefectível dos princípios. Tudo que não for isto ter-nos-á contra si. *Alea jacta est.*"

80. "Ai dos vencidos", em latim.

— Muito bem! — disse Rubião, sentindo-se algum tanto autor do artigo.

— Parece-lhe bem? — perguntou Camacho, sorrindo. — Há pessoas que ainda me acham no estilo a frescura do meu tempo de estudante. Não sei; não digo nada. A disposição, sim, é a mesma. Hei de castigá-los; havemos de castigá-los.

CXII

Aqui é que eu quisera ter dado a este livro o método de tantos outros — velhos todos — em que a matéria do capítulo era posta no sumário: "De como aconteceu isto assim, e mais assim". Aí está Bernardim Ribeiro[81]; aí estão outros livros gloriosos. Das línguas estranhas, sem querer subir a Cervantes nem a Rabelais[82], bastavam-me Fielding[83] e Smollet[84], muitos capítulos dos quais só pelo sumário estão lidos. Pegai em *Tom Jones*, livro IV, capítulo I, lede este título: "Contendo cinco folhas de papel." É claro, é simples, não engana a ninguém; são cinco folhas, mais nada, quem não quer não lê, e quem quer lê, para os últimos é que o autor conclui obsequiosamente: "E agora, sem mais prefácio, vamos ao seguinte capítulo."

81. Escritor e poeta português que escreveu *Menina e moça, ou, Saudades*. Foi introdutor da poesia bucólica em Portugal.

82. Escritor francês, autor de *Gargântua*.

83. Escritor inglês, autor de *A história de Tom Jones, um enjeitado*.

84. Escritor escocês, autor do romance epistolar *A expedição de Humphry Clinker*.

CXIII

Se tal fosse o método deste livro, eis aqui um título que explicaria tudo: "De como Rubião, satisfeito da emenda feita no artigo, tantas frases compôs e ruminou, que acabou por escrever todos os livros que lera."

Lá haverá leitor a quem só isso não bastasse. Naturalmente, quereria toda a análise da operação mental do nosso homem, sem advertir que, para tanto, não chegariam as cinco folhas de papel de Fielding. Há um abismo entre a primeira frase de que Rubião era coautor até a autoria de todas as obras lidas por ele; é certo que o que mais lhe custou foi ir da frase ao primeiro livro — deste em diante a carreira fez-se rápida. Não importa; a análise seria ainda assim longa e fastiosa. O melhor de tudo é deixar só isto; durante alguns minutos, Rubião se teve por autor de muitas obras alheias.

CXIV

Ao contrário, não sei se o capítulo que se segue poderia estar todo no título.

CXV

Rubião foi mantendo o propósito de não tornar a ver Sofia; pelo menos, não ia ao Flamengo. Viu-a um dia passar de carro, com uma das damas da comissão das Alagoas; ela inclinou-se risonha, dizendo-lhe adeus com a mão. Ele retribuiu o cumprimento, tirando o chapéu, com tal ou qual alvoroço, mas não ficou parado como lhe aconteceria dantes; apenas lançou um olhar ao carro que ia andando. Também ele foi andando — e pensando no lance da carta, não compreendendo aquele gesto de mão, sem ódio nem vexame — como se nada houvesse entre eles. Podia ser que o serviço da comissão e a companheira que levava explicassem a benevolência graciosa de Sofia; mas Rubião não cogitou desta hipótese.

— Estará assim tão falta de brio? — perguntava ele. — Pois não se lembra da carta que achei, mandada por ela ao tal gamenho da Rua dos Inválidos? É muito; é demais. Parece um desafio, um modo de dizer que não faz caso, que escreverá todas as cartas que quiser. Que as escreva, mas gaste algum dinheiro em registrá-las no correio; é barato...

Achou algum pico em si mesmo e riu-se. Isto, e um homem que passou rasgando-lhe uma cortesia, tiraram-lhe o amargor das saudades, e ele esqueceu o assunto para cuidar de outro, que o levava ao Banco do Brasil.

Ao entrar no Banco esbarrou no sócio, que saiu.

— Creio que vi agora Dona Sofia — disse-lhe Rubião.

— Onde?

— Na Rua dos Ourives; ia de carro, com outra senhora que não conheço. Como tem você passado?

— Viu-a, e não se lembrou de nada — observou Palha, sem responder à pergunta. — Não se lembrou que ela faz anos, quarta-feira, depois de amanhã. Não lhe peço que vá jantar, não ouso tanto, seria convidá-lo a aborrecer-se; mas uma xícara de chá bebe-se depressa. Faz-me esse favor?

Rubião não respondeu logo.

— Vou até jantar — disse finalmente. — Quarta-feira? Conte comigo. Tinha-me esquecido, confesso; mas ando com tanta coisa na cabeça... Espere por mim daqui a meia hora, no armazém.

Antes de meia hora estava lá, pedindo-lhe dois contos de réis. Palha já não resistia ao desmoronamento do capital; e, se uma ou outra vez, dizia alguma palavrinha frouxa, agora entregou-lhe o dinheiro com indiferença. Rubião não tornou a casa sem comprar um magnífico diamante, que na quarta-feira, enviou a Sofia, acompanhado de um bilhete de visita, e duas palavras de felicitação.

Sofia estava só, no quarto de vestir, calçando os sapatos, quando a criada lhe entregou o pacote. Era o terceiro presente do dia; a criada esperou que ela o abrisse para ver também o que era. Sofia ficou deslumbrada quando abriu a caixa e deu com a rica joia — uma bela pedra, no centro de um colar. Esperava alguma coisa bonita; mas, depois dos últimos sucessos, mal podia crer que ele fosse tão generoso. Batia-lhe o coração.

— O portador está aí?

— Já foi. Que coisa rica, minha ama!

Sofia fechou a caixa, e acabou de calçar-se. Deteve-se algum tempo, sentada, sozinha, recordando coisas idas, e levantou-se pensando:

— Aquele homem adora-me.

Tratou de vestir-se; mas, ao passar por diante do espelho, deixou-se estar alguns instantes. Comprazia-se na contemplação de si mesma, das suas ricas formas, dos braços nus de cima a baixo, dos próprios olhos contempladores. Fazia vinte e nove anos, achava que era a mesma dos vinte e cinco, e não se enganava. Cingido e apertado o colete, diante do espelho, acomodou os seios com amor, e deixou espraiar-se o colo magnífico. Lembrou-se então de ver como lhe ficava o diamante; tirou o colar e pô-lo ao pescoço. Perfeito. Voltou-se da esquerda para a direita e vice-versa, aproximou-se, afastou-se, aumentou a luz do camarim; perfeito. Fechou a joia e guardou-a.

— Aquele homem adora-me — repetiu.

"Provavelmente, ele lá estará", pensou Rubião indo jantar ao Flamengo; "duvido que tenha dado melhor presente que eu."

Carlos Maria lá estava, efetivamente, conversando, entre uma das comissárias das Alagoas, e Maria Benedita. Poucos eram os convivas; houve propósito em escolher e limitar. Não estava ali o major Siqueira, nem a filha, nem as senhoras e os homens que Rubião conheceu naquele outro jantar de Santa Teresa. Da comissão das Alagoas viam-se algumas damas; via-se mais o diretor do banco — o da visita ao ministro — com a senhora e as filhas, outro personagem bancário, um comerciante inglês, um deputado, um desembargador, um conselheiro, alguns capitalistas, e pouco mais.

Posto que evidentemente gloriosa, Sofia esqueceu por um instante os outros, quando viu Rubião entrar na sala e caminhar para ela. Ou mudança, ou descostume, achou-lhe outro ar, passo firme, cabeça levantada, o avesso, em suma, do antigo gesto encolhido e diminuto. Sofia apertou-lhe a mão com força e sussurrou um agradecimento. À mesa fê-lo sentar ao pé de si, tendo do outro lado a presidente da comissão. Rubião olhava superiormente para tudo. A qualidade dos convivas não lhe produziu impressão, nem o ar cerimonioso, nem o luxo da mesa, nem o da farda dos criados, barbeados de fresco, abotoados até à gravata branca, e trazendo nos botões estas duas letras C.P. Nada disso o deslumbrou. O mesmo cuidado particular de Sofia, embora lhe fosse agradável, não o tonteava, como outrora. E da parte dela era mais apurada a atenção, e os olhos excepcionalmente meigos e serviçais. Rubião procurou Carlos Maria; lá estava entre as mesmas moças da sala — Maria Benedita e a comissária das Alagoas. Verificou que só se ocupava com elas, não olhava para Sofia, nem esta para ele.

"Talvez disfarcem", pensou.

Pareceu-lhe, ao levantarem-se da mesa, que trocavam um olhar — mas o movimento geral da reunião podia iludi-lo, e Rubião não fez maior cabedal da observação. Sofia dera-se pressa em tomar-lhe o braço. De caminho, disse-lhe ela:

— Tenho esperado pelo senhor desde aquele dia, e nunca mais veio aqui. Era meu direito exigi-lo, para explicar-me. Logo falaremos.

Rubião foi daí a pouco para o gabinete dos fumantes, onde se falava de política e voltarete. Ouviu calado, com os olhos erradios. Quando os outros saíram, Rubião deixou-se estar só, meio reclinado em um sofá de couro, sem pensar. A imaginação é que fazia o seu ofício, um tanto pachorrenta, agora — talvez porque ele tivesse comido muito. Lá fora iam entrando os convidados da noite; enchia-se a casa, crescia o burburinho da conversação, sem que o nosso amigo descesse dos seus belos sonhos. O próprio som do piano, que fez calar todos os rumores, não o atraiu à terra. Mas um farfalhar de sedas, entrando no gabinete, fê-lo erguer-se do golpe, acordado.

— Aí está — disse Sofia. — Recolhe-se aqui para fugir ao aborrecimento; nem quer ouvir boa música. Pensei que tivesse ido embora. Vim ter com o senhor.

E sem mais demora, porque não podia perder um minuto, referiu-lhe o que sabemos da carta achada no jardim de Botafogo;

lembrou-lhe que, antes de a abrir, pedira-lhe que ele mesmo a abrisse e lesse. Que melhor prova de inocência? A palavra saía-lhe rápida, séria, digna e comovida. Ocasião houve em que os olhos se lhe tornaram úmidos; ela enxugou-os, e ficaram vermelhos. Rubião pegou-lhe na mão, e viu ainda uma lágrima — uma pequena lágrima — escorregar até o canto da boca. Jurou então que sim, acreditava em tudo. Que ideia aquela de chorar? Sofia enxugou ainda os olhos, e estendeu-lhe a mão agradecida.

— Até já — disse ela.

O piano continuava; Rubião notou-lhe esta circunstância. Enquanto ouviam tocar, não viriam ter com eles.

— Mas eu é que não posso estar ausente tanto tempo — acudiu Sofia. — Demais, tenho ordens que dar. Até já.

— Olhe, escute — insistiu Rubião.

Sofia parou.

— Escute; deixe-me dizer-lhe, e não sei se pela última vez...

— Pela última vez?

— Quem sabe? Pode ser que última. Importa-me pouco que esse homem viva ou não, mas posso achá-lo aqui alguma vez, e não me sinto disposto a brigar.

— Há de encontrá-lo todos os dias. Cristiano ainda lhe não disse o que há? Vai casar com Maria Benedita.

Rubião deu um passo para trás.

— Casam-se — continuou ela. — O fato é de admirar, porque surgiu quando menos contávamos com isto — ou eram muito fingidos — ou foi coisa que lhes deu de repente. Casam-se. Maria Benedita contou-me uma história, que me foi confirmada por outra pessoa; mas, afinal, a história é sempre a mesma. Gostaram um do outro, e adeus. Casam-se brevemente. Quando ele falou a Cristiano, Cristiano respondeu que dependia de mim... Como se fosse mãe dela! Consenti logo, e desejo que sejam felizes. Ele parece bom rapaz; ela é excelente criatura; hão de ser felizes, por força. É bom negócio, sabe? Ele está de posse de todos os bens do pai e da mãe. Maria Benedita não tem nada, em dinheiro; mas tem a educação que lhe dei. Há de lembrar-se que, quando veio para minha companhia, era um bicho do mato; não sabia quase nada; fui eu que a eduquei. Minha tia merecia tudo, e ela também. Pois, é verdade, casam-se muito breve. Não os viu hoje sempre juntos? Não há ainda participação oficial; mas os íntimos da família podem saber. Casam-se, é verdade...

Para quem tinha tanta pressa, eis aí um discurso demasiado comprido. Sofia deu por isso um pouco tarde; repetiu a Rubião que até logo, que fosse para a sala. O piano acabara; ouvia-se um burburinho discreto de aplauso e conversação.

CXVI

IAM CASAR? MAS COMO É ENTÃO QUE...? MARIA BENEDITA — ERA Maria Benedita que casava com Carlos Maria; mas então Carlos Maria... Compreendia agora; era tudo engano, confusão; o que parecia ser com uma pessoa era com outra, e aí está como a gente pode chegar à calúnia e ao crime.

Assim reflexionava Rubião, saindo para a sala de jantar, onde os copeiros preparavam a mesa da ceia. E continuou, andando ao comprido da sala: "Ora vejam! E o Palha queria justamente casar-me com a prima, mal sabendo que o destino lhe guardava outro noivo. Não é feio rapaz; é muito mais bonito que ela. Ao pé de Sofia, Maria Benedita vale pouco ou nada; mas a simpatia é assim mesmo... Casam-se, e breve... Será de estrondo o casamento? Deve ser; o Palha vive agora um pouco melhor..." E Rubião lançava os olhos aos móveis, porcelanas, cristais, reposteiros. "Há de ser de estrondo. E depois o noivo é rico..." Rubião pensou na carruagem e nos cavalos que levaria; tinha visto uma parelha soberba, no Engenho Velho[85], dias antes, que estava mesmo ao pintar. Ia fazer a encomenda de outra assim, fosse por que preço fosse; tinha também de presentear a noiva. Ao pensar nela viu-a entrar na sala.

— Prima Sofia onde está? — perguntou ela ao Rubião.

85. Bairro de chácaras em volta das atuais ruas Haddock Lobo e São Francisco Xavier.

— Não sei; esteve aqui há pouco.

E, como a visse disposta a ir adiante, pediu-lhe uma palavra, e que se não zangasse. Maria Benedita esperou; ele, sem hesitação, deu-lhe os parabéns. Sabia que ia casar... Maria Benedita ficou muito vermelha, e murmurou alguma coisa parecida com um pedido de não divulgar nada. Não havia então nenhum criado ali; Rubião pegou-lhe na mão e fechou-a entre as suas.

— Eu sou da casa — disse. — A senhora merece ser feliz, e espero que seja.

Um pouco assustada, Maria Benedita puxou a mão e libertou-a; mas, para o não aborrecer, sorriu. Não era preciso tanto; ele estava encantado. Sabemos que a moça não era bonita. Pois estava linda, à força de felicidade. A natureza parecia haver posto nela as suas mais finas ideias. Sorrindo igualmente, Rubião falou-lhe como se fosse seu pai:

— Foi sua prima que me disse; recomendou-me segredo. Não direi nada antes do tempo. Mas que tem que diga à senhora? A senhora é boa e merece tudo. Não é preciso esconder os olhos; casar não é vergonha. Vamos lá; levante a cabeça e ria.

Maria Benedita pôs nele os olhos radiantes.

— Isso! — aplaudiu Rubião. — Que mal há em confessar-se a um amigo? Deixe-me dizer-lhe a verdade; creio que a senhora será feliz, mas admito que ele ainda será mais feliz. Não? Verá se não falo a verdade; ele mesmo lhe há de dizer o que sentir, e, se for sincero, a senhora reconhecerá que eu estou apenas profetizando. Bem sei que não tem balança para medir os sentimentos; enfim, o que eu quero dizer é que a senhora é uma linda e boa criatura... Vá, vá-se embora; se não, fico dizendo verdades, e a senhora está corando muito...

De fato, Maria Benedita corava de prazer ouvindo a linguagem de Rubião. Em casa, achara aquiescência, nada mais. O próprio Carlos Maria não era assim terno; gostava dela com circunspecção. Falava-lhe da felicidade conjugal como de uma taxa que ia receber do destino — pagamento devido, integral e certo. Também não era preciso que lhe falasse de outro modo para que ela o adorasse sobre todas as coisas deste mundo. Rubião repetiu a despedida, e ficou a olhar para ela, como para uma filha. Viu-a ir assim, atravessar a sala, viva e satisfeita — tão diversa do que a achara em outros tempos —, e desaparecer por uma das portas. Não pôde reter esta palavra:

— Linda e boa criatura!

CXVII

A HISTÓRIA DO CASAMENTO DE MARIA BENEDITA É CURTA; E, posto Sofia a ache vulgar, vale a pena dizê-la. Fique desde já admitido que, se não fosse a epidemia das Alagoas, talvez não chegasse a haver casamento; donde se conclui que as catástrofes são úteis, e até necessárias. Sobejam exemplos; mas basta um contozinho que ouvi em criança, e que aqui lhes dou em duas linhas. Era uma vez uma choupana que ardia na estrada; a dona — um triste molambo de mulher — chorava o seu desastre, a poucos passos, sentada no chão. Senão quando, indo a passar um homem ébrio, viu o incêndio, viu a mulher, perguntou-lhe se a casa era dela.

— É minha, sim, meu senhor; é tudo o que eu possuía neste mundo.

— Dá-me então licença que acenda ali o meu charuto?

O padre que me contou isto certamente emendou o texto original; não é preciso estar embriagado para acender um charuto nas misérias alheias. Bom padre Chagas! — chamava-se Chagas —, padre mais que bom, que assim me incutiste por muitos anos essa ideia consoladora de que ninguém, em seu juízo, faz render o mal dos outros; não contando o respeito que aquele bêbado tinha ao princípio da propriedade — a ponto de não acender o charuto sem pedir licença à dona das ruínas. Tudo ideias consoladoras. Bom padre Chagas!

CXVIII

Adeus, padre Chagas! Vou à história do casamento. Que Maria Benedita gostava de Carlos Maria, é coisa vista ou pressentida desde aquele baile da Rua dos Arcos, em que ele e Sofia valsaram tanto. Vimo-la na manhã seguinte pronta a ir para a roça; a prima apaziguou-a com a promessa de que lhe estava arranjando um noivo. Maria Benedita cuidou que era o valsista da véspera, e ficou esperando. Não lhe confessou nada — por vergonha, a princípio; e, depois, para lhe não fazer perder o efeito da novidade, quando Sofia houvesse de descobrir o nome da pessoa. Se falasse desde logo, podia acontecer também que a outra afrouxasse na tarefa, e lá se perdia a causa. Não façamos caso disto; são pequenos cálculos de moça.

Sobreveio a epidemia das Alagoas. Sofia organizou a comissão, que trouxe novas relações à família Palha. Incluída entre as senhoras que formavam uma das subcomissões, Maria Benedita trabalhou com todas, mas granjeou em especial a estima de uma delas, Dona Fernanda, esposa de um deputado. Dona Fernanda tinha pouco mais de trinta anos, era jovial, expansiva, corada e robusta; nascera em Porto Alegre, casara com um bacharel das Alagoas, deputado agora por outra província, e, segundo corria, prestes a ser ministro de Estado. A naturalidade do marido foi o pretexto para metê-la na comissão; e bem acertado foi, porque ela pedia como quem manda, não tinha acanhamento nem admitia recusa. Carlos Maria, que era seu primo, foi visitá-la logo que ela chegou ao Rio de Janeiro. Achou-a mais formosa ainda que em 1865, último ano em que a vira, e talvez fosse verdade; concluiu que o ar do sul era feito para enrijar as pessoas, duplicar-lhe as graças, e prometeu ir lá acabar os seus dias.

— Vamos para lá, que lhe arranjarei casamento — disse ela. — Conheço uma moça de Pelotas que é um *bijou*[86], e só casa com moço da Corte.

— Comigo, naturalmente?

— Da Corte e de olhos grandes. Olhe que não estou brincando. É uma guasca de primeira ordem. Tenho aqui o retrato dela.

Dona Fernanda abriu o álbum e mostrou o retrato da pessoa.

— Não é feia — concordou ele.

— Só?

— Sim, é bonita.

— Onde é que você bota os seus chinelos velhos, primo?

Carlos Maria sorriu sem responder; não gostou da expressão. Quis passar a outro assunto, mas Dona Fernanda tornou ao casamento da amiga de Pelotas. Mirava o retrato, coloria-o de palavra, dizendo como eram os olhos, os cabelos, a tez; e depois fez uma pequena biografia de Sonora. Tinha este bonito nome. O padre que a batizou hesitou em dar-lho, apesar do respeito e influência do pai da menina, rico estanceiro; mas, afinal cedeu, considerando que as virtudes da pessoa podiam levar o nome ao rol dos santos.

— Crê que ela vá ao rol dos santos? — perguntou Carlos Maria.

— Se casar com você, creio.

— Não me explica nada; casando com o diabo sucederá a mesma coisa, e com mais certeza, por causa do martírio. Santa Sonora, não é feio nome, responde bem ao sentido. Santa Sonora... Em todo caso, prima...

86. "Joia", em francês.

— Você tem raça de judeu; cale-se — interrompeu ela. — Recusa então a minha guasca? — continuou indo pôr o álbum no seu lugar.

— Não recuso; deixe-me ir indo com o meu celibato, que é meio caminho do céu.

Dona Fernanda soltou uma gargalhada.

— Deus de misericórdia! Você acredita mesmo que vai para o céu?

— Já cá estou, há vinte minutos. Pois que é esta sala, tranquila, fresca, tão longe da gente que anda lá fora? Aqui conversamos os dois, sem ouvir blasfêmias, sem aturar espíritos aleijados, tísicos, escrofulosos, insuportáveis, o próprio inferno, em suma. Aqui é o céu — ou um pedaço do céu; uma vez que nós cabemos nele, vale pelo infinito. Conversamos de Santa Sonora, de São Carlos Maria e de Santa Fernanda, que, para contrastar com São Gonçalo, fez-se casamenteira das moças. Onde é que há outro céu como este?

— Em Pelotas.

— Pelotas fica tão longe! — suspirou ele estendendo as pernas e pondo os olhos no lustre da sala.

— Está bom, é só a primeira investida; darei outras, até você acabar de querer.

Carlos Maria sorriu e olhou para as borlas caídas do cordão de seda que ela trazia à cintura, atado por um laço frouxo; ou para ver as borlas, ou para notar a gentileza do corpo. Viu bem, ainda uma vez, que a prima era uma bela criatura. A plástica levou-lhe os olhos — o respeito os desviou —; mas não foi só a amizade que o fez demorar ainda ali, e o trouxe novamente àquela casa. Carlos Maria amava a conversação das mulheres, tanto quanto, em geral, aborrecia a dos homens. Achava os homens declamadores, grosseiros, cansativos, pesados, frívolos, chulos, triviais. As mulheres, ao contrário, não eram grosseiras, nem declamadoras, nem pesadas. A vaidade nelas ficava bem, e alguns defeitos não lhes iam mal; tinham, ao demais, a graça e a meiguice do sexo. "Das mais insignificantes", pensava ele, "há sempre alguma coisa que extrair." Quando as achava insípidas ou estúpidas, tinha para si que eram homens mal-acabados.

Entretanto, as relações de Dona Fernanda e Maria Benedita iam-se estreitando. Esta, além de acanhada, andava triste por aquele tempo; foi justamente a disparidade de caráter e de situação que as prendeu uma à outra. Dona Fernanda possuía, em larga escala, a qualidade da simpatia; amava os fracos e os tristes, pela necessidade de os fazer ledos e corajosos. Contavam-se dela muitos atos de piedade e dedicação.

— A senhora que tem? — perguntou ela um dia à amiguinha. — Quase nunca ri, anda sempre com os olhos espantados, pensando...

Maria Benedita respondeu que não tinha nada, que era o seu modo; e sorria dizendo isto, por simples condescendência. Falou também na perda da mãe, como uma das causas de suas melancolias. Dona Fernanda entrou a levá-la a toda parte, a trazê-la para jantar, a dar-lhe lugar no camarote, se ia ao teatro; e graças a isso, e ao seu gênio galhofeiro, sacudiu da alma da moça os corvos aborrecidos que lá avoejavam. Costume e afeição depressa as fizeram íntimas. Não obstante, Maria Benedita continuou a calar o seu mistério.

"Seja qual for o mistério", pensou um dia Dona Fernanda, "acho que o melhor é casá-la com o Carlos Maria; a Sonora que espere."

— Você precisa casar, Maria Benedita — disse-lhe dali a dois dias, de manhã, na chácara em Mata-Cavalos; Maria Benedita tinha ido ao teatro com ela, e passara lá a noite. — Não quero estremecimentos; precisa casar e há de casar... Desde anteontem que estou para lhe dizer isto, mas estas coisas faladas em sala ou na rua, não têm força. Aqui na chácara é diferente. E se você tem ânimo de subir comigo um pedaço do morro, então é que ficaremos bem. Vamos?

— Está fazendo calor...

— É mais poético, menina. Ah! carioca sem sangue! Vocês só têm água nas veias. Pois fiquemos aqui neste banco. Sente-se; assim, eu fico aqui ao pé, armada para tudo. Casa ou morre. Não me replique. Você não é feliz — continuou mudando o tom. — Por mais que faça, eu vejo que você passa a vida sem gosto. Venha cá, diga-me com franqueza; tem inclinação a alguém? Se tem, confesse, que eu mando procurar a pessoa.

— Não tenho.

— Não? Pois é justamente o que nos serve. Não precisa pôr escritos no coração; conheço um bom inquilino.

Maria Benedita voltou-se de todo para ela, com os lábios entreabertos e os olhos escancarados. Parecia recear da proposta ou ansiar por ela. Dona Fernanda, não atinando com o verdadeiro estado da amiga, pegou-lhe na mão primeiro, e pediu que lhe dissesse tudo. De força que amava a alguém, era claro, via-se-lhe nos olhos, cumpria confessá-lo, instava, rogava — intimaria, se preciso fosse. A mão de Maria Benedita esfriara, os olhos cavavam o chão, e, por alguns instantes, nenhuma delas disse nada.

— Vamos, fale — repetiu Dona Fernanda.

— Não tenho que dizer.

Dona Fernanda fazia gestos de incredulidade; apertava-a cada vez mais, passou-lhe a mão pela cintura, e ligou-a muito a si; disse-lhe baixinho, dentro do ouvido, que era como se fosse sua própria mãe. E beijava-a na face, na orelha, na nuca, encostava--lhe a cabeça ao ombro, acarinhava-a com a outra mão. Tudo, tudo, queria saber tudo. Se o namorado estava na lua, mandaria buscá-lo à lua — fosse onde fosse, exceto no cemitério; mas, se estivesse no cemitério, dar-lhe-ia outro muito melhor, que faria esquecer o primeiro em poucos dias. Maria Benedita ouvia agitada, palpitante, não sabendo por onde escapasse — prestes a falar, e calando a tempo, como se defendesse o seu pudor. Não negava, não confessava — mas, como também não sorria, e tremia de comoção, era fácil adivinhar meia verdade, ao menos.

— Mas então não sou sua amiga, não tem confiança em mim? Faça de conta que sou sua mãe.

Maria Benedita pouco mais resistiu; gastara as forças e sentia a necessidade de revelar alguma coisa. Dona Fernanda escutou-a comovida. O sol vinha já lambendo as cercanias do banco, não tardou que lhes trepasse aos sapatos, à barra dos vestidos e aos joelhos; mas nenhuma deu por ele. O amor as absorvia; a exposição de uma tinha para a outra um enlevo raro. Era uma paixão não sabida, não compartilhada, não adivinhada; paixão que ia perdendo de índole e de espécie para se converter em adoração pura. A princípio, quando ela via a pessoa amada, passava por dois estados muito diversos — um que não podia definir, alvoroço, tonteira, pancadas no coração, quase um desmaio; o segundo era de contemplação. Agora era quase que só este. Tinha chorado muito consigo, perdera noites e noites de saudades; pagou caro a ambição das suas esperanças. Mas não perderia nunca a certeza de que ele era superior a todos os demais homens, um ente divino, que, ainda não fazendo caso dela, mereceria sempre ser adorado.

— Bem — disse Dona Fernanda, quando a amiga se calou de todo. — Vamos ao essencial, que é não ficar penando à toa. Não, queridinha, isto de adorar a um homem que não faz caso da gente, é poesia. Deixe-se de poesia. Olhe que só você perde no negócio, porque ele casa com outra, os anos passam, a paixão monta na garupa deles, e um dia, quando você menos pensar, acorda sem amor nem marido. E quem é esse bárbaro?

— Isso não digo — respondeu Maria Benedita, levantando-se do banco.

— Pois não diga — acudiu Dona Fernanda, pegando-lhe nos pulsos e fazendo-a sentar nos seus joelhos. — A questão principal é casar — não podendo ser com esse, será com outro.

— Não, não caso.

— Só com ele?

— Nem sei se com ele — respondeu Maria Benedita depois de alguns instantes. — Gosto dele, como gosto de Deus, que está no céu.

— Virgem Santíssima! Que blasfêmia! Duas blasfêmias, menina; a primeira é que não se deve amar a ninguém como a Deus — a segunda é que um marido, ainda sendo mau, sempre é melhor que o melhor dos sonhos.

CXIX

"Um marido, ainda mau, é sempre melhor que o melhor dos sonhos."

A máxima não era idealista; Maria Benedita protestou contra ela. Pois não era melhor sonhar que chorar? Os sonhos acabam ou alteram-se, enquanto que os maus maridos podem viver muito.

— A senhora fala assim — concluiu Maria Benedita — porque Deus lhe destinou um anjo... Olhe, lá vem ele.

— Deixe estar que há de ter também o seu anjo; conheço um magnífico para você; todos os anjos me procuram.

Teófilo, marido de Dona Fernanda, que as vira à distância, veio ter com elas; trazia na mão um diário amarrotado. Não saudou a hóspede; foi direto à mulher.

— Você quer saber o que me fizeram, Nanã? — disse ele com os dentes cerrados. — Saiu hoje o meu discurso do dia 5. Veja esta frase; eu tinha dito: *Na dúvida abstém-te, é o conselho do sábio.* E puseram: *Na dívida abstém-te...* É insuportável! Nota que tratava-se justamente de um crédito do Ministério da Marinha, alegando-se no debate que muitas despesas estavam feitas. De modo que pode parecer chulice da minha parte; é como se aconselhasse o calote. Em todo caso, é disparate.

— Mas você não leu as provas?

— Li, mas o autor é o menos apto para as ler bem. *Na dívida abstém-te* — continuou ele com os olhos na folha. E bufando: — Isto só com...

Estava consternado. Era homem de talento, de gravidade e de trabalho; mas, naquele instante, todas as grandes obras, os mais temerosos problemas, as batalhas mais decisivas, as revoluções mais profundas, o sol e a lua, e todas as constelações, e todas as alimárias, e todas as gerações humanas, valiam menos que a troca de um *u* por um *i*. Maria Benedita olhava para ele sem entendê-lo. Cuidava padecer a maior tristura; mas ali estava outra tão grande como a sua, e muito mais aflitiva. Assim, a melancolia roaz de uma pobre criatura era tanto como um erro tipográfico. Teófilo, que só então deu por ela, estendeu-lhe a mão; estava fria. Ninguém finge as mãos frias; devia padecer deveras. Instantes depois, atirou a folha ao chão, com um gesto violento, e foi-se embora.

— Mas, Teófilo, emenda-se amanhã — disse-lhe Dona Fernanda, levantando-se.

Teófilo, sem voltar atrás, deu de ombros, desesperado. A mulher correu a ele; a amiga seguiu-a espantada. Ficou só o banco, já agora livre delas, recebendo em cheio os raios do sol, que não ama nem faz discursos. Dona Fernanda levou o marido para um gabinete, e, à força de beijos, consolou-o daquele golpe. Ao almoço, já ele sorria, ainda que de um sorriso pálido; a mulher, para desviá-lo da preocupação, falou do plano de casar Maria Benedita, e havia de ser com um deputado, se existisse na câmara algum solteiro, qualquer que fosse a opinião. Podia ser governista, oposicionista, ambas as coisas, ou nada — contanto que fosse marido. Sobre este tema fez algumas reflexões, vivas, lépidas, que encheram o tempo e destinavam-se a matar a lembrança da troca de letras. Pia criatura! Teófilo, entendendo a mulher, ia-se fazendo alegre, e falava também da conveniência de casar Maria Benedita.

— O pior — acudiu a mulher olhando para a amiga — é que ela ama a alguém, cujo nome não quer dizer.

— Nem é preciso — atalhou o marido enxugando os beiços.
— Vê-se bem que ela gosta de teu primo.

CXX

No domingo seguinte, Dona Fernanda foi à igreja de Santo Antônio dos Pobres. Acabada a missa, viu surgir do movimento dos fiéis que se cumprimentavam entre si, ou saudavam o altar, nada menos que o primo, ereto, risonho, gravemente trajado, estendendo-lhe a mão.

— Veio também à missa? — perguntou espantada.

— Vim.

— Vem sempre?

— Nem sempre, muitas vezes.

— Francamente, não esperava tanta devoção em você. Os homens são, em geral, uns ímpios. Teófilo não pisa na igreja, a não ser para batizar os filhos. Você então é religioso?

— Não posso responder com certeza; mas tenho horror à banalidade, que é dizer mal da religião. E basta; vim à missa, não vim confessar-me; agora vou conduzi-la à casa, e, se me oferecer almoço, almoçarei com vocês. Salvo se quiserem vir almoçar comigo; é nesta rua, como sabe.

— Iria eu só, se pudesse ser, para lhe dar uma notícia muito comprida.

— Vamos então devagar — disse Carlos Maria à porta da igreja, oferecendo-lhe o braço. E dois passos adiante: — Notícia importante?

— Importante e deliciosa.

— Querem ver que Deus, sempre misericordioso, vai levar para si o nosso querido Teófilo, deixando aqui ao desamparo a mais gentil de todas as viúvas... Não precisa fazer essa cara, prima; deixe estar o braço. Vamos à notícia. Chegou a moça de Pelotas, aposto?

— Não direi o que é, se você me não jurar ouvir seriamente.

— Seriamente.

Dona Fernanda confessou-lhe que hesitava em casá-lo com a patrícia de Pelotas; não queria remorsos; descobrira aqui alguém que tinha ao primo um imenso amor. Carlos Maria sorriu, iniciou um gracejo, mas a notícia esporeou-lhe o espírito. — Imenso amor? — Imenso amor, paixão violenta — confirmou a prima, acrescentando que talvez a definição já não coubesse bem ao atual sentimento da pessoa. Agora era uma adoração quieta e calada. Tinha chorado por ele noites e noites, enquanto as esperanças lhe duraram... E Dona Fernanda foi assim repetindo a confidência de Maria Benedita. Restava só o nome; Carlos Maria quis sabê-lo, ela negou-lho. Não podia revelá-lo. Para que dar-lhe o gosto de saber quem era que o adorava, se não corria ao encontro da alma dela? Melhor era deixá-la no mistério. Já não chorava agora; modesta e desambiciosa, perdera as esperanças de ser amada, e com o tempo ficou apenas uma devota, mas uma devota sem par, que nem sequer esperava ser ouvida ou agraciada um dia por um olhar benévolo do seu deus querido.

— Prima, você...

— Eu quê?...

Carlos Maria concluiu dizendo que a advogada era digna da causa. Realmente, se essa moça o adorava a tal ponto, era justo e natural que a prima se interessasse por ela com tanto calor. Mas por que não dizer o nome?

— Agora não digo; pode ser que algum dia... Mas, você compreende que me custaria muito casá-lo com a minha patrícia, sabendo que outra pessoa o ama tanto. E daí bem pode ser que esta de cá não padeça muito, se o vir casado. Sim, senhor, parece absurdo, mas é preciso conhecê-la; digo que, uma vez que você seja feliz, é capaz de abençoar a bela rival.

— Já não é romantismo, é misticismo — redarguiu Carlos Maria depois de alguns passos, com os olhos no chão. — Não está nas cordas do nosso tempo. Tem alguma prova de semelhante estado da alma?

— Tenho... A sua casa é aquela, não? — perguntou Dona Fernanda parando.

— É.

— Bonito prédio, e sólido.

— Muito sólido.

— Uma, duas, três, quatro... Sete janelas. O salão vai de ponta a ponta? Bem bom para um baile.

E andando:

— Eu, se tivesse aqui uma casa maior que a minha, daria um grande baile antes de voltar para o Rio Grande. Gosto de festas. Os meus dois filhos não me dão grande trabalho. A propósito, ando com a ideia de meter o Lopo no colégio; onde acharei um bom colégio?

Carlos Maria pensava na devota incógnita. Estava longe, muito longe do ensino e seus estabelecimentos. Que bom que era sentir-se um deus adorado, e adorado à maneira evangélica, metida a devota no aposento, fechada a porta, em secreto, não nas sinagogas, à vista de todos. "E teu Pai que vê o que se passa em secreto te dará a paga" (São Mateus, VI, 6). Oh! ele daria a paga, se soubesse quem era. Casada, seria? Não, não podia ser, não iria confessá-lo a ninguém; viúva ou solteira, antes solteira. Cheirava-lhe a solteira. Em que aposento se fechava para rezar, para evocá-lo, chorá-lo e abençoá-lo? Já nem teimava pelo nome; mas o aposento, ao menos.

— Onde acharei um bom colégio? — repetiu Dona Fernanda.

— Colégio? Não sei; estou pensando na desconhecida. Compreende bem que uma pessoa que me adora, em silêncio, sem esperanças, é objeto de alguma atenção. Alta ou baixa?

— Maria Benedita.

Carlos Maria estacou o passo.

— Aquela moça...? Não é possível. Tenho-lhe falado muitas vezes, e nunca descobri nada. Achei-a sempre fria. Há de ser engano. Ouviu-lhe o meu nome?

— Não, por mais que lhe pedisse. Confessou o milagre, sem nomear o santo. Mas que milagre! Gabe-se de ser adorado como ninguém... De quem é aquela casa?

— Você costuma exagerar as coisas, prima; pode não ser tanto. Adorado como ninguém? E de que modo soube que era eu?

— Teófilo foi o primeiro que descobriu; ela, dizendo-se-lhe isto, ficou como uma pitanga. Negou-o ainda depois, comigo; e desde esse dia não voltou lá a casa.

Tal foi o início dos amores. Carlos Maria folgou de se ver assim amado em silêncio, e toda a prevenção se converteu em simpatia. Começou a vê-la, saboreou a confusão da moça, os medos, a alegria, a modéstia, as atitudes quase implorativas — um composto de atos e sentimentos que eram a apoteose do homem amado. Tal foi o início, tal o desfecho. Assim os vimos naquela noite dos anos de Dona Sofia, a quem ele dissera antes coisas tão doces. São assim os homens; as águas que passam e os ventos que rugem não são outra coisa.

CXXI

"Bem, vai casar, tanto melhor!", pensou Rubião.

Entre aquela noite e o dia do casamento, Rubião apanhou no ar algumas olhadas de Sofia, suspeitas de tentação; Carlos Maria, se lhe correspondeu, foi antes por polidez que outra coisa. Rubião concluiu que o caso era fortuito; lembrava-se ainda da lágrima de Sofia, na noite dos anos, quando lhe explicou a história da carta.

Oh! boa lágrima inesperada! Tu, que bastaste a persuadir um homem, podes não ser explicável a outros, e assim vai o mundo. Que importa que os olhos não fossem costumados ao choro, nem que a noite parecesse exaltar sentimentos muito diversos da melancolia? Rubião a viu cair; ainda agora a vê de memória. Mas a confiança de Rubião não vinha só da lágrima, vinha também da presente Sofia, que nunca fora tão solícita nem tão dada com ele. Parecia arrependida de todo o mal causado, prestes a saná-lo, ou por afeição tardia, ou pelo próprio malogro da primeira aventura. Há delitos virtuais, que dormem. Há óperas remissas na cabeça de um maestro, que só esperam os primeiros compassos da inspiração.

CXXII

— Ainda bem que se casa! — repetiu o Rubião.

Não se demorou o casamento: três semanas. Na manhã do dia aprazado, Carlos Maria abriu os olhos com algum espanto. Era ele mesmo que ia casar? Não havia dúvida; mirou-se ao espelho, era ele. Relembrou os últimos dias, a marcha rápida dos sucessos, a realidade da afeição que tinha à noiva, e, enfim, a felicidade pura que lhe ia dar. Esta derradeira ideia enchia-o de grande e rara satisfação. Ia-as ruminando ainda, a cavalo, no passeio habitual da manhã; desta vez escolhera o bairro do Engenho Velho.

Posto se achasse costumado aos olhos admirativos, via agora em toda a gente um aspecto parecido com a notícia de que ele ia casar. As casuarinas de uma chácara, quietas antes que ele passasse por elas, disseram-lhe coisas muito particulares, que os levianos atribuiriam à aragem que passava também, mas que os sapientes reconheceriam ser nada menos que a linguagem nupcial das casuarinas. Pássaros saltavam de um lado para outro, pipilando um madrigal. Um casal de borboletas — que os japões têm por símbolo da fidelidade, por observarem que, se pousam de flor em flor, andam quase sempre aos pares —, um casal delas acompanhou por muito tempo o passo do cavalo, indo pela cerca de uma chácara que beirava o caminho, volteando aqui e ali, lépidas e amarelas. De envolta com isso, um ar fresco, céu azul, caras alegres de homens montados em burros, pescoços estendidos pela janela fora das diligências, para vê-lo e ao seu garbo de noivo. Certo, era difícil crer que todos aqueles gestos e atitudes da gente, dos bichos e das árvores exprimissem outro sentimento que não fosse a homenagem nupcial da natureza.

As borboletas perderam-se em uma das moitas mais densas da cerca. Seguiu-se outra chácara, despida de árvores, portão aberto, e ao fundo, fronteando com o portão, uma casa velha, que encarquilhava os olhos sob a forma de cinco janelas de peitoril, cansadas de perder moradores. Também elas tinham visto bodas e festins; o século já as achou verdes de novidade e de esperança.

Não cuideis que esse aspecto contristou a alma do cavaleiro. Ao contrário, ele possuía o dom particular de remoçar as ruínas e viver da vida primitiva das coisas. Gostou até de ver a casa velhusca, desbotada, em contraste com as borboletas tão vivas de há pouco. Parou o cavalo; evocou as mulheres que por ali entraram, outras galas, outros rostos, outras maneiras. Porventura as próprias sombras das pessoas felizes e extintas vinham agora cumprimentá-lo também, dizendo-lhe pela boca invisível todos os nomes sublimes que pensavam dele. Chegou a ouvi-las e sorrir. Mas uma voz estrídula veio mesclar-se ao concerto — um papagaio, em gaiola pendente da parede externa da casa:

— Papagaio real, para Portugal; quem passa? Currupá, papá. Grrrr... Grrrrr...

As sombras fugiram, o cavalo foi andando. Carlos Maria aborrecia o papagaio, como aborrecia o macaco.

— Duas contrafações da pessoa humana — dizia ele.

"A felicidade que *eu lhe der* será assim também interrompida?", reflexionou andando.

Cambaxirras voaram de um lado para o outro da rua, e pousaram cantando a sua fala própria; foi uma reparação. Essa língua sem palavras era inteligível, dizia uma porção de coisas claras e belas. Carlos Maria chegou a ver naquilo um símbolo de si mesmo. Quando a mulher, aturdida dos papagaios do mundo, viesse caindo de fastio, ele a faria erguer aos trilos da passarada divina, que trazia em si ideias de ouro, ditas por uma voz de ouro. Oh! como *a tornaria* feliz! Já a antevia ajoelhada, com os braços postos sobre seus joelhos, a cabeça entre as mãos e os olhos nele, gratos, devotos, amorosos, toda implorativa, toda nada.

CXXIII

ORA BEM, AQUELE QUADRO, NA MESMA HORA EM QUE APARECIA aos olhos da imaginação do noivo, reproduzia-se no espírito da noiva tal qual. Maria Benedita, posta à janela, fitando as ondas que se quebravam ao longe e na praia, via-se a si mesma ajoelhada aos pés do marido, quieta, contrita, como à mesa da comunhão para receber a hóstia da felicidade. E dizia consigo: "Oh! como *ele me* fará feliz!" Frase e pensamento eram outros, mas a atitude e a hora eram as mesmas.

CXXIV

CASARAM-SE; TRÊS MESES DEPOIS FORAM PARA A EUROPA. Ao despedir-se deles, Dona Fernanda estava tão alegre como se viesse recebê-los de volta; não chorava. O prazer de os ver felizes era maior que o desgosto da separação.

— Você vai contente? — perguntou a Maria Benedita, pela última vez, junto à amurada do paquete.

— Oh! muito!

A alma de Dona Fernanda debruçou-se-lhe dos olhos, fresca, ingênua, cantando um trecho italiano — porque a soberba guasca preferia a música italiana —, talvez esta ária da *Lucia: O' bell'alma innamorata*[87]. Ou este pedaço do *Barbeiro*:

Ecco ridente in cielo
Già spunta la bela aurora[88].

87. Oh, bela alma enamorada: trecho da última cena da ópera *Lucia de Lammermoor*, de Gaetano Donizetti (1797–1848).

88. Eis, risonha no céu/Desponta a bela aurora: trecho do primeiro ato da ópera *O barbeiro de Sevilla*, de Gioachino Rossini (1792–1848), adaptação da peça do dramaturgo francês Beaumarchais (1732–1799).

CXXV

Sofia não foi a bordo, adoeceu e mandou o marido. Não vão crer que era pesar nem dor; por ocasião do casamento, houve-se com grande discrição, cuidou do enxoval da noiva e despediu-se dela com muitos beijos chorados. Mas ir a bordo pareceu-lhe vergonha. Adoeceu; e, para não desmentir do pretexto, deixou-se estar no quarto. Pegou de um romance recente; fora-lhe dado pelo Rubião. Outras coisas ali lhe lembravam o mesmo homem, teteias de toda a sorte, sem contar joias guardadas. Finalmente, uma singular palavra que lhe ouvira, na noite do casamento da prima, até essa veio ali para o inventário das recordações do nosso amigo.

— A senhora é já a rainha de todas — disse-lhe ele em voz baixa. — Espere que ainda a farei imperatriz.

Sofia não pôde entender esta frase enigmática. Quis supor que era uma aliciação de grandeza para torná-la sua amante; mas a vaidade que essa ideia trazia fê-la excluir desde logo. Rubião, posto não fosse agora o mesmo homem encolhido e tímido de outros tempos, não se mostrava tão cheio de si que lhe pudesse atribuir tão alta presunção. Mas que era então a frase? Talvez um modo figurado de dizer que a amaria ainda mais. Sofia acreditava possível tudo. Não lhe faltavam galanteios; chegou a ouvir aquela declaração de Carlos Maria, provavelmente ouvira outras, a que deu somente a atenção da vaidade. E todas passaram; Rubião é que persistia. Tinha pausas, filhas de suspeitas; mas as suspeitas iam como vinham.

"Il mérite d'être aimé[89]*"*, leu Sofia na página aberta do romance, quando ia continuar a leitura; fechou o livro, fechou os olhos, e perdeu-se em si mesma. A escrava que entrou daí a pouco, trazendo-lhe um caldo, supôs que a senhora dormia e retirou-se pé ante pé.

89. "Ele merece ser amado", em francês.

CXXVI

Entretanto, Rubião e Palha desciam do paquete para a lancha e tornavam ao Cais Pharoux[90]. Vinham cuidadosos e calados. Palha foi o primeiro que abriu a boca:

— Ando há tempos para dizer-lhe uma coisa importante, Rubião.

90. O Cais Pharoux foi um importante ponto de embarque e desembarque localizado no Rio de Janeiro, no século XIX. Situava-se na atual Praça XV e era utilizado para travessias da Baía de Guanabara, ligando o centro da cidade a áreas como Niterói. O nome "Pharoux" vem do francês Charles Pharoux, um empresário que administrava um hotel próximo ao cais.

CXXVII

Rubião acordou. Era a primeira vez que ia a um paquete. Voltava com a alma cheia dos rumores de bordo, a lufa-lufa das gentes que entravam e saíam, nacionais, estrangeiros, estes de vária casta, franceses, ingleses, alemães, argentinos, italianos, uma confusão de línguas, um cafarnaum de chapéus, de malas, cordoalha, sofás, binóculos a tiracolo, homens que desciam ou subiam por escadas para dentro do navio, mulheres chorosas, outras curiosas, outras cheias de riso, e muitas que traziam de terra flores ou frutas — tudo aspectos novos. Ao longe, a barra por onde tinha de ir o paquete. Para lá da barra, o mar imenso, o céu fechado e a solidão. Rubião renovou os sonhos do mundo antigo, criou uma Atlântida[91], sem nada saber da tradição. Não tendo noções de geografia, formava uma ideia confusa dos outros países, e a imaginação rodeava-os de um nimbo misterioso. Como não lhe custava viajar assim, navegou de cor algum tempo, naquele vapor alto e comprido, sem enjoo, sem vagas, sem ventos, sem nuvens.

91. Atlântida é uma ilha lendária mencionada pelo filósofo grego Platão (c. 427 a.C.–347 a.C.) em seus diálogos *Timeu* e *Crítias*. Segundo Platão, Atlântida teria sido uma civilização avançada que desapareceu subitamente, submergindo no oceano. A história tem sido interpretada como mito, alegoria filosófica ou especulação sobre antigas civilizações perdidas, inspirando diversas teorias e obras literárias ao longo dos séculos.

CXXVIII

— A mim? — perguntou Rubião depois de alguns segundos.

— A você — confirmou o Palha. — Devia tê-la dito há mais tempo, mas estas histórias de casamento, de comissão das Alagoas, etc., atrapalharam-me, e não tive ocasião; agora, porém, antes do almoço... Você almoça comigo.

— Sim, mas que é?

— Uma coisa importante.

Dizendo isto, tirou um cigarro, abriu-o, desfiou o fumo com os dedos, enrolou a palha outra vez, e riscou um fósforo, mas o vento apagou o fósforo. Então pediu ao Rubião que lhe fizesse o favor de segurar o chapéu, para poder acender outro. Rubião obedeceu impaciente. Bem pode ser que o sócio, esticando a espera, quisesse justamente fazer-lhe crer que se tratava de um terremoto; a realidade viria a ser um benefício. Puxadas duas fumaças:

— Estou com meu plano de liquidar o negócio; falaram-me aí para uma casa bancária, lugar de diretor, e creio que aceito.

Rubião respirou.

— Pois sim; liquidar já?

— Não, lá para o fim do ano que vem.

— E é preciso liquidar?

— Cá para mim, é. Se a história do banco não fosse segura, não me animaria a perder o certo pelo duvidoso; mas é seguríssima.

— Então no fim do ano que vem soltamos os laços que nos prendem...

Palha tossiu.

— Não, antes, no fim deste ano.

Rubião não entendeu; mas o sócio explicou-lhe que era útil desligarem já a sociedade, a fim de que ele sozinho liquidasse a casa. O banco podia organizar-se mais cedo ou mais tarde; e para que sujeitar o outro às exigências da ocasião? Demais, o Doutor Camacho afirmava que, em breve, Rubião estaria na câmara, e que a queda do Itaboraí era certa.

— Seja o que for — concluiu —, é sempre melhor desligarmos a sociedade com tempo. Você não vive do comércio; entrou com o capital necessário ao negócio — como podia dá-lo a outro ou guardá-lo.

— Pois sim, não tenho dúvida — concordou o Rubião.

E depois de alguns instantes:

— Mas diga-me uma coisa: essa proposta traz algum motivo oculto? É rompimento de pessoas, de amizade... Seja franco, diga tudo...

— Que caraminhola é essa? — redarguiu o Palha. — Separação de amizade, de pessoas... Mas você está tonto. Isto é do balanço do mar. Pois eu, que tenho trabalhado tanto por você, eu que o faço amigo dos meus amigos, que o trato como um parente, como um irmão, havia de brigar à toa? Aquele mesmo casamento de Maria Benedita com o Carlos Maria devia ser com você, bem sabe, se não fosse a sua recusa. A gente pode romper um laço sem romper os outros. O contrário seria despropósito. Então todos os amigos de sociedade ou de família são sócios de comércio? E os que não forem comerciantes?

Rubião achou excelente a razão, e quis abraçar o Palha. Este apertou-lhe a mão satisfeitíssimo; ia ver-se livre de um sócio, cuja prodigalidade crescente podia trazer-lhe algum perigo. A casa estava sólida; era fácil entregar ao Rubião a parte que lhe pertencesse, menos as dívidas pessoais e anteriores. Restavam ainda algumas daquelas que o Palha confessou à mulher, na noite de Santa Teresa, capítulo L. Pouco tinha pago; geralmente era o Rubião que abanava as orelhas ao assunto. Um dia, o Palha, querendo dar-lhe à força algum dinheiro, repetiu o velho proverbio: "Paga o que deves, vê o que te fica." Mas o Rubião, gracejando:

— Pois não pagues, e vê se te não fica ainda mais.

— É boa! — redarguiu o Palha rindo e guardando o dinheiro no bolso.

CXXIX

Não havia banco, nem lugar de diretor, nem liquidação; mas como justificaria o Palha a proposta de separação, dizendo a pura verdade? Daí a invenção, tanto mais pronta, quanto o Palha tinha amor aos bancos, e morria por um. A carreira daquele homem era cada vez mais próspera e vistosa. O negócio corria-lhe largo; um dos motivos da separação era justamente não ter que dividir com outro os lucros futuros. Palha, além do mais, possuía ações de toda parte, apólices de ouro do empréstimo Itaboraí, e fizera uns dois fornecimentos para a guerra, de sociedade com um poderoso, nos quais ganhou muito. Já trazia apalavrado um arquiteto para lhe construir um palacete. Vagamente pensava em baronia.

CXXX

— Quem diria que a gente do Palha nos trataria deste modo? Já não valemos nada. Escusa de os defender...

— Não defendo, estou explicando; há de ter havido confusão.

— Fazer anos, casar a prima, e nem um triste convite ao major, ao grande major, ao impagável major, ao velho amigo major. Eram os nomes que me davam; eu era impagável, amigo velho, grande e outros nomes. Agora, nada, nem um triste convite, um recado de boca, ao menos, por um moleque: "Nhanhã faz anos, ou casa a prima, diz que a casa está às suas ordens, e que vão com luxo." Não iríamos; luxo não é para nós. Mas era alguma coisa, era recado, um moleque, ao impagável major...

— Papai!

Rubião, vendo a intervenção de Dona Tonica, animou-se a defender longamente a família Palha. Era em casa do major, não já na Rua Dois de Dezembro, mas na dos Barbonos, modesto sobradinho. Rubião passava, ele estava à janela, e chamou-o. Dona Tonica não teve tempo de sair da sala, para dar, ao menos, uma vista d'olhos ao espelho; mal pôde passar a mão pelo cabelo, compor o laço de fita ao pescoço e descer o vestido para cobrir os sapatos, que não eram novos.

— Digo-lhe que pode ter havido confusão — insistiu Rubião. — Tudo anda por lá muito atrapalhado com esta comissão das Alagoas.

— Lembra bem — interrompeu o major Siqueira — porque não meteram minha filha na comissão das Alagoas? Qual! Há já muito que reparo nisto; antigamente não se fazia festa sem nós. Nós éramos a alma de tudo. De certo tempo para cá começou a mudança; entraram a receber-nos friamente, e o marido, se pode esquivar-se, não me fala na rua. Isto começou há tempos; mas antes disso sem nós é que não se fazia nada. Que está o senhor a falar de confusão? Pois se na véspera dos anos dela, já desconfiando que não nos convidariam, fui ter com ele ao armazém. Poucas palavras, por mais que lhe falasse em Dona Sofia; disfarçava. Afinal disse-lhe assim: "Ontem, lá em casa, eu e Tonica estivemos discutindo sobre a data dos anos de Dona Sofia; ela dizia que tinha passado, eu disse que não, que era hoje ou amanhã." Não me respondeu, fingiu que estava absorvido em uma conta, chamou o guarda-livros e pediu explicações. Eu entendi o bicho, e repeti a história; fez a mesma coisa. Saí. Ora o Palha, um pé-rapado! Já o envergonho. Antigamente: major, um brinde. Eu fazia muitos brindes, tinha certo desembaraço. Jogávamos o voltarete. Agora está nas grandezas; anda com gente fina. Ah! vaidades deste mundo! Pois não vi outro dia a mulher dele, num *coupé*, com outra? A Sofia de *coupé*! Fingiu que me não via, mas arranjou os olhos de modo que percebesse se eu a via, se a admirava. Vaidades desta vida! Quem nunca comeu azeite, quando come se lambuza.

— Perdão, mas os trabalhos da comissão exigem certo aparato.

— Sim — acudiu Siqueira —, é por isso que minha filha não entrou na comissão; é para não estragar as carruagens...

— Demais, o *coupé* podia ser da outra senhora que ia com ela.

O major deu dois passos, com as mãos atrás, e parou diante de Rubião.

— Da outra... ou do padre Mendes. Como vai o padre? Boa vida, naturalmente.

— Mas, papai, pode não haver nada — interrompeu Dona Tonica. — Ela sempre me trata bem, e quando estive doente no mês passado, mandou saber pelo moleque, duas vezes...

— Pelo moleque! — bradou o pai. — Pelo moleque! Grande favor! "Moleque, vai ali à casa daquele reformado e pergunta-lhe se a filha tem passado melhor; não vou porque estou lustrando as unhas!" Grande favor! Tu não lustras as unhas! tu trabalhas! tu és digna filha minha! pobre, mas honesta!

Aqui o major chorou, mas suspendeu de repente as lágrimas. A filha, comovida, sentiu-se também vexada. Certo, a casa dizia a pobreza da família, poucas cadeiras, uma mesa redonda velha, um canapé gasto; nas paredes duas litografias encaixilhadas em pinho pintado de preto, um era o retrato do major em 1857, a outra representava o *Veronês em Veneza*, comprado na Rua do Senhor dos Passos[92]. Mas o trabalho da filha transparecia em tudo; os móveis reluziam de asseio, a mesa tinha um pano de crivo feito por ela, o canapé uma almofada. E era falso que Dona Tonica não lustrasse as unhas; não teria o pó nem a camurça, mas acudia-lhes com um retalho de pano todas as manhãs.

92. Até o fim do século passado, existia um comércio popular e grande número de casas de prostituição nesta rua.

CXXXI

Rubião tratou-os com simpatia. Não continuou a defender a gente Palha, para não desesperar o major, e falou do exército. Pouco depois, despediu-se, prometendo, sem convite, que lá iria jantar "um dia destes."

— Jantar de pobre — acudiu o major. — Se puder avisar, avise.

— Não quero banquetes; virei quando me der na cabeça.

Despediu-se. Dona Tonica, depois de ir até o patamar, sem chegar à frente por causa dos sapatos, foi à janela para vê-lo sair.

CXXXII

Logo que Rubião dobrou a esquina da Rua das Mangueiras, Dona Tonica entrou e foi ao pai, que se estendera no canapé para reler o velho *Saint-Clair das ilhas ou os desterrados da ilha da Barra*[93]. Foi o primeiro romance que conheceu; o exemplar tinha mais de vinte anos; era toda a biblioteca do pai e da filha. Siqueira abriu o primeiro volume, e deitou os olhos ao começo do capítulo II, que já trazia de cor. Achava-lhe agora um sabor particular, por motivo dos seus recentes desgostos: "Enchei bem os vossos copos, exclamou Saint-Clair, e bebamos de uma vez; eis o brinde que vos proponho. À saúde dos bons e valentes oprimidos, e ao castigo dos seus opressores. Todos acompanharam Saint-Clair, e foi de roda a saúde."

— Sabe de uma coisa, papai? Papai compra amanhã latas de conserva, *petit-pois*, peixe, etc. e ficam guardadas. No dia em que ele aparecer para jantar, põe-se no fogo, é só aquecer, e daremos um jantarzinho melhor.

— Mas eu só tenho o dinheiro do teu vestido.

— O meu vestido? Compra-se no mês que vem, ou no outro. Eu espero.

93. Romance da escritora britânica Elizabeth Helme (1755–1814). A obra foi publicada originalmente em inglês com o título *St. Clair of the Isles; or, The Outlaws of Barra* e pertence ao gênero do romance histórico e sentimental, característico do final do século XVIII e início do XIX.

— Mas não ficou ajustado?
— Desajusta-se; eu espero.
— E se não houver outro do mesmo preço?
— Há de haver; eu espero, papai.

CXXXIII

AINDA NÃO DISSE — PORQUE OS CAPÍTULOS ATROPELAM-SE debaixo da pena —, mas aqui está um para dizer que, por aquele tempo, as relações de Rubião tinham crescido em número. Camacho pusera-o em contato com muitos homens políticos, a comissão das Alagoas com várias senhoras, os bancos e companhias com pessoas do comércio e da praça, os teatros com alguns frequentadores e a Rua do Ouvidor com toda a gente. Já então era um nome repetido. Conhecia-se o homem. Quando apareciam as barbas e o par de bigodes longos, uma sobrecasaca bem justa, um peito largo, bengala de unicórnio, e um andar firme e senhor, dizia-se logo que era o Rubião — um ricaço de Minas.

Tinham-lhe feito uma lenda. Diziam-no discípulo de um grande filósofo, que lhe legara imensos bens — um, três, cinco mil contos. Estranhavam alguns que ele não falasse nunca de filosofia, mas a lenda explicava esse silêncio pelo próprio método filosófico do mestre, que consistia em ensinar somente aos homens de boa vontade. Onde estavam esses discípulos? Iam à casa dele, todos os dias — alguns duas vezes, de manhã e de tarde; e assim ficavam definidos os comensais. Não seriam discípulos, mas eram de boa vontade. Roíam fome, à espera, e ouviam calados e risonhos os discursos do anfitrião. Entre os antigos e os novos, houve tal ou qual rivalidade, que os primeiros acentuaram bem, mostrando maior intimidade, dando ordens aos criados, pedindo charutos, indo ao interior, assobiando, etc. Mas o costume os fez suportáveis entre si, e todos acabaram na doce e comum confissão das qualidades do dono da casa. Ao cabo de algum tempo, também os novos lhe deviam dinheiro, ou em espécie — ou em fiança no alfaiate, ou endosso de letras, que ele pagava às escondidas, para não vexar os devedores.

Quincas Borba andava ao colo de todos. Davam estalinhos para vê-lo saltar, alguns chegavam a beijar-lhe a testa; um deles, mais hábil, achou modo de o ter à mesa, ao jantar ou almoço, sobre as pernas, para lhe dar migalhas de pão.

— Ah! isso não! — protestou Rubião a primeira vez.

— Que tem? — retorquiu o comensal. — Não há pessoas estranhas.

Rubião refletiu um instante.

— Verdade é que está aí dentro um grande homem — disse ele.

— O filósofo, o outro Quincas Borba — continuou o conviva, circulando o olhar pelos novatos, para mostrar a intimidade das relações entre ele e Rubião; mas, não logrou sozinho a vantagem, porque os outros amigos da mesma era repetiram, em coro:

— É verdade, o filósofo.

E Rubião explicou aos novatos a alusão ao filósofo, e a razão do nome do cão, que todos lhe atribuíam. Quincas Borba (o defunto) foi descrito e narrado como um dos maiores homens do tempo — superior aos seus patrícios. Grande filósofo, grande alma, grande amigo. E no fim, depois de algum silêncio, batendo com os dedos na borda da mesa, Rubião exclamou:

— Eu o faria ministro de Estado!

Um dos convivas exclamou, sem convicção, por simples ofício:

— Oh! sem dúvida!

Nenhum daqueles homens sabia, entretanto, o sacrifício que lhes fazia o Rubião. Recusava jantares, passeios, interrompia conversações aprazíveis, só para correr à casa e jantar com eles. Um dia achou meio de conciliar tudo. Não estando ele em casa às seis horas em ponto, os criados deviam pôr o jantar para os amigos. Houve protestos; não, senhor, esperariam até sete ou oito horas. Um jantar sem ele não tinha graça.

— Mas é que posso não vir — explicou Rubião.

Assim se cumpriu. Os convivas ajustaram bem os relógios pelos da casa de Botafogo. Davam seis horas, todos à mesa. Nos dois primeiros dias houve tal ou qual hesitação; mas os criados tinham ordens severas. Às vezes, Rubião chegava pouco depois. Eram então risos, ditos, intrigas alegres. Um queria esperar, mas os outros... Os outros desmentiam o primeiro; ao contrário, foi este que os arrastou, tal fome trazia — a ponto que, se alguma coisa restava, eram os pratos. E Rubião ria com todos.

CXXXIV

FAZER UM CAPÍTULO SÓ PARA DIZER QUE, A PRINCÍPIO, OS convivas, ausente o Rubião, fumavam os próprios charutos, depois do jantar — parecerá frívolo aos frívolos; mas os considerados dirão que algum interesse haverá nesta circunstância em aparência mínima.

De fato, uma noite, um dos mais antigos lembrou-se de ir ao gabinete de Rubião; lá fora algumas vezes, ali se guardavam as caixas de charutos, não quatro nem cinco, mas vinte e trinta de várias fábricas e tamanhos, muitas abertas. Um criado (o espanhol) acendeu o gás. Os outros convivas seguiram o primeiro, escolheram charutos e os que ainda não conheciam o gabinete admiraram os móveis bem feitos e bem dispostos. A secretária captou as admirações gerais; era de ébano, um primor de talha, obra severa e forte. Uma novidade os esperava: dois bustos de mármore, postos sobre ela, os dois Napoleões, o primeiro e o terceiro.

— Quando veio isto?

— Hoje ao meio-dia — respondeu o criado.

Dois bustos magníficos. Ao pé do olhar aquilino do tio, perdia-se no vago o olhar cismático do sobrinho. Contou o criado que o amo, apenas recebidos e colocados os bustos, deixara-se estar grande espaço em admiração, tão deslembrado do mais, que ele pôde mirá-los também, sem admirá-los.

— *No me dicen nada estos dos pícaros*[94] — concluiu o criado fazendo um gesto largo e nobre.

94. "Não me dizem nada estes dois vigaristas", em espanhol.

CXXXV

Rubião protegia largamente as letras. Livros que lhe eram dedicados, entravam para o prelo com a garantia de duzentos e trezentos exemplares. Tinha diplomas e diplomas de sociedades literárias, coreográficas, pias, e era juntamente sócio de uma Congregação Católica e de um Grêmio Protestante, não se tendo lembrado de um quando lhe falaram do outro; o que fazia era pagar regularmente as mensalidades de ambos. Assinava jornais sem os ler. Um dia, ao pagar o semestre de um, que lhe haviam mandado, é que soube, pelo cobrador, que era do partido do governo; mandou o cobrador ao diabo.

CXXXVI

O COBRADOR NÃO FOI AO DIABO; RECEBEU O PREÇO DO semestre, e, como possuía a observação natural dos cobradores, resmungou na rua:

— Ora, aqui está um homem que detesta a folha e paga. Quantos a adoram e não pagam!

CXXXVII

MAS — Ó LANCE DA FORTUNA! Ó EQUIDADE DA NATUREZA! — OS desperdícios do nosso amigo, se não tinham remédio, tinham compensação. Já o tempo não passava por ele como por um vadio sem ideias. Rubião, à falta de ideias, tinha agora imaginação. Outrora vivia mais dos outros que de si, não achava equilíbrio interior, e o ócio esticava as horas, que não acabavam mais. Tudo ia mudando; agora a imaginação, que, a relâmpagos, lhe aparecia ultimamente, tendia a pousar um pouco. Sentado na loja do Bernardo[95], gastava toda uma manhã, sem que o tempo lhe trouxesse fadiga, nem a estreiteza da Rua do Ouvidor lhe tapasse o espaço. Repetiam-se as visões deliciosas, como a das bodas (capítulo LXXXI) em termos a que a grandeza não tirava a graça. Houve quem o visse, mais de uma vez, saltar da cadeira e ir até a porta ver bem pelas costas alguma pessoa que passava. Conhecê-la-ia? Ou seria alguém que, casualmente, tinha as feições da criatura imaginária que ele estivera mirando? São perguntas demais para um só capítulo; basta dizer que uma dessas vezes nem passou ninguém, ele próprio reconheceu a ilusão, voltou para dentro, comprou uma teteia de bronze para dar à filha do Camacho, que fazia anos, e ia casar em breve, e saiu.

95. Era dividida em perfumaria, tabacaria e salão de barbeiros e cabeleireiros para homens. Também era ponto de encontro de políticos, diplomatas, economistas, e ali circulavam as últimas notícias da vida política e cultural da Corte.

CXXXVIII

— E Sofia? — interroga impaciente a leitora, tal qual Orgon: *Et Tartufe?*[96] Ai, amiga minha, a resposta é naturalmente a mesma — também ela comia bem, dormia largo e fofo —, coisas que, aliás, não impedem que uma pessoa ame, quando quer amar. Se esta última reflexão é o motivo secreto da vossa pergunta, deixai que vos diga que sois muito indiscreta, e que eu não me quero senão com dissimulados.

Repito, comia bem, dormia largo e fofo. Chegara ao fim da comissão das Alagoas, com elogios da imprensa; a *Atalaia* chamou-lhe "o anjo da consolação". E não se pense que este nome a alegrou, posto que a lisonjeasse; ao contrário, resumindo em Sofia toda a ação da caridade, podia mortificar as novas amigas, e fazer-lhe perder em um dia o trabalho de longos meses. Assim se explica o artigo que a mesma folha trouxe no número seguinte, nomeando, particularizando e glorificando as outras comissárias — "estrelas de primeira grandeza."

Nem todas as relações subsistiram, mas a maior parte delas estavam atadas, e não faltava à nossa dona o talento de as tornar

96. Personagem da peça *Tartuffe* (1664), do dramaturgo francês Molière. Orgon é um homem ingênuo e crédulo que se deixa enganar por Tartuffe, um falso devoto que se infiltra em sua casa sob o pretexto de religiosidade. A citação "Et Tartufe?" refere-se a um momento da peça em que Orgon, obcecado pelo impostor, ignora os acontecimentos ao seu redor e pergunta insistentemente sobre ele.

definitivas. O marido é que pecava por turbulento, excessivo, derramado, dando bem a ver que o cumulavam de favores, que recebia finezas inesperadas e quase imerecidas. Sofia, para emendá-lo, vexava-o com censuras e conselhos, rindo:

— Você esteve hoje insuportável; parecia um criado.

— Cristiano, fique mais senhor de si, quando tivermos gente de fora, não se ponha com os olhos fora da cara, saltando de um lado para outro, assim com ar de criança que recebe doce...

Ele negava, explicava ou justificava-se; afinal, concluía que sim, que era preciso não parecer estar abaixo dos obséquios; cortesia, afabilidade, mais nada...

— Justo, mas não vás cair no extremo oposto — acudiu Sofia. — Não vás ficar casmurro...

Palha era então as duas coisas; casmurro, a princípio, frio, quase desdenhoso, falando pouco, apenas respondendo. Mas, ou a reflexão, ou o impulso inconsciente, restituía ao nosso homem a animação habitual, e com ela, segundo o momento, a demasia e o estrépito. Sofia é que, em verdade, corrigia tudo. Observava, imitava. Necessidade e vocação fizeram-lhe adquirir, aos poucos, o que não trouxera do nascimento nem da fortuna. Ao demais, estava naquela idade média em que as mulheres inspiram igual confiança às sinhazinhas de vinte e às sinhás de quarenta. Algumas morriam por ela; muitas a cumulavam de louvores.

Foi assim que a nossa amiga, pouco a pouco, espanou a atmosfera. Cortou as relações antigas, familiares, algumas tão íntimas que dificilmente se poderiam dissolver; mas a arte de receber sem calor, ouvir sem interesse e despedir-se sem saudade, não era das suas menores prendas; e uma por uma, se foram indo as pobres criaturas modestas, sem maneiras, nem vestidos, amizades de pequena monta, de pagodes caseiros, de hábitos singelos e sem elevação. Com os homens fazia exatamente o que o major contara, quando eles a viam passar de carruagem — que era sua — entre parêntesis. A diferença é que já nem os espreitava para saber se a viam. Acabara a lua de mel da grandeza; agora torcia os olhos duramente para outro lado, conjurando, de um gesto definitivo, o perigo de alguma hesitação. Punha assim os velhos amigos na obrigação de lhe não tirarem o chapéu.

CXXXIX

Rubião ainda quis valer ao major, mas o ar de fastio com que Sofia o interrompeu foi tal, que o nosso amigo preferiu perguntar-lhe se, não chovendo na seguinte manhã, iriam sempre passear à Tijuca.

— Já falei a Cristiano; disse-me que tem um negócio, que fique para domingo que vem.

Rubião, depois de um instante:

— Vamos nós dois. Saímos cedo, passeamos, almoçamos lá; às três ou quatro horas estamos de volta...

Sofia olhou para ele, com tamanha vontade de aceitar o convite, que Rubião não esperou resposta verbal.

— Está assentado, vamos — disse ele.

— Não.

— Como não?

E repetiu a pergunta, porque Sofia não lhe quis explicar a negativa, aliás, tão óbvia. Obrigada a fazê-lo, ponderou que o marido ficaria com inveja, e era capaz de adiar o negócio só para ir também. Não queria atrapalhar os negócios dele, e podiam esperar oito dias. O olhar de Sofia acompanhava essa explicação, como um clarim acompanharia um padre-nosso. Vontade tinha, oh! se tinha vontade de ir na manhã seguinte, com Rubião, estrada acima, bem posta no cavalo, não cismando à toa, nem poética, mas valente, fogo na cara, toda deste mundo, galopando, trotando, parando. Lá no alto, desmontaria algum tempo; tudo só, a cidade ao longe e o céu por cima. Encostada ao cavalo, renteando-lhe as crinas com os dedos, ouviria Rubião levar-lhe a afoiteza e o garbo... Chegou a sentir um beijo na nuca...

CXL

POIS QUE SE TRATA DE CAVALOS, NÃO FICA MAL DIZER QUE A imaginação de Sofia era agora um corcel brioso e petulante, capaz de galgar morros e desbaratar matos. Outra seria a comparação, se a ocasião fosse diferente; mas corcel é o que vai melhor. Traz a ideia do ímpeto, do sangue, da disparada, ao mesmo tempo que a da serenidade com que torna ao caminho reto, e por fim à cavalariça.

CXLI

— Está dito, vamos amanhã — repetiu Rubião, que espreitava o rosto aceso de Sofia.

Mas o corcel viera fatigado da carreira, e deixou-se estar sonolento na cavalariça. Sofia era já outra; passara a vertigem da empresa, o ardor sonhado, o gosto de subir com ele a estrada da Tijuca. Dizendo-lhe Rubião que falaria ao marido para que a deixasse ir ao passeio, redarguiu sem alma:

— Está tonto! Fica para o domingo que vem!

E fixou os olhos no trabalho de linha que fazia — frioleira é o nome — enquanto Rubião voltava os seus para um trechozinho de jardim mofino, ao pé da saleta de trabalho onde estavam. Sofia, sentada no ângulo da janela, ia meneando os dedos. Rubião viu em duas rosas vulgares uma festa imperial, e esqueceu a sala, a mulher e a si. Não se pode dizer, ao certo, que tempo estiveram assim calados, alheios e remotos um do outro. Foi uma criada que os acordou, trazendo-lhes café. Bebido o café, Rubião concertou as barbas, tirou o relógio e despediu-se. Sofia, que espreitava a sabida, ficou satisfeita, mas encobriu o gosto com o espanto.

— Já!

— Preciso falar a um sujeito antes das quatro horas — explicou Rubião. — Estamos entendidos; passeio de amanhã gorado. Vou mandar desavisar os cavalos. Mas será certo no domingo que vem?

— Certo, certo, não posso afirmar; mas resolvendo-se em tempo o Cristiano, creio que sim. Sabe que meu marido é o homem dos impedimentos.

Sofia acompanhou-o até a porta, estendeu-lhe a mão indiferente, respondeu sorrindo alguma coisa chocha, tornou à salinha em que estivera, ao mesmo ângulo, da mesma janela. Não continuou logo o trabalho; pôs uma perna sobre outra fazendo descer, por hábito, a saia do vestido, e lançou uma olhada ao jardim, onde as duas rosas tinham dado ao nosso amigo uma visão imperial. Sofia não viu mais que duas flores mudas. Fitou-as, não obstante, algum tempo; em seguida, pegou da frioleira, trabalhou um pouco, deteve-se outro pouco, deixando as mãos no regaço; e voltou à obra, outra vez, para tornar a deixá-la. De repente, levantou-se e atirou as linhas e a *navette*[97] à cestinha de junco, onde guardava os seus pretextos de trabalho. A cesta era ainda uma lembrança de Rubião!

— Que homem aborrecido!

Dali foi encostar-se à janela, que dava para o jardim mofino, onde iam murchando as duas rosas vulgares. Rosas, quando recentes, importam-se pouco ou nada com as cóleras dos outros; mas, se definham, tudo lhes serve para vexar a alma humana. Quero crer que este costume nasce da brevidade da vida. "Para as rosas", escreveu alguém, "o jardineiro é eterno." E que melhor maneira de ferir o eterno que mofar das suas iras? Eu passo, tu ficas; mas eu não fiz mais que florir e aromar, servi a donas e a donzelas, fui letra de amor, ornei a botoeira dos homens, ou expiro no próprio arbusto, e todas as mãos e todos os olhos me trataram e me viram com admiração e afeto. Tu não, ó eterno; tu zangas-te, tu padeces, tu choras, tu afliges-te! a tua eternidade não vale um só dos meus minutos.

97. "Naveta", em francês. Cilindro por onde passa o fio com que se faz a renda chamada de frioleira.

Assim, quando Sofia chegou à janela que dava para o jardim, ambas as rosas riram-se a pétalas despregadas. Uma delas disse que era bem feito! bem feito! bem feito!

— Tens razão em te zangares, formosa criatura — acrescentou —, mas há de ser contigo, não com ele. Ele que vale? Um triste homem sem encantos, pode ser que bom amigo, e talvez generoso, mas repugnante, não? E tu, requestada de outros, que demônio te leva a dar ouvidos a esse intruso da vida? Humilha-te, ó soberba criatura, porque és tu mesma a causa do teu mal. Tu juras esquecê-lo, e não o esqueces. E é preciso esquecê-lo? Não te basta fitá-lo, escutá-lo, para desprezá-lo? Esse homem não diz coisa nenhuma, ó singular criatura, e tu...

— Não é tanto assim — interrompeu a outra rosa, com a voz irônica e descansada. — Ele diz alguma coisa, e di-la desde muito, sem desaprendê-la, nem trocá-la; é firme, esquece a dor, crê na esperança. Toda a sua vida amorosa é como o passeio à Tijuca, de que vocês falavam há pouco: "Fica para o domingo que vem!" Eia, piedade ao menos; sê piedosa, ó boníssima Sofia! Se hás de amar a alguém, fora do matrimônio, ama-o a ele, que te ama e é discreto. Anda, arrepende-te do gesto de há pouco. Que mal te fez ele, e que culpa lhe cabe se és bonita? E quando haja culpa, a cesta é que a não tem, só porque ele a comprou, e menos ainda as linhas e a *navette* que tu mesma mandaste comprar pela criada. Tu és má, Sofia, és injusta...

CXLII

Sofia deixou-se estar ouvindo, ouvindo... Interrogou outras plantas, e não lhe disseram coisa diferente. Há desses acertos maravilhosos. Quem conhece o solo e o subsolo da vida, sabe muito bem que um trecho de muro, um banco, um tapete, um guarda-chuva, são ricos de ideias ou de sentimentos, quando nós também o somos, e que as reflexões de parceria entre os homens e as coisas compõem um dos mais interessantes fenômenos da terra. A expressão: "Conversar com os seus botões", parecendo simples metáfora, é frase de sentido real e direto. Os botões operam sincronicamente conosco; formam uma espécie de senado, cômodo e barato, que vota sempre as nossas moções.

CXLIII

Fez-se o passeio à Tijuca, sem outro incidente mais que uma queda do cavalo, ao descerem. Não foi Rubião que caiu, nem o Palha, mas a senhora deste, que vinha pensando em não sei quê, e chicoteou o animal com raiva; ele espantou-se e deitou-a em terra. Sofia caiu com graça. Estava singularmente esbelta, vestida de amazona, corpinho tentador de justeza. Otelo exclamaria, se a visse: "Oh! minha bela guerreira![98]" Rubião limitara-se a isto, ao começar o passeio: "A senhora é um anjo!"

98. Referência à peça Otelo (ver nota 26), *o Mouro de Veneza*, de William Shakespeare. No Ato II, Cena I, Otelo saúda sua esposa Desdêmona com estas palavras, demonstrando sua admiração e amor por ela após um período de separação.

CXLIV

— Fiquei com o joelho dorido — disse ela entrando em casa e coxeando.

— Deixa ver.

No quarto de vestir, Sofia levantou o pé sobre um banquinho e mostrou ao marido o joelho pisado; inchara um pouco, muito pouco, mas tocando-lhe, fazia-a gemer. Palha, não querendo machucá-la, chegou-lhe à pontinha dos beiços apenas.

— Fiquei descomposta quando caí?

— Não. Pois com um vestido tão comprido... Mal se pôde ver o bico do pé. Não houve nada, acredita.

— Jura que não?

— Que desconfiada que você é, Sofia! Juro por tudo o que há mais sagrado, pela luz que me alumia, por Deus Nosso Senhor. Estás satisfeita?

Sofia ia cobrindo o joelho.

— Deixa ver outra vez. Creio que não será nada de maior; bota um pouco de qualquer coisa. Manda perguntar à botica.

— Está bom, deixa-me ir despir — disse ela forcejando por descer o vestido.

Mas o Palha baixara os olhos do joelho até ao resto da perna, onde pegava com o cano da bota. De feito, era um belo trecho da natureza. A meia de seda dava ideia clara da perfeição do contorno. Palha, por graça, ia perguntando à mulher se se machucara aqui, e mais aqui, e mais aqui, indicando os lugares com a mão que ia descendo. Se aparecesse um pedacinho desta obra-prima, o céu e as árvores ficariam assombrados, concluiu ele enquanto a mulher descia o vestido e tirava o pé do banco.

— Pode ser, mas não havia só o céu e as árvores — disse ela. — Havia também os olhos do Rubião.

— Ora, o Rubião! É verdade; ele nunca mais teve aquelas ideias de Santa Teresa?

— Nunca; mas, enfim, não me agradaria... Jura de verdade, Cristiano?

— O que você quer é que eu vá subindo de sagrado em sagrado, até à coisa mais sagrada. Jurei por Deus; não bastou. Juro por você; está satisfeita?

Pieguices de lascivo. Saiu finalmente do quarto da mulher e foi para o seu. Aquele pudor medroso e incrédulo de Sofia fazia-lhe bem. Mostrava que ela era sua, totalmente sua; mas, por isso mesmo que ele a possuía, considerava que era de grande senhor não se afligir com a vista casual e instantânea de um pedaço oculto do seu reino. E lastimava que o casual tivesse parado na ponta da bota. Era apenas a fronteira; as primeiras vilas do território, antes da cidade machucada pela queda, dariam ideia de uma civilização sublime e perfeita. E ensaboando-se, esfregando a cara, o colo e a cabeça na vasta bacia de prata, escovando-se, enxugando-se, aromando-se, Palha imaginava o pasmo e a inveja da única testemunha do desastre, se este fosse menos incompleto.

CXLV

Foi por esse tempo que Rubião pôs em espanto a todos os seus amigos. Na terça-feira seguinte ao domingo do passeio (era então janeiro de 1870) avisou a um barbeiro e cabeleireiro da Rua do Ouvidor que o mandasse barbear à casa, no outro dia, às nove horas da manhã. Lá foi um oficial francês — chamado Lucien, creio eu —, que entrou para o gabinete de Rubião, segundo as ordens dadas ao criado.

— Uhm!... — rosnou Quincas Borba, de cima dos joelhos do Rubião.

Lucien parou à porta do gabinete e cumprimentou o dono da casa; este, porém, não viu a cortesia, como não ouvira o sinal do Quincas Borba. Estava em uma longa cadeira de extensão, ermo do espírito, que rompera o teto e se perdera no ar. A quantas léguas iria? Nem condor nem águia o poderia dizer. Em marcha para a lua, não via cá embaixo mais que as felicidades perenes, chovidas sobre ele, desde o berço, onde o embalaram fadas, até a praia de Botafogo, aonde elas o trouxeram, por um chão de rosas e bogaris. Nenhum revés, nenhum malogro, nenhuma pobreza — vida plácida, cosida de gozo, com rendas de supérfluo. Em marcha para a lua!

Lucien relanceou os olhos pelo gabinete, onde fazia principal figura a secretária, e sobre ela os dois bustos de Napoleão e Luiz Napoleão. Relativamente a este último, havia ainda, pendentes da parede, uma gravura ou litografia representando a *Batalha de Solferino*[99], e um retrato da imperatriz Eugênia.

Rubião tinha nos pés um par de chinelas de damasco, bordadas a ouro; na cabeça, um gorro com borla de seda preta. Na boca, um riso azul-claro.

99. A Batalha de Solferino ocorreu em 24 de junho de 1859, durante a Segunda Guerra de Independência Italiana. Foi travada entre as forças austríacas e a aliança franco-piemontesa, liderada por Napoleão III da França e Vítor Emanuel II da Sardenha. A vitória franco-piemontesa resultou na retirada austríaca da Lombardia, contribuindo para a unificação da Itália. O grande número de feridos e o sofrimento dos soldados inspiraram Henry Dunant a fundar a Cruz Vermelha e a promover a criação da Convenção de Genebra.

CXLVI

— MONSIEUR...

— Uhm! — repetiu Quincas Borba, de pé nos joelhos do senhor.

Rubião voltou a si e deu com o barbeiro. Conhecia-o por tê-lo visto ultimamente na loja; ergueu-se da cadeira. Quincas Borba latia, como a defendê-lo contra o intruso.

— Sossega! cala a boca! — disse-lhe Rubião; e o cachorro foi, de orelha baixa, meter-se por trás da cesta de papéis. Durante esse tempo, Lucien desembrulhava os seus aparelhos.

— *Monsieur veut se faire raser, n'est-ce pas? Pourquoi donc a-t-il laisser croître cette bele barbe? Apparemment que c'est un voeu d'amour? J'en connais qui ont fait de pareils sacrifices; j'ai même été confident de quelques personnes aimables...*[100]

— Justamente! — interrompeu Rubião.

Não entendera nada; posto soubesse algum francês, mal o compreendia lido — como sabemos —, e não o entendia falado. Mas, fenômeno curioso, não respondeu por impostura; ouviu as palavras, como se fossem cumprimento ou aclamação; e, ainda mais curioso fenômeno, respondendo-lhe em português, cuidava falar francês.

100. "O senhor quer fazer a barba, não é? Por que deixou a barba crescer? Aparentemente, é um voto de amor? Conheço pessoas que fizeram sacrifícios semelhantes; já fui até confidente de algumas pessoas gentis..."

— Justamente! — repetiu. — Quero restituir a cara ao tipo anterior; é aquele.

E, como apontasse para o busto de Napoleão III, respondeu-lhe o barbeiro pela nossa língua:

— Ah! o imperador! Bonito busto, em verdade. Obra fina. O senhor comprou isto aqui ou mandou vir de Paris? São magníficos. Lá está o primeiro, o grande; este era um gênio. Se não fosse a traição, oh! os traidores, vê o senhor? os traidores são piores que as bombas de Orsini[101].

— Orsini! um coitado!

— Pagou caro.

— Pagou o que devia. Mas não há bombas nem Orsini contra o destino de um grande homem — continuou Rubião. — Quando a fortuna de uma nação põe na cabeça de um grande homem a coroa imperial, não há maldades que valham... Orsini! um bobo!

Em poucos minutos, começou o barbeiro a deitar abaixo as barbas do Rubião, para lhe deixar somente a pera e os bigodes de Napoleão III; encarecia-lhe o trabalho; afirmava que era difícil compor exatamente uma coisa como a outra. E à medida que lhe cortava as barbas, ia-as gabando: — Que lindos fios! Era um grande e honesto sacrifício que fazia, em verdade...

— Seu barbeiro, você é pernóstico — interrompeu Rubião. — Já lhe disse o que quero; ponha-me a cara como estava. Ali tem o busto para guiá-lo.

— Sim, senhor, cumprirei as suas ordens, e verá que semelhança vai sair.

101. Felice Orsini (1819–1858) foi um revolucionário italiano que tentou assassinar o imperador francês Napoleão III. Em 14 de janeiro de 1858, ele e seus cúmplices lançaram bombas contra a carruagem imperial em Paris. O ataque, conhecido como "as bombas de Orsini", causou oito mortes e deixou cerca de 150 pessoas feridas, mas Napoleão III sobreviveu. Orsini foi preso, julgado e executado na guilhotina. O episódio reforçou a repressão contra movimentos revolucionários na França e influenciou as relações entre Napoleão III e os nacionalistas italianos.

E zás, zás, deu os últimos golpes às barbas de Rubião, e começou a rapar-lhe as faces e os queixos. Durou longo tempo a operação; o barbeiro ia tranquilamente rapando, comparando, dividindo os olhos entre o busto e o homem. Às vezes, para melhor cotejá-los, recuava dois passos, olhava-os alternadamente, inclinava-se, pedia ao homem que se virasse de um lado ou de outro, e ia ver o lado correspondente do busto.

— Vai bem? — perguntava Rubião.

Lucien pedia-lhe com um gesto que se calasse, e prosseguia. Recortou a pera, deixou os bigodes, e escanhoou à vontade, lentamente, amigavelmente, aborrecidamente, adivinhando com os dedos alguma pontinha imperceptível de cabelo no queixo ou na face. Às vezes Rubião, cansado de estar a olhar para o teto, enquanto o outro lhe aperfeiçoava os queixos, pedia para descansar. Descansando, apalpava o rosto e sentia pelo tato a mudança.

— Os bigodes é que não estão muito compridos — observava.

— Falta arranjar-lhe as guias; aqui trago os ferrinhos para encurvá-los bem sobre o lábio, e depois faremos as guias. Ah! eu prefiro compor dez trabalhos originais a uma só cópia.

Volveram ainda dez minutos, antes que os bigodes e a pera fossem bem retocados. Enfim, pronto. Rubião deu um salto, correu ao espelho, no quarto, que ficava ao pé; era o outro, eram ambos, era ele mesmo, em suma.

— Justamente! — exclamou tornando ao gabinete, onde o barbeiro, tendo arrecadado os aparelhos, fazia festas ao Quincas Borba.

E indo à secretária, abriu uma gaveta, tirou uma nota de vinte mil réis, e deu-lha.

— Não tenho troco — disse o outro.

— Não precisa dar troco — acudiu Rubião com um gesto soberano. — Tire o que houver de pagar à casa, e o resto é seu.

CXLVII

FICANDO SÓ, RUBIÃO ATIROU-SE A UMA POLTRONA, E VIU PASSAR muitas coisas suntuosas. Estava em Biarritz ou Compiègne[102], não se sabe bem; Compiègne, parece. Governou um grande Estado, ouviu ministros e embaixadores, dançou, jantou — e assim outras ações narradas em correspondências de jornais, que ele lera e lhe ficaram de memória. Nem os ganidos de Quincas Borba logravam espertá-lo. Estava longe e alto. Compiègne era no caminho da lua. Em marcha para a lua!

102. Compiègne é uma cidade francesa do departamento de Oise, na região de Altos da França. A cidade está localizada à beira do rio Oise. Biarritz fica localizada no golfo da Gasconha. É um balneário e estação de águas onde havia a residência imperial de praia.

CXLVIII

Quando desceu da lua, ouviu os ganidos do cachorro e sentiu frio nos queixos. Correu ao espelho e verificou que a diferença entre a cara barbada e a cara lisa era grande, mas que, assim lisa, não lhe ficava mal. Os comensais chegaram à mesma conclusão.

— Está perfeitamente bem! Há muito que devia ter feito isso. Não é que as barbas grandes lhe tirassem a nobreza do rosto; mas, assim como está agora, tem o que tinha, e mais um tom moderno...

— Moderno — repetiu o anfitrião.

Fora, igual espanto. Todos achavam sinceramente que este outro aspecto lhe ia melhor que o anterior. Uma só pessoa, o Doutor Camacho, posto julgasse que os bigodes e a pera ficavam muito bem no amigo, ponderou que era de bom aviso não alterar o rosto, verdadeiro espelho da alma, cuja firmeza e constância devia reproduzir.

— Não é por lhe falar de mim — concluiu —, mas nunca me há de ver a cara de outro modo. É uma necessidade moral da minha pessoa. Minha vida, sacrificada aos princípios — porque eu nunca tentei conciliar princípios, mas homens —, minha vida, digo, é uma imagem fiel da minha cara, e vice-versa.

Rubião ouvia com seriedade, e acenava de cabeça que sim, que devia ser assim por força. Sentia-se então imperador dos franceses, incógnito, de passeio; descendo à rua, voltou ao que era.

Dante[103], que viu tantas coisas extraordinárias, afirma ter assistido no inferno ao castigo de um espírito florentino, que uma serpente de seis pés abraçou de tal modo, e tão confundidos ficaram, que afinal já se não podia distinguir bem se era um ente único, se dois. Rubião era ainda dois. Não se misturavam nele a própria pessoa com o imperador dos franceses. Revezavam-se; chegavam a esquecer-se um do outro. Quando era só Rubião, não passava do homem do costume. Quando subia a imperador, era só imperador. Equilibravam-se, um sem outro, ambos integrais.

103. Foi um poeta, escritor e filósofo italiano, amplamente considerado um dos maiores nomes da literatura universal. É autor da *Divina comédia*, obra-prima escrita em versos no início do século XIV, que narra uma jornada simbólica pelos três reinos do além-túmulo: Inferno, Purgatório e Paraíso.

CXLIX

— Que mudança é essa? — perguntou Sofia quando ele lhe apareceu no fim da semana.

— Vim saber do seu joelho; está bom?

— Obrigada.

Eram duas horas da tarde. Sofia acabava de vestir-se para sair, quando a criada lhe fora dizer que estava ali Rubião — tão mudado de cara que parecia outro. Desceu a vê-lo curiosa; achara-o na sala, de pé, lendo os cartões de visita.

— Mas que mudança é essa? — repetiu ela. Rubião, sem nenhum sentimento imperial, respondeu que supunha ficarem-lhe melhor os bigodes e a pera.

— Ou estou mais feio? — concluiu.

— Está melhor, muito melhor.

E Sofia disse consigo que talvez fosse ela a causa da mudança. Sentou-se no sofá, e começou a enfiar os dedos nas luvas.

— Vai sair?

— Vou, mas o carro ainda não veio.

Caiu-lhe uma das luvas. Rubião inclinou-se para apanhá-la, ela fez a mesma coisa, ambos pegaram na luva, e teimando em levantá-la, sucedeu que as caras encontraram-se no ar, e bateram uma na outra. O nariz dela bateu no dele, e as bocas ficaram intactas para rir, como riram.

— Machuquei-a?

— Não! eu é que lhe pergunto...

E riram outra vez. Sofia calçou a luva, Rubião fitou-lhe um pé que se mexia disfarçadamente, até que o criado veio dizer que a carruagem chegara. Ergueram-se, e ainda uma vez riram.

CL

TESO, DESCOBERTO, O LACAIO ABRIU A PORTINHOLA DO *COUPÉ*, quando Sofia assomou à porta. Rubião ofereceu a mão para ajudá-la a entrar, ela aceitou o obséquio e entrou.

— Agora, até...

Não pôde acabar a frase; Rubião entrara após ela e sentara--se-lhe ao lado; o lacaio fechou a portinhola, trepou à almofada, e o carro partiu.

CLI

Tão rápido foi tudo, que Sofia perdeu a voz e o movimento; mas, ao cabo de alguns segundos:

— Que é isto?... Senhor Rubião, mande parar o carro.

— Parar? Mas a senhora não me disse que ia sair e esperava por ele?

— Não ia sair com o senhor... Não vê que... Mande parar...

Desatinada, quis ordenar ao cocheiro que parasse; mas a ideia de um possível escândalo fê-la deter-se a meio caminho. O *coupé* entrara na Rua Bela da Princesa. Sofia novamente pediu a Rubião que advertisse na inconveniência de irem assim, à vista de Deus e de todo mundo. Rubião respeitou o escrúpulo, e propôs que descessem as cortinas.

— Eu acho que não faz mal que nos vejam — explicou Rubião. — Mas, fechando as cortinas, ninguém nos vê. Se quer?

Sem aguardar resposta, desceu as cortinas de um e outro lado, e ficaram os dois a sós, porque, se de dentro podiam ver uma ou outra pessoa que passasse, de fora ninguém os via. Sós, completamente sós, como naquele dia em que às mesmas duas horas da tarde, em casa dela, Rubião lhe lançou em rosto os seus desesperos. Lá, ao menos, a moça estava livre; aqui dentro do carro fechado, não podia calcular as consequências.

Rubião, entretanto, acomodara as pernas e não dizia nada.

CLII

Sofia encolhera-se muito ao canto. Podia ser estranheza da situação, podia ser medo; mas era principalmente repugnância. Nunca esse homem lhe fez sentir tanta aversão, asco, ou outra coisa menos dura, se querem, mas que se reduzia à incompatibilidade — como direi que não agrave os ouvidos? —, à incompatibilidade da epiderme. Onde iam os sonhos de há poucos dias? Ao simples convite de um passeio, a sós, à Tijuca, subiu com ele a montanha, a galope, desmontou, ouviu palavras de adoração, e sentiu um beijo na nuca. Onde iam essas imaginações? Onde iam os olhos fixos e grandes, as mãos amigas e longas, os pés inquietos, as palavras meigas e os ouvidos cheios de misericórdia? Tudo esqueceu, tudo desapareceu, agora que ambos se achavam deveras sós, insulados pelo carro e pelo escândalo.

E os cavalos continuavam a andar, sacudindo as patas, arrastando lentamente o carro pelas pedras da Rua Bela da Princesa. Que faria ela chegando ao Catete? Iria à cidade com ele? Pensou em seguir para a casa de alguma amiga, deixá-lo-ia dentro, diria ao cocheiro que se fosse embora. Contaria tudo ao marido. No meio daquela agonia, atravessaram-lhe o cérebro algumas memórias banais, ou estranhas à situação, como a notícia de um roubo de joias lida de manhã nos jornais, a ventania da véspera, um chapéu. Afinal fixou-se em um só cuidado. Que lhe ia dizer o Rubião? Viu que ele continuava a olhar para a frente, calado, com o castão da bengala no queixo. Não lhe ficava mal a atitude, tranquila, séria, quase indiferente; mas então para que se meteu no carro? Sofia quis romper o silêncio; por duas vezes moveu nervosamente as mãos; quase que a irritou a quietação do homem, cuja ação só podia ser explicada pela paixão antiga e violenta. Depois, imaginou que ele próprio estaria arrependido, e disse-lho em bons termos.

— Não vejo que me possa arrepender de coisa nenhuma — acudiu ele, voltando-se. — Quando a senhora disse que era mau irmos assim, à vista do público, abaixei as cortinas. Não concordei, mas obedeci.

— Chegamos ao Catete — atalhou ela. — Quer que o leve a casa? Não podemos ir juntos para a cidade.

— Podemos andar à toa.

— Como?

— À toa, os cavalos vão andando e nós vamos conversando, sem que nos ouçam nem adivinhem...

— Pelo amor de Deus! não me fale assim, deixe-me, saia do carro, ou eu saio aqui mesmo, e o senhor toma conta dele. Que é que quer dizer? Bastam poucos minutos... Olhe, já dobramos para o lado da cidade; mande ir para Botafogo, vou deixá-lo à porta de casa...

— Mas eu saí há pouco de casa, vou para a cidade. Que mal há em levar-me até lá? Se é para que não nos vejam, como foi com as cortinas, apeio-me, em qualquer lugar — na praia de Santa Luzia, por exemplo —, do lado do mar...

— O melhor é descer aqui mesmo.

— Mas por que não iremos até a cidade?

— Não, não pode ser. Peço-lhe por tudo que lhe for mais sagrado! Não faça escândalo; vamos, diga-me o que é preciso para obter uma coisa tão simples? Quer que me ajoelhe aqui mesmo?

Apesar da estreiteza do espaço, ia dobrando os joelhos; mas Rubião deu-se pressa em fazê-la sentar-se outra vez.

— Não é preciso que se ajoelhe — disse com brandura.

— Obrigada; peço-lhe então por Deus, por sua mãe, que está no céu...

— Deve estar no céu — confirmou Rubião. — Era uma santa senhora! As mães são sempre boas; mas daquela, ninguém que a conheceu poderá dizer outra coisa senão que era uma santa. E prendada, como poucas. Que dona de casa! Hóspedes, para ela, tanto fazia cinco como cinquenta, era a mesma coisa, cuidava de tudo a tempo e a hora, e criou fama. Os escravos davam-lhe o nome de *Sinhá Mãe*, porque era, realmente, mãe para todos. Deve estar no céu!

— Bem, bem — atalhou Sofia. — Pois faça-me isto por amor de sua mãe; faz?

— Isto quê?

— Apear-se aqui mesmo?

— E ir a pé para a cidade? Não posso. É cisma sua; ninguém nos vê. E depois estes seus cavalos são magníficos. Já reparou como atiram as patas, lentamente, plás... plás... plás... plás...

Cansada de pedir, Sofia calou-se, cruzou os braços e coseu-se ainda mais, se era possível, ao cantinho do carro.

"Agora me lembro", pensou ela. "Mando parar à porta do armazém do Cristiano; digo-lhe o modo por que este homem se introduziu no *coupé*, os pedidos que lhe fiz e as respostas que me deu. Antes isso que fazê-lo apear misteriosamente em qualquer rua.

Entretanto, Rubião estava quieto. De vez em quando volvia no dedo o anel de brilhante — um solitário esplêndido. Não olhava para ela, não lhe dizia nem pedia nada. Iam como um casal de aborrecidos. Sofia começava a não entender que razão o teria levado a entrar no carro. Necessidade de transporte não podia ser. Vaidade, também não; fechara as cortinas, à sua primeira queixa de publicidade. Nenhuma palavra amorosa — uma alusão remota que fosse, a medo, cheia de veneração e súplica. Era um inexplicável, um monstro.

CLIII

— Sofia... — disse de repente Rubião; e continuou com pausa: — Sofia, os dias passam, mas nenhum homem esquece a mulher que verdadeiramente gostou dele, ou então não merece o nome de homem. Os nossos amores não serão esquecidos nunca — por mim, está claro, e estou certo que nem por ti. Tudo me deste, Sofia; a tua própria vida correu perigo. Verdade é que eu te vingaria, minha bela. Se a vingança pode alegrar os mortos, terias o maior prazer possível. Felizmente, o meu destino protegeu-nos, e pudemos amar sem peias nem sangue...

A moça olhava espantada.

— Não te espantes — continuou ele. — Não nos vamos separar; não, não te falo de separação. Não me digas que morrerias; sei que havias de chorar muitas lágrimas. Eu não — que não vim ao mundo para chorar —, mas nem por isso a minha dor seria menor; ao contrário, as dores guardadas no coração doem mais que as outras. Lágrimas são boas porque a pessoa desabafa. Querida amiga, falo-te assim porque é preciso termos cautela; a nossa insaciável paixão pode esquecer esta necessidade. Temos facilitado muito, Sofia; como nascemos um para o outro, parece-nos que estamos casados, e facilitamos. Ouve, querida, ouve, alma da minha alma... A vida é bela! a vida é grande! a vida é sublime! Contigo, porém, que nome haverá que lhe possa dar? Lembras-te da nossa primeira entrevista?

Rubião disse esta última palavra querendo pegar-lhe na mão. Sofia recuou a tempo; estava desorientada, não entendia e tinha medo. A voz dele crescia, o cocheiro podia ouvir alguma coisa... E aqui uma ideia terrível a abalou: talvez o intento de Rubião fosse justamente fazer-se ouvir, para obrigá-la pelo terror — ou então para que a abocanhassem. Teve ímpeto de atirar-se a ele, gritar que lhe acudissem, e salvar-se pelo escândalo.

Ele, baixinho, depois de certa pausa:

— A mim lembra-me como se fosse ontem. Tu chegaste de carro, não era este; era um carro de praça, uma caleça. Desceste medrosa, com o véu pela cara; tremias como varas verdes... Mas os meus braços te ampararam... O sol daquele dia devia ter parado, como quando obedeceu a Josué... E, contudo, minha flor, aquelas horas foram compridas como o diabo, não sei por quê; a rigor, deviam ser curtas. Era talvez porque a nossa paixão não acabava mais, não acabou, nem há de acabar nunca... Em compensação, não vimos mais o sol; ia caindo para o outro lado das montanhas, quando a minha Sofia, ainda medrosa, saiu para a rua e pegou de outra caleça. Outra ou a mesma? Creio que foi a mesma. Não imaginas como fiquei; parecia tonto, beijei tudo em que havias tocado; cheguei a beijar a soleira da porta. Creio que já te contei isto. A soleira da porta. E estive quase, quase a ir de rastos, beijar os degraus da escada... Não o fiz, recolhi-me, fechei-me para que se não perdesse o teu cheiro; violeta, se bem me recordo...

Não, não era possível que o intuito de Rubião fosse fazer crer ao cocheiro uma aventura mentirosa. A voz era tão sumida que Sofia mal podia escutá-la; mas, se lhe custava a entender as palavras, não chegava a compreender o sentido delas. A que vinha aquela história não sucedida? Quem quer que a ouvisse, aceitaria tudo por verdade, tal era a nota sincera, a meiguice dos termos e a verossimilhança dos pormenores. E ele continuou suspirando as belas reminiscências...

— Mas que caçoada é essa? — atalhou finalmente Sofia.

Não lhe respondeu o nosso amigo — tinha a imagem diante dos olhos, não ouviu a pergunta, e foi andando. Citou-lhe um concerto de Gottschalk[104]. O divino pianista melodiava ao piano; eles ouviam, mas o demônio da música levou os olhos de um para outro, e ambos esqueceram o resto. Quando a música cessou, as palmas romperam, e eles acordaram. Ai tristes! acordaram com o olhar do Palha em cima deles, um olho de onça brava. Nessa noite cuidou que ele a matasse.

— Senhor Rubião...

— Napoleão, não; chama-me Luís. Sou o teu Luís, não é verdade, galante criatura? Teu, teu... Chama-me teu — o teu Luís, o teu querido Luís. Ai, se tu soubesses o gosto que me dás quando te ouço essas duas palavras: "Meu Luís!" Tu és a minha Sofia — a doce, a mimosa Sofia da minha alma. Não percamos estes momentos; vamos dizer nomes ternos; mas, baixo, baixinho, para que os malandros da almofada do carro não escutem. Para que há de haver cocheiros neste mundo? Se o carro andasse por si, a gente falava à vontade, e iria ao fim da Terra...

Já então iam costeando o Passeio Público; Sofia não deu por isso. Olhava fixamente para Rubião; não podia ser cálculo de perverso, nem lhe atribuía mofa... Delírio, sim, é o que era; tinha a sinceridade da palavra, como pessoa que vê ou viu realmente as coisas que relata.

"É preciso pô-lo fora daqui", pensou a moça. E, aparelhando-se de coragem: — Onde estaremos nós? — perguntou-lhe. — É ocasião de separar-nos. Veja do lado de lá; onde estamos? Parece que é o convento; estamos no Largo da Ajuda. Diga

104. Louis Moreau Gottschalk (1829–1869): pianista e compositor norte-americano, de origem crioula, conhecido por suas composições virtuosísticas e influências da música latina e caribenha. Foi um dos primeiros músicos dos Estados Unidos a alcançar renome internacional, destacando-se por peças que incorporavam ritmos e melodias populares.

ao cocheiro que pare; ou, se quer, pode apear-se no Largo da Carioca. Meu marido...

— Vou nomeá-lo embaixador — disse Rubião. — Ou senador, se quiser. Senador é melhor; ficam os dois aqui. Embaixador que fosse, não consentiria que tu o acompanhasses, e as más línguas... Tu sabes a oposição que sofro, as calúnias... Ah! ruim gente! Convento da Ajuda, disseste? Que tens tu com ele? Queres ser freira?

— Não; digo que já passamos o Convento da Ajuda. Vou deixá-lo no Largo da Carioca. Ou vamos até o armazém de meu marido?

Sofia tornou a apegar-se ao segundo alvitre; não se faria suspeita ao cocheiro, provaria melhor a sua inocência ao Palha, narrando-lhe tudo, desde a entrada inesperada no carro até o delírio. E que delírio era esse? Sofia pensou que o motivo podia ser ela própria, e esta ideia fê-la sorrir de piedade.

— Para quê? — disse Rubião. — Vou apear-me aqui mesmo, é mais seguro. Para que há de ele desconfiar de nós e maltratar-te? Posso castigá-lo, mas sempre me ficaria o remorso do mal que ele te causaria. Não, linda flor amiga; o vento que se atrevesse a tocar em tua pessoa, acredita que eu mandaria pôr fora do espaço, como um vento indigno. Tu ainda não conheces bem o meu poder, Sofia; anda, confessa.

Como Sofia não confessasse nada, Rubião chamou-lhe de bonita, e ofereceu-lhe o solitário que tinha no dedo; ela, porém, conquanto amasse as joias e tivesse a intuição dos solitários, recusou medrosamente a oferta.

— Compreendo o escrúpulo — disse ele —, mas não perdes por isso, porque hás de receber outra pedra ainda mais bela, e pela mão de teu marido. Far-te-ei duquesa. Ouviste? O título é dado a ele, mas tu é que és a causa. Duque... Duque de quê? Vou ver um título bonito; ou então escolhe tu mesma, porque é para ti, não é para ele, é para ti, minha mimosa. Não é preciso escolher já, vai para casa e pensa. Não te vexes; manda-me dizer o que achares mais bonito, e faço lavrar imediatamente o decreto. Também podes fazer outra coisa: escolhe, e diz-me no nosso primeiro encontro, no lugar do costume. Quero ser o primeiro que te chame duquesa. Querida duquesa... O decreto virá depois. Duquesa da minha alma!

— Sim, sim — disse ela desvairadamente —, mas avisemos o cocheiro que nos leve até a casa de Cristiano.

— Não, apeio-me aqui... Para! para!

Rubião ergueu as cortinas, e o lacaio veio abrir a portinhola. Sofia, para tirar toda a suspeita a este, pediu novamente ao Rubião que fosse com ela à casa do marido; disse-lhe que este precisava falar-lhe, com urgência. Rubião olhou um pouco espantado para ela, para o lacaio e para a rua; e respondeu que não, que iria depois.

CLIV

Apenas separados, deu-se em ambos um contraste.

Rubião, na rua, voltou a cabeça para todos os lados, a realidade apossava-se dele e o delírio esvaia-se. Andava, estacava diante de uma loja, atravessava a rua, detinha um conhecido, pedia-lhe notícias e opiniões; esforço inconsciente para sacudir de si a personalidade emprestada.

Ao contrário, Sofia, passado o susto e o espanto, mergulhou no devaneio; todas as referências e histórias mentirosas de Rubião como que lhe davam saudades — saudades de quê? — "saudades do céu", que é o que dizia o padre Bernardes[105] do sentimento de um bom cristão. Nomes diversos relampejavam no azul daquela possibilidade. Quanto pormenor interessante! Sofia reconstruiu a caleça velha, onde entrou rápida, donde desceu trêmula, para esgueirar-se pelo corredor dentro, subir a escada, e achar um homem — que lhe disse os mimos mais apetitosos deste mundo, e os repetiu agora, ao pé dela, no carro, mas não era, não podia ser o Rubião. Quem seria? Nomes diversos relampejavam no azul daquela possibilidade.

105. Escritor sacro português, autor de mais de trezentos sermões.

CLV

Espalhou-se a nova da mania de Rubião. Alguns, não o encontrando nas horas do delírio, faziam experiências, a ver se era verdadeiro o boato; encaminhavam a conversação para os negócios de França e do imperador. Rubião resvalava ao abismo, e convencia-os.

CLVI

PASSARAM-SE ALGUNS MESES, VEIO A GUERRA FRANCO-PRUSSIANA, e as crises de Rubião tornaram-se mais intensas e menos espaçadas. Quando as malas da Europa chegavam cedo, Rubião saía de Botafogo, antes do almoço, e corria a esperar os jornais; comprava a *Correspondência de Portugal*, e ia lê-la no Carceler[106]. Quaisquer que fossem as notícias, dava-lhes o sentido da vitória. Fazia a conta dos mortos e feridos, e achava sempre um grande saldo a seu favor. A queda de Napoleão III foi para ele a captura do rei Guilherme, a revolução de 4 de setembro[107] um banquete de bonapartistas.

Em casa, os amigos do jantar não se metiam a dissuadi-lo. Também não confirmavam nada, por vergonha uns dos outros; sorriam e desconversavam. Todos, entretanto, tinham as suas patentes militares, o marechal Torres, o marechal Pio, o marechal

106. Era uma conhecida confeitaria que ficava na Rua Direita, ponto de encontro do Rio de Janeiro.

107. Refere-se a Guilherme I da Prússia (1797–1888), que se tornou o primeiro imperador da Alemanha em 1871. Durante a guerra franco-prussiana (1870–1871), comandou as forças alemãs ao lado de seu chanceler Otto von Bismarck. Sua vitória sobre Napoleão III na Batalha de Sedan foi decisiva para a unificação alemã e a queda do Segundo Império Francês.
Revolução de 4 de setembro: Foi o movimento popular que, em 4 de setembro de 1870, proclamou a Terceira República Francesa, após a derrota militar da França e a captura de Napoleão III. A revolução marcou o fim do regime imperial e o início de um novo período republicano na história da França.

Ribeiro, e acudiam pelo título. Rubião via-os fardados; ordenava um reconhecimento, um ataque, e não era necessário que eles saíssem a obedecer; o cérebro do anfitrião cumpria tudo. Quando Rubião deixava o campo de batalha para tornar à mesa, esta era outra. Já sem prataria, quase sem porcelana nem cristais, ainda assim aparecia aos olhos de Rubião regiamente esplêndida. Pobres galinhas magras eram graduadas em faisões; picados triviais, assados de má morte traziam o sabor das mais finas iguarias do céu e da terra. Os comensais faziam algum reparo, entre si — ou ao cozinheiro —, mas Luculo ceava sempre com Luculo. Toda a mais casa, gasta pelo tempo e pela incúria, tapetes desbotados, mobílias truncadas e descompostas, cortinas enxovalhadas, nada tinha o seu atual aspecto, mas outro, lustroso e magnífico. E a linguagem era também diversa, rotunda e copiosa, e assim os pensamentos, alguns extraordinários, como os do finado amigo Quincas Borba — teorias que ele não entendera, quando lhas ouvira outrora, em Barbacena, e que ora repetia com lucidez, com alma — às vezes, empregando as mesmas frases do filósofo. Como explicar essa repetição do obscuro, esse conhecimento do inextricável, quando os pensamentos e as palavras pareciam ter ido com os ventos de outros dias? E por que todas essas reminiscências desapareciam com a volta da razão?

— A propósito de Maria Benedita — interrompeu Dona Fernanda —, ia-me esquecendo que trago uma carta dela para mostrar à senhora; recebi-a ontem. Já há de saber que, em breve, estão de volta? Está aqui.

Entregou a carta a Sofia, que a abriu sem entusiasmo, e a leu com tédio. Era mais que uma vulgar carta transatlântica, era um depósito moral, uma confissão íntima e completa de pessoa feliz e agradecida. Contava os mais recentes episódios da viagem, desordenadamente, porque os viajantes eram sobrepostos a tudo, e as mais belas obras do homem ou da natureza valiam menos que os olhos que as miravam. Às vezes, um incidente de hospedaria ou de rua comia mais papel e trazia mais interesse que outros, pela razão de pôr em relevo as qualidades do marido. Maria Benedita amava tanto ou ainda mais que no primeiro dia. No fim, a medo, em *post-scriptum*, pedindo que o não dissesse a ninguém, confessava que era mãe.

Sofia dobrou o papel, não já com tédio, senão com despeito, e por dois motivos que se contradizem; mas a contradição é deste mundo. Cotejada aquela carta com as que recebera de Maria Benedita, dir-se-ia que ela era apenas uma conhecida, sem outro laço de sangue ou de afeto; e, contudo, não quereria ser confidente daquela felicidade cochichada do outro lado do oceano, cheia de minúcias, de adjetivos, de exclamações, do nome de Carlos Maria, dos olhos de Carlos Maria, dos ditos de Carlos Maria, finalmente do filho de Carlos Maria. Parecia acinte, e quase fazia crer na cumplicidade de Dona Fernanda.

Hábil, sabendo domar-se a tempo, Sofia dissimulou o despeito, e restituiu sorrindo a carta da prima. Quis dizer que, pelo texto, a felicidade de Maria Benedita devia estar intacta como a levara daqui, mas a voz não lhe passou da garganta. Dona Fernanda é que se incumbiu da conclusão:

— Vê-se bem que é feliz!

— Parece que sim.

CLIX

Se a manhã seguinte não fosse chuvosa, outra seria a disposição de Sofia. O sol nem sempre é oficial de boas ideias; mas, ao menos, permite sair, e a troca do espetáculo muda as sensações. Quando Sofia acordou já a chuva caía grossa e contínua, e o céu e o mar era tudo um, tão baixas estavam as nuvens, tão espessa era a cerração.

Tédio por dentro e por fora. Nada em que espraiasse a vista e descansasse a alma. Sofia meteu a alma em um caixão de cedro, encerrou a este no caixão de chumbo do dia, e deixou-se estar sinceramente defunta. Não sabia que os defuntos pensam que um enxame de noções novas vem substituir as velhas, e que eles saem criticando o mundo como os expectadores saem do teatro criticando a peça e os atores. A defunta sentiu que algumas noções e sensações continuavam a vida. Vinham de mistura, mas tinham um ponto de partida comum — a carta da véspera e as recordações que lhe trouxe de Carlos Maria.

Em verdade, cuidara ter arredado para longe essa figura aborrecida, e ei-la que reaparecia, que sorria, que a fitava, que lhe sussurrava ao ouvido as mesmas palavras do vadio egoísta e enfatuado, que a convidou um dia à valsa do adultério e a deixou sozinha no meio do salão. À volta dessa vinham outras; Maria Benedita, por exemplo, um caco de gente, que ela foi buscar à roça para lhe dar lustre de cidade, e que esqueceu todos os benefícios para só se lembrar das suas ambições. E Dona Fernanda também, madrinha dos seus amores, que, de caso pensado, trouxera na véspera a carta de Maria Benedita com o *post-scriptum* confidencial. Não advertiu que o prazer da amiga bastava a explicar o esquecimento da parte reservada da carta; menos ainda indagou se a natureza moral de Dona Fernanda comportava essa suposição. Vieram assim outras ideias e imagens, e tornaram as primeiras, e todas se iam ligando e desligando. Entre elas, apareceu uma lembrança da véspera. O marido de Dona Fernanda envolvera Sofia em um grande olhar de admiração. Ela, em verdade, estava nos seus melhores dias; o vestido sublinhava admiravelmente a gentileza do busto, o estreito da cintura e o relevo delicado das cadeiras —; era *foulard*, cor de palha.

— Cor de *palha* — acentuou Sofia rindo, quando Dona Fernanda o elogiou, pouco depois de entrar; cor de *palha*, como uma lembrança deste senhor.

Não é fácil dissimular o prazer da lisonja; o marido sorriu cheio de vaidade, procurando ler nos olhos dos outros o efeito daquela prova minuciosa de amor. Teófilo elogiou também o vestido, mas era difícil mirá-lo sem mirar também o corpo da dona; dali os olhos compridos que lhe deitou, sem concupiscência, é certo, e quase sem reincidência. Pois essa lembrança da véspera, um gesto sem convite, uma admiração sem desejo, veio meter-se de permeio agora, quando Sofia cuidava na maldade da outra.

Carlos Maria, Teófilo... Outros nomes relampejavam no céu daquela possibilidade, como ficou expresso no capítulo CLIV. E vieram todos agora, porque a chuva continuava a cair e o céu e o mar estavam ainda unidos pela mesma cerração. Vieram todos esses nomes, com os próprios sujeitos correspondentes, e até vieram sujeitos sem nomes — os adventícios e ignorados — que uma só vez passaram por ela, cantaram o hino da admiração e receberam o óbolo da boa vontade. Por que não reteve algum de tantos, para ouvi-lo cantar e enriquecê-lo? Não é que os óbolos enriqueçam a ninguém, mas há outras moedas de maior valia. Por que não reteve um de tantos nomes elegantes, e até egrégios? Essa pergunta sem palavras correu-lhe assim pelas veias, pelos nervos, pelo cérebro, sem outra resposta mais que a agitação e a curiosidade.

CLX

Nisto, a chuva cessou um pouco, e um raio de sol logrou romper o nevoeiro — um desses raios úmidos que parecem vir de olhos que choraram. Sofia cuidou que ainda podia sair; estava inquieta por ver, por andar, por sacudir aquele torpor, e esperou que o sol varresse a chuva e tomasse conta do céu e da terra; mas o grande astro percebeu que a intenção dela era constituí-lo lanterna de Diógenes[108], e disse ao raio úmido: "Volta, volta ao meu seio, raio casto e virtuoso; não vás tu conduzi-la aonde o seu desejo a quer levar. Que ame, se lhe parece; que responda aos bilhetes namorados — se os recebe e não queima —, não lhe sirvas tu de archote, luz do meu seio, filho das minhas entranhas, raio, irmão dos meus raios..."

E o raio obedeceu, recolhendo-se ao foco central, um pouco espantado do temor do sol, que tem visto tantas coisas ordinárias e extraordinárias. Então o véu de nuvens fez-se outra vez espesso, e mais escuro, e a chuva tornou a cair em grandes bátegas.

108. Filósofo grego que pregava a virtude e a simplicidade.

CLXI

Sofia resignou-se à reclusão. Já agora tinha a alma tão confusa e difusa como o espetáculo exterior. Todas as imagens e nomes perdiam-se no mesmo desejo de amar. É justo dizer que ela, quando regressava desses estados de consciência vagos e obscuros, tentava fugir-lhes e guiava o espírito para diverso assunto; mas sucedia-lhe como aos que têm sono e forcejam por velar: os olhos fecham-se de cada vez que espertam, e tornam a espertar para se fecharem outra vez. Afinal, deixou a vista da chuva e do nevoeiro; estava cansada, e, para repousar, foi abrir as folhas do último número da *Revista dos Dois Mundos.* Um dia, no melhor dos trabalhos da comissão das Alagoas, perguntara-lhe uma das elegantes do tempo, casada com um senador:

— Está lendo o romance de Feuillet, na *Revista dos Dois Mundos?*

— Estou — acudiu Sofia —, é muito interessante. — Não estava lendo, nem conhecia a *Revista*; mas, no dia seguinte, pediu ao marido que a assinasse; leu o romance, leu os que saíram depois, e falava de todos os que lera ou ia lendo. Abertas as folhas daquele número, e acabada uma novela, Sofia recolheu-se ao quarto e atirou-se à cama. Passara mal a noite, não lhe custou pegar no sono — profundo, largo e sem sonhos —, exceto para o fim, em que teve um pesadelo. Estava diante da mesma parede de cerração daquele dia, mas no mar, à proa de uma lancha, deitada de bruços, escrevendo com o dedo na água um nome — *Carlos Maria.* E as letras ficavam gravadas, e para maior nitidez, tinham os sulcos de espuma. Até aqui nada havia que atordoasse, a não ser o mistério; mas é sabido que os mistérios dos sonhos parecem fatos naturais. Eis que a parede da cerração se rasga, e nada menos que o próprio dono do nome aparece aos olhos de Sofia, caminha para ela, toma-a nos braços e diz-lhe muitas palavras de ternura, análogas às que ela, alguns meses antes, ouvira ao Rubião. E não a afligiram, como as deste; ao contrário, escutou-as com prazer, meia caída para trás, como se desmaiasse. Já não era lancha, mas carruagem, onde ela se ia com o primo, mãos presas, namorada de uma linguagem de ouro e sândalo. Também aqui não há que aterre. O terror veio quando a carruagem parou, muitos vultos mascarados a cercaram, mataram o cocheiro, arrancaram as portinholas, apunhalaram Carlos Maria e deitaram o cadáver ao chão. Depois, um deles, que parecia ser o cabo de todos, tomou o lugar do defunto, tirou a máscara e disse a Sofia que se não assustasse, que ele a amava cem mil vezes mais que o outro. Logo em seguida, pegou-lhe nos pulsos e deu-lhe um beijo, mas um beijo úmido de sangue, cheirando a sangue. Sofia soltou um grito de horror e acordou. Tinha ao pé do leito o marido.

— Que foi? — perguntou ele.

— Ah! — respirou Sofia. — Gritei, não gritei?

Palha não respondeu nada; olhava à toa, pensava em negócios. Então um receio assaltou a mulher, se haveria efetivamente falado, murmurado alguma palavra, um nome qualquer — o mesmo que escrevera na água. E logo, espreguiçando os braços para o ar, fê-los cair sobre os ombros do marido, cruzou as pontas dos dedos na nuca, e murmurou meio alegre, meio triste:

— Sonhei que estavam matando você.

Palha ficou enternecido. Havê-la feito padecer por ele, ainda que em sonhos, encheu-o de piedade, mas de uma piedade gostosa, um sentimento particular, íntimo, profundo — que o faria desejar outros pesadelos, para que o assassinassem aos olhos dela, e para que ela gritasse angustiada, convulsa, cheia de dor e de pavor.

CLXII

No dia seguinte, o sol apareceu claro e quente, o céu límpido, e o ar fresco. Sofia meteu-se no carro e saiu a visitas e a passeio para desforrar-se da reclusão. Já o próprio dia lhe fez bem. Vestiu-se cantarolando. O trato das senhoras que a receberam em sua casa — e das que achou na Rua do Ouvidor —, a agitação externa, as notícias da sociedade, a boa feição de tanta gente fina e amiga, bastaram a espancar-lhe da alma os cuidados da véspera.

CLXIII

Assim, pois, o que parecia vontade imperiosa reduzia-se a veleidade pura, e, com algumas horas de intervalo, todos os maus pensamentos se recolheram às suas alcovas. Se me perguntardes por algum remorso de Sofia, não sei que vos diga. Há uma escala de ressentimento e de reprovação. Não é só nas ações que a consciência passa gradualmente da novidade ao costume, e do temor à indiferença. Os simples pecados de pensamento são sujeitos a essa mesma alteração, e o uso de cuidar nas coisas afeiçoa tanto a elas — que, afinal, o espírito não as estranha, nem as repele. E nestes casos há sempre um refúgio moral na isenção exterior, que é, por outros termos mais explicativos, o corpo sem mácula.

CLXIV

Um só incidente afligiu Sofia naquele dia puro e brilhante — foi um encontro com Rubião. Tinha entrado em uma livraria da Rua do Ouvidor para comprar um romance; enquanto esperava o troco, viu entrar o amigo. Rapidamente voltou o rosto e percorreu com os olhos os livros da prateleira — uns livros de anatomia e de estatística —, recebeu o dinheiro, guardou-o, e, de cabeça baixa, rápida como uma flecha, saiu à rua e enfiou para cima. O sangue só lhe sossegou, quando a Rua dos Ourives ficou para trás.

Dias depois, indo a entrar em casa de Dona Fernanda, deu com ele no saguão. Cuidou que subisse, e dispôs-se a subir também, ainda que receosa; mas Rubião descia, apertaram-se as mãos familiarmente, e despediram-se até à tarde.

— Ele vem aqui muitas vezes? — perguntou Sofia a Dona Fernanda, depois de lhe contar o encontro do saguão.

— Esta é a quarta vez, quarta ou quinta; mas só da segunda vez apareceu delirando. Das outras é como viu agora, sossegado, e até conversador. Há nele sempre alguma coisa que mostra não estar completamente bem. Não reparou nos olhos, um pouco vagos? É isso; no mais, conversa bem. Creia, Dona Sofia; aquele homem pode sarar. Por que não faz com que seu marido tome isto a peito?

— Cristiano tem projeto de o mandar examinar e tratar; mas, deixe estar que eu o apresso.

— Sim, fale-lhe. Ele parece ser muito amigo da senhora e do senhor Palha.

"Ter-lhe-á dito alguma inconveniência no delírio, a meu respeito?", pensou Sofia. "Convirá revelar-lhe a verdade?"

Concluiu que não; o próprio mal do Rubião explicaria as inconveniências. Prometeu que apressaria o marido, e, nessa mesma tarde, expôs o negócio ao Palha, aprovando a ideia de tentar a cura. "Era uma grande *amolação*", redarguiu este. E perguntou que interesse tinha Dona Fernanda em tornar àquele negócio. Que o tratasse ela mesma! Era uma atrapalhação ter de cuidar do outro, de o acompanhar, e, provavelmente, de recolher e gerir algum resto de dinheiro que ainda houvesse, fazendo-se curador, como dissera o Doutor Teófilo. Um aborrecimento de todos os diabos.

— Já ando com grande carga sobre mim, Sofia. E depois como há de ser? Havemos de trazê-lo para casa? Parece que não. Metê-lo onde? Em alguma casa de saúde... Sim, mas se não puderem aceitá-lo? Não hei de mandá-lo para a Praia Vermelha... E as responsabilidades? Você prometeu que me falaria?

— Prometi, e afirmei que você faria isto — respondeu Sofia sorrindo. — Talvez não custe tanto como parece.

Sofia insistiu ainda. A compaixão de Dona Fernanda tinha-a impressionado muito; achou-lhe um quê distinto e nobre, e advertiu que se a outra, sem relações estreitas nem antigas com Rubião, assim se mostrava interessada, era de bom-tom não ser menos generosa.

CLXV

Tudo se fez sossegadamente. Palha alugou uma casinha na Rua do Príncipe, cerca do mar, onde meteu o nosso Rubião, alguns trastes e o cachorro amigo. Rubião aceitou a mudança sem desgosto, e, desde que lhe tornou o delírio, com entusiasmo. Estava nos seus paços de Saint-Cloud.

Não sucedeu assim aos amigos da casa, que receberam a notícia da mudança como um decreto de exílio. Tudo na antiga habitação fazia parte deles: o jardim, a grade, os canteiros, os degraus de pedra, a enseada. Traziam tudo de cor. Era entrar, pendurar o chapéu, e ir esperar na sala. Tinham perdido a noção da casa alheia e do obséquio recebido. Depois, a vizinhança. Cada um daqueles amigos do Rubião estava afeito a ver as pessoas do lugar, as caras da manhã e as da tarde, alguns chegavam a cumprimentá-las, como aos seus próprios vizinhos. Paciência! iriam agora para Babilônia, como os desterrados de Sião. Onde quer que estivesse o Eufrates, achariam salgueiros em que pendurassem as harpas saudosas — ou, mais propriamente, cabides em que pusessem os chapéus. A diferença entre eles e os profetas é que, ao cabo de uma semana, pegariam outra vez dos instrumentos, e os tangeriam com a mesma graça e força; cantariam os velhos hinos, tão novos como no primeiro dia, e Babel acabaria por ser a mesma Sião, perdida e resgatada.

— O nosso amigo precisa de repouso por algum tempo — disse-lhes o Palha, em Botafogo, na véspera da mudança. — Hão de ter reparado que não anda bom; tem suas horas de esquecimento, de transtorno, de confusão; vai tratar-se, por enquanto é preciso que descanse. Arranjei-lhe uma casa pequena, mas pode ser que, ainda assim, passe para um estabelecimento de saúde.

Ouviram atônitos. Um deles, o Pio, voltando a si mais depressa que os outros, respondeu que há mais tempo se devia ter feito aquilo; mas, para fazê-lo, era preciso ter influência decisiva no ânimo de Rubião.

— Muitas vezes lhe disse, por boas maneiras, que era indispensável consultar um médico, por me parecer que tinha alguma coisa no estômago... Era um modo de desviar o sentido, compreende? Mas ele respondia sempre que não tinha nada, digeria bem... "Mas come menos", dizia-lhe eu; "há dias em que não come quase nada; está mais magro, um pouco amarelo..." Compreende que não podia dizer-lhe a verdade. Cheguei a falar a um médico, meu amigo; mas o nosso bom Rubião não o quis receber.

Os outros quatro iam confirmando de cabeça toda aquela invenção; era o mais que se lhes podia pedir e tudo o que lhes consentia o atordoamento do golpe. Acabaram perguntando o número da nova casa, para irem saber dele. Pobre amigo! Quando se arrancaram dali, e se despediram uns dos outros, deu-se um fenômeno com que não contavam; é que eles mesmos mal podiam separar-se. Não que os ligasse amizade nem estima; o próprio interesse os fazia antipáticos. Mas o costume de se verem todos os dias, ao almoço e ao jantar — à mesma mesa —, como que os tinha fundido uns nos outros; a necessidade os fez suportáveis, o tempo os tornou mutuamente precisos. Em resumo, eram os olhos de cada um que iam padecer com a ausência das caras de uso, do gesto, das suíças, dos bigodes, da calva, dos sestros particulares, do modo de comer, de falar e de estar dos companheiros. Era mais que separação, era desarticulação.

CLXVI

Rubião notou que eles não o acompanharam à casa nova, e mandou-os chamar; nenhum veio, e a ausência encheu de tristeza o nosso amigo durante as primeiras semanas. Era a família que o abandonava. Rubião procurou recordar se lhes fizera algum mal, por obra ou por palavra, e não achou nada.

CLXVII

— Conversei com o homem; achei-lhe ideias delirantes. Conquanto não seja alienista, acho que pode ficar bom... Mas quer saber uma descoberta interessante?

— Crê que fique bom? — disse Dona Fernanda, sem atender à pergunta do Doutor Falcão.

Era deputado o Doutor Falcão, deputado e médico, amigo da casa, varão sabedor, cético e frio. Dona Fernanda tinha-lhe pedido o favor de examinar o Rubião, pouco depois que este se transportou para a casa da Rua do Príncipe.

— Sim, creio que fique bom, desde que seja regularmente tratado. Pode ser que a doença não tenha antecedentes na família. Mande ver um especialista. Mas não quer saber a minha interessante descoberta?

— Qual é?

— Talvez tenha parte na moléstia uma pessoa sua conhecida — respondeu ele sorrindo.

— Quem?

— Dona Sofia.

— Como assim?

— Ele falou-me dela com entusiasmo, disse-me que era a mais esplêndida mulher do mundo, e que a nomeará duquesa, por não poder nomeá-la imperatriz; mas que não brincassem com ele, que era capaz de fazer como o tio: divorciar-se e casar com ela.

Concluí que terá tido paixão pela moça; mas pode ser alguma coisa mais. Fala dela com tal intimidade, Sofia para aqui, Sofia para ali... Desculpe-me, mas eu creio que os dois se amaram...

— Oh! não!

— Dona Fernanda, creio que se amaram. Que admira? Eu mal a conheço; a senhora parece que não a conhece há muito tempo, nem viveu na intimidade dela. Pode ser que se tivessem amado, e que alguma paixão violenta... Suponhamos que ela o mandasse por fora de casa... É verdade que tem a mania das grandezas; mas tudo se pode juntar...

Dona Fernanda não olhava para ele, vexada de lhe ouvir aquela suposição; evitava discuti-la pelo melindre do assunto. Achava a suspeita sem fundamento, absurda, inverosímil; não chegaria a crer naquele amor espúrio, ainda que o ouvisse ao próprio Rubião. Um desvairado, em suma. Quando o não fosse, é ainda provável que lhe não desse fé. Sim, não lhe daria fé. Não podia crer que Sofia houvesse amado aquele homem, não por ele, mas por ela, tão correta e pura. Era impossível. Quis defendê-la; mas, apesar da intimidade do Doutor Falcão, recuou segunda vez do assunto, e repetiu a pergunta de há pouco:

— Parece-lhe então que ele pode ficar bom?

— Pode, mas não basta o meu exame. A senhora sabe que, nestas coisas, é melhor um especialista.

Pouco depois, saindo à rua, Falcão sorria da resistência de Dona Fernanda em aceitar a sua hipótese. "Com certeza, houve alguma coisa", dizia ele consigo; "boa cara, e, se não é um petimetre, é apessoado, e tem fogo nos olhos. Com certeza..." E repetia algumas frases de Rubião, evocava o gesto e a modulação terna da voz com que falava de Sofia, e cada vez mais se lhe ia agravando a suspeita. "Com certeza..." Era já impossível que se não tivessem amado; a oposição de Dona Fernanda parecia-lhe ingênua — se não era antes um recurso para desconversar e não tocar na matéria. Havia de ser isso...

Neste ponto, sem querer, o deputado estacou. Uma suspeita nova assaltara-lhe o espírito. Após alguns instantes rápidos, abanou a cabeça voluntariamente, como a desmentir-se, como a achar-se absurdo, e foi andando. Mas a suspeita era teimosa, e a que ocupa deveras o interior do homem, não faz caso da cabeça nem dos seus gestos. "Quem sabe se Dona Fernanda não suspirou também por ele? Essa dedicação não seria um prolongamento de amor, etc.?" E assim foram nascendo perguntas, que achavam no íntimo do Doutor Falcão resposta afirmativa. Resistiu ainda, era amigo da casa, tinha respeito a Dona Fernanda, conhecia-a honesta; mas — ia pensando — bem podia ser que um sentimento oculto, recatado, quem sabe até se provocado pela mesma paixão da outra...? Há dessas tentações. O contágio da lepra corrompe o mais puro sangue; um triste bacilo destrói o mais robusto organismo.

Pouco a pouco, as veleidades de resistência foram cedendo à noção da possibilidade, da probabilidade e da certeza. Em verdade, tinha notícia de algumas obras de caridade de Dona Fernanda; mas aquele caso era novo. Essa dedicação especial a um homem que não era familiar da casa, nem velho amigo, nem parente, aderente, colega do marido, qualquer coisa que o fizesse partícipe da vida doméstica, pelas relações, pelo sangue ou pelo costume não era explicável sem algum motivo secreto. Amor, seguramente; curiosidade de mulher honesta, que pode descambar no vício e no remorso. Aquela teria recuado a tempo; ficou-lhe a simpatia mórbida... E daí, quem sabe?

CLXVIII

— E daí, quem sabe? — repetiu o Doutor Falcão na manhã seguinte. A noite não apagara a desconfiança do homem. E daí, quem sabe? Sim, não seria só simpatia mórbida. Sem conhecer Shakespeare, ele emendou Hamlet: "Há entre o céu e a terra, Horácio, muitas coisas mais do que sonha a vossa vã *filantropia*". Ali andou dedo de amor. E não chasqueava nem lastimava nada. Já disse que era cético; mas, como era também discreto, não transmitiu a ninguém a sua conclusão.

CLXIX

A VOLTA DE CARLOS MARIA E DA MULHER INTERROMPEU AS PREOcupações de Dona Fernanda relativamente a Rubião. Esta foi a bordo recebê-los, conduziu-os à Tijuca, onde um velho amigo da família de Carlos Maria alugara e trastejara uma casa, por ordem dele. Sofia não foi a bordo; mandou o *coupé* esperá-los no Cais Pharoux, mas Dona Fernanda já ali tinha uma caleça, que os levou — e mais a ela e ao Palha. De tarde, Sofia foi visitar os recém-chegados.

Dona Fernanda não cabia em si de contente. As cartas de Maria Benedita os davam por felizes; ela não pôde ler desde logo nos olhos e nas maneiras do casal a confirmação do escrito. Pareciam satisfeitos. Maria Benedita não reteve as lágrimas quando abraçou a amiga, nem esta as suas, e ambas se apertaram como duas irmãs de sangue. No dia seguinte, quando puderam falar a sós, Dona Fernanda perguntou a Maria Benedita se ela e o marido eram felizes, e, sabendo que sim, pegou-lhe nas mãos e fitou-a longamente sem achar palavra. Não logrou mais que repetir a pergunta:

— Vocês são felizes?

— Somos — respondia Maria Benedita.

— Não sabe que bem me faz a sua resposta. Não é só porque eu teria remorsos, se vocês não tivessem a felicidade que eu imaginei dar-lhes, mas também porque é bem bom ver os outros felizes. Ele gosta de você como no primeiro dia?

— Creio que mais, porque eu o adoro.

Dona Fernanda não entendeu esta palavra. *Creio que mais, porque eu o adoro!* Em verdade, a conclusão não parecia estar nas premissas; mas era o caso de emendar outra vez Hamlet: "Há entre o céu e a terra, Horácio, muitas coisas mais do que sonha a vossa vã *dialética*". Começou a contar-lhe a viagem, a desfiar as suas impressões e reminiscências; e, como o marido viesse ter com elas, pouco depois, recorria à memória dele para preencher as lacunas.

— Como foi, Carlos Maria?

Carlos Maria lembrava, explicava, ou retificava, mas sem interesse, quase impaciente. Adivinhara que Maria Benedita acabava de confiar à outra as suas venturas, e mal podia encobrir o efeito desagradável que isto lhe trazia. Para que dizer que era feliz com ele, se não podia ser outra coisa? E por que divulgar os seus carinhos e palavras, as suas misericórdias de deus grande e amigo?

A volta ao Rio de Janeiro foi uma condescendência sua. Maria Benedita queria ter aqui o filho; o marido cedeu — a custo, mas cedeu. A custo, por quê? É difícil explicá-lo, não menos que entendê-lo. Relativamente à maternidade, Carlos Maria tinha ideias pessoais e singulares, recônditas, não confiadas a ninguém. Achava impudica a natureza em fazer da gestação humana um fenômeno público, franco às vistas, crescente até ao aleijão, sugestivo até ao desrespeito. Daí vinha o desejo da solidão, do mistério e da ausência. Viveria de boa mente os últimos tempos no interior de uma casa única, posta no alto de um morro, vedada ao mundo, donde a mulher baixasse um dia com o filho nos braços e a divindade nos olhos.

Não fez sobre isto nenhuma proposta à mulher. Teria de discutir, e ele não gostava de discutir; preferia ceder. Maria Benedita tinha naturalmente o sentimento contrário:

considerava-se a si mesma um templo divino e recatado, em que vivia um deus, filho de outro deus. A gestação ia cheia de tédios, de dores, de incômodos que ela ocultava o mais que podia ao marido; mas tudo isso dava maior preço à criaturinha futura. Acolhia o mal com resignação — se não é que o agasalhava com alegria — uma vez que era a condição da vinda do fruto. Fazia cordialmente o ofício da espécie. E repetia sem palavras a resposta de Maria de Nazaré: "Eu sou a serva do Senhor; faça-se em mim a sua vontade".

CLXX

— Você que tem? — perguntou Maria Benedita ao marido, logo que ficaram sós.

— Eu? Nada. Por quê?

— Parecia estar aborrecido.

— Não, não estava aborrecido.

— Estava, sim — insistiu ela.

Carlos Maria sorriu, sem responder. Maria Benedita já lhe conhecia esse sorriso especial, inexpressivo, sem ternura nem censura, superficial e pálido. Não teimou em querer saber, mordeu os beiços e retirou-se.

No quarto, durante algum tempo, não cuidou de outra coisa que não fosse aquele sorriso descorado e mudo, sinal de algum aborrecimento, cuja culpa não podia ser senão ela. E percorria toda a conversação, todos os gestos que fizera, e não achava nada que explicasse a frieza, ou o que quer que era de Carlos Maria. Talvez ela se mostrasse excessiva nas palavras; era seu costume, se estava contente, pôr o coração nas mãos e distribuí-lo a amigos e a estranhos. Carlos Maria reprovava essa generosidade, porque dava um ar de sorte grande ao seu estado moral e doméstico, e porque lhe parecia banal e inferior. Maria Benedita recordava-se que, em Paris, na colônia brasileira, sentira mais de uma vez esse efeito de suas expansões, e reprimira-se. Mas Dona Fernanda estaria no mesmo caso? Não era a autora da felicidade de ambos?

Rejeitou essa hipótese, e tratou de ver outra. Não a achando — voltou à primeira, e, segundo lhe sucedia sempre, deu razão ao marido. Em verdade, por mais íntima e grata que fosse, não devia contar à boa amiga as minúcias da vida; era leviandade sua...

Náuseas vieram interrompê-la neste ponto das reflexões. A natureza lembrava-lhe uma razão de Estado — a razão da espécie — mais instante e superior aos tédios do marido. Ela cedeu à necessidade; mas, poucos minutos depois, estava ao pé de Carlos Maria, contornando-lhe o pescoço com o braço direito. Ele, sentado, lia uma revista inglesa; pegou-lhe na mão, pendente sobre o peito, e acabou a página.

— Você me perdoa? — perguntou a mulher, quando o viu fechar o folheto. — Daqui em diante vou ser menos tagarela.

Carlos Maria pegou-lhe nas duas mãos, sorrindo, e respondeu com a cabeça que sim. Foi como se lançasse uma onda de luz sobre ela; a alegria penetrou-lhe a alma. Dir-se-ia que o próprio feto repercutiu a sensação e abençoou o pai.

CLXXI

— Perfeitamente! Assim é que eu os quero ver! — bradou uma voz do lado da varanda.

Maria Benedita afastou-se rapidamente do marido. A varanda, que comunicava com a sala por três portas, tinha uma destas aberta. Dali viera a voz; dali espiava e ria a cabeça de Rubião. Era a primeira vez que o viam. Carlos Maria, sem se levantar, olhava para ele, sério, esperando. E a cabeça ria, com os seus fartos bigodes de ponta de agulha, mirando um e outro, e repetindo:

— Perfeitamente! Assim é que eu os quero ver!

Rubião entrou, estendeu-lhes a mão, que eles aceitaram sem carinho, disse muitas frases de admiração e louvor a Maria Benedita, ela tão galante, ele tão galhardo; notou que ambos tinham o nome de Maria, espécie de predestinação, e acabou noticiando a queda do ministério.

— Caiu o ministério? — perguntou involuntariamente Carlos Maria.

— Não se fala em outra coisa na cidade. Vou abancar-me, sem pedir licença, já que não me oferecem cadeira — continuou ele, sentando-se, tirando a bengala que trazia debaixo do braço e firmando as mãos sobre ela. — Pois é verdade, o ministério pediu demissão. Vou organizar outro. Há de entrar o Palha, o nosso Palha — seu primo Palha —, e o senhor também, se lhe dá gosto, será ministro. Preciso de um bom gabinete, todo gente amiga e forte, capaz de dar a vida por mim. Hei de chamar o

Morny, o Pio, o Camacho, o Rouher, o major Siqueira. A senhora lembra-se do major? Creio que fica com a guerra; não conheço homem mais apto para os negócios militares.

Maria Benedita, aborrecida e impaciente, andava pela sala, à espera de que o marido mandasse alguma coisa; este disse-lhe com os olhos que se fosse embora; ela não aguardou outro gesto, pediu licença ao hóspede e retirou-se. Rubião, depois que ela saiu, elogiou-a novamente: — Uma flor — disse ele; e emendou-se rindo: — duas flores, creio que há ali duas flores. Nosso Senhor as abençoe! — Carlos Maria estendeu-lhe a mão em ar de despedida.

— Meu caro senhor...

— Posso incluí-lo no ministério? — perguntou Rubião.

Não ouvindo resposta, entendeu que sim e prometeu-lhe uma boa pasta. O major iria para a guerra, e o Camacho para a justiça. Não os conhecia, acaso? "Dois grandes homens, Camacho ainda maior que o outro." E obedecendo a Carlos Maria, que ia andando na direção da porta, Rubião retirava-se sem se sentir; mas não saiu tão pronto. Na varanda, antes de descer os degraus, referiu vários fatos da guerra. Por exemplo, tinha restituído a Alemanha aos alemães; era bonito e político. Já havia dado Veneza aos italianos. Não precisava mais território; as províncias do Reno, sim, mas havia tempo de as ir buscar.

— Meu caro senhor... — insistiu Carlos Maria estendendo-lhe a mão.

Despediu-o e fechou a porta; Rubião proferiu ainda algumas palavras e desceu os degraus. Maria Benedita, que os espreitava do fundo, veio ter com o marido, reteve-o pela mão, e ficou a ver o Rubião, que atravessava o jardim. Não ia direito, nem apressado, nem calado; detinha-se, gesticulava, apanhava um galho seco, vendo mil coisas no ar, mais galantes que a dona da casa, mais galhardas que o dono. Da vidraça miravam o nosso amigo, e, em certo lance grotesco, Maria Benedita não pôde suster o riso; Carlos Maria, porém, olhava plácido.

CLXXII

— Mas se a queda do ministério é verdadeira — disse ela —, sabe você quem está ministro?

— Quem? — perguntou Carlos Maria com os olhos.

— Seu primo Teófilo. A prima contou-me que ele andava com suas esperanças, e foi por isso que ficou este ano na Corte. Desconfiou, ou já se falava na saída do ministério; talvez desconfiasse. Não me lembra bem o que ela me disse; mas parece que entra.

— Pode ser.

— Olha, lá saiu Rubião; mas não, parou, está olhando para cima, espera talvez a diligência ou o carro. Ele tinha carro. Lá vai andando...

CLXXIII

— Com quê, o Teófilo está ministro! — exclamou Carlos Maria.

E, depois de um instante:

— Creio que dará um bom ministro. Você queria ver-me também ministro?

— Se você gostasse, que remédio?

— De maneira que, por teu voto, não o era? — perguntou Carlos Maria.

"Que hei de responder?", pensou ela, escrutando o rosto do marido.

Ele, rindo:

— Confessa que me adorarias, ainda que eu fosse uma simples ordenança de ministro.

— Justamente! — exclamou a moça, lançando-lhe os braços aos ombros.

Carlos Maria afagou-lhe os cabelos, e murmurou sério:

— Bernadotte foi rei, e Bonaparte imperador. Você queria ser a rainha-mãe da Suécia?

Maria Benedita não entendeu a pergunta nem ele a explicou. Para explicá-la seria mister dizer que possivelmente trazia ela no seio um Bernadotte; mas esta suposição significava um desejo, e o desejo uma confissão de inferioridade. Carlos Maria espalmou outra vez as mãos sobre a cabeça da mulher, com um gesto que parecia dizer: "Maria, tu escolheste a melhor parte..." E ela pareceu entender o sentido daquele gesto.

— Sim! sim!

O marido sorriu e tornou à revista inglesa. Ela, encostada à poltrona, passava-lhe os dedos pelos cabelos, muito ao de leve e caladinha para não perturbá-lo. Ele ia lendo, lendo, lendo. Maria Benedita foi atenuando a carícia, retirando os dedos aos poucos, até que saiu da sala, onde Carlos Maria continuou a ler um estudo de Sir Charles Little, M. P., sobre a famosa estatueta de Narciso, do Museu de Nápoles.

CLXXIV

Quando Rubião foi à casa de Dona Fernanda, à tardinha, ouviu do criado que não podia subir. A senhora estava incomodada; o senhor estava com ela; parece que esperavam o médico. O nosso amigo não teimou, e saiu.

Era o contrário; era o senhor que estava doente, e a senhora que o acompanhava; mas o criado não podia trocar o recado que lhe deram. Outro criado desconfiou, é certo, que o doente fosse ele e não ela, porque o vira entrar abatido. Em cima, no quarto deles, havia algum rumor de vozes, ora alto, ora baixo, com intervalos de silêncio. Uma criadinha, que subira pé ante pé, desceu dizendo que ouvira lastimar-se o amo; provavelmente a senhora estava perdida. Em baixo, um palavrear surdo, ouvidos compridos, conjecturas; notavam que de cima não pedissem água, qualquer remédio, um caldo, ao menos. A mesa posta, o criado engravatado, o cozinheiro orgulhoso e ansioso... Justamente, um dos melhores jantares!

Que era? Teófilo tinha ainda o gesto abatido com que entrou; estava sentado em um canapé, sem colete, olhos fixos. Ao pé dele, sentada também, segurando-lhe uma das mãos, Dona Fernanda pedia-lhe que sossegasse, que não valia a pena. E inclinava-se para ver-lhe o rosto, chamava-o para si, queria que ele encostasse a cabeça ao ombro dela...

— Deixa, deixa — murmurava o marido.

— Não vale a pena, Teófilo! Pois agora um ministério...? Valerá tanto um cargo de pouco tempo, cheio de desgostos, insultos, trabalhos, para quê? Não é melhor a vida tranquila? Vá que haja injustiça; creio que sim, você tem serviços; mas será tamanha perda assim? Anda, querido, sossega; vamos jantar.

Teófilo mordia os beiços, puxando uma das suíças. Não ouvira nada do que a mulher dissera, nem exortações nem consolações. Ouvia as conversas da noite anterior e daquela manhã, as combinações políticas, os nomes lembrados, os recusados e os aceitos. Nenhuma combinação o incluiu, posto que ele falasse com muita gente acerca do verdadeiro aspecto da situação. Era ouvido com atenção por uns, com impaciência por outros. Uma vez, os óculos do organizador pareceram interrogá-lo — mas foi rápido o gesto e ilusório. Teófilo recompunha agora a agitação de tantas horas e lugares — lembrava os que o olhavam de esguelha, os que sorriam, os que trariam a mesma cara que ele. Para o fim já não falava; as últimas esperanças estalavam-lhe nos olhos como lamparina de madrugada. Ouvira os nomes dos ministros, fora obrigado a achá-los bons; mas que força não lhe era precisa para articular alguma palavra! Receava que lhe descobrissem o abatimento ou despeito, e todos os seus esforços concluíam por acentuá-los ainda mais. Empalidecia, tremiam-lhe os dedos.

CLXXV

— Anda, vamos jantar — repetiu Dona Fernanda.

Teófilo deu um golpe no joelho, com a mão aberta, e levantou-se, dizendo palavras soltas e raivosas, andando de um lado para outro, batendo o pé, ameaçando. Dona Fernanda não pôde vencer a violência daquele novo acesso; esperou que fosse curto, e foi curto; Teófilo chegou-se a uma poltrona, sacudiu a cabeça e caiu outra vez prostrado. Dona Fernanda pegou de uma cadeira e sentou-se ao pé dele.

— Tens razão, Teófilo; mas é preciso ser homem. És moço e forte, tens ainda futuro, e talvez grande futuro. Quem sabe se, entrando agora no ministério, não perderias mais tarde? Entrarás em outro. Às vezes, o que parece desgraça é felicidade.

Teófilo apertou-lhe a mão agradecido.

— É perfídia, é intriga — murmurava ele, olhando para ela —; eu conheço toda essa canalha. Se eu contasse a você tudo, tudo... Mas para quê? Prefiro esquecer... Não é por causa de uma miserável pasta que estou aborrecido — continuou ele depois de alguns instantes. — Pastas não valem nada. Quem sabe trabalhar e tem talento pode zombar das pastas, e mostrar que é superior a elas. A maior parte dessa gente, Naná, não me chega aos calcanhares. Disso estou certo e eles também. Súcia de intrigantes! Onde acharão mais sinceridade, mais fidelidade, mais ardor para a luta? Quem trabalhou mais na imprensa, no tempo do ostracismo? Desculpam-se; dizem que os gabinetes já vêm organizados de São Cristóvão... Ah! eu quisera falar ao imperador!

— Teófilo!

— Eu diria ao imperador: "Senhor, Vossa Majestade não sabe o que é essa política de corredores, esses arranjos de camarilha. Vossa Majestade quer que os melhores trabalhem nos seus conselhos, mas os medíocres é que se arranjam... O merecimento fica para o lado." É o que lhe hei de dizer um dia; pode ser até que amanhã...

Calou-se. Depois de longa pausa, ergueu-se e foi ao gabinete de trabalho, que ficava ao pé do quarto; a mulher acompanhou-o. Era já escuro; acendeu o bico de gás, e circulou pelo gabinete os olhos velados de melancolia. Havia ali quatro largas estantes cheias de livros, de relatórios, de orçamentos, de balanços do Tesouro. A secretária estava em ordem. Três armários altos, sem portas, guardavam os manuscritos, notas, lembranças, cálculos, apontamentos, tudo empilhado e rotulado metodicamente: — *créditos extraordinários — créditos suplementares — créditos de guerra — créditos de marinha — empréstimo de 1868 — estradas de ferro — dívida interna — exercício de 61–62, de 62–63, de 63–64, etc.* Era ali que trabalhava de manhã e de noite, somando, calculando, recolhendo os elementos dos seus discursos e pareceres porque era membro de três comissões parlamentares, e trabalhava geralmente por si e pelos seis colegas; estes ouviam e assinavam. Um deles, quando os pareceres eram extensos, assinava-os sem ouvir.

— Homem, você é mestre e basta — dizia-lhe. — Dê cá a pena.

Tudo ali respirava atenção, cuidado, trabalho assíduo, meticuloso e útil. Da parede, em ganchos, pendiam os jornais da semana, que eram depois tirados, guardados e finalmente encadernados semestralmente, para consultas. Os discursos do deputado, impressos e brochados em 4º, enfileiravam-se em uma estante. Nenhum quadro ou busto, adereço, nada para recrear, nada para admirar — tudo seco, exato, administrativo.

— De que vale tudo isto? — perguntou Teófilo à mulher, após alguns instantes de contemplação triste. — Horas cansadas, longas horas da noite até madrugada, às vezes... Não se dirá que este gabinete é de homem vadio; aqui trabalha-se. Você é testemunha que eu trabalho. Tudo para quê?

— Consola-te trabalhando — murmurou ela.

Ele, acerbo:

— Ruim consolação! Não, não, acabo com isto, passo a ignorar tudo. Olha, na câmara, todos me consultam, até os ministros — porque sabem que eu aplico-me deveras às coisas da administração. Que prêmio? Vir para cá, em maio, aplaudir os novos senhores?

— Pois não aplaudas nada — disse-lhe mansamente a mulher. — Queres fazer-me um obséquio? Vamos à Europa, em março ou abril, e voltemos daqui a um ano. Pede licença à câmara, donde quer que estejamos; de Varsóvia, por exemplo; tenho muita vontade de ir a Varsóvia — continuou sorrindo e fechando-lhe graciosamente a cara entre as mãos. — Diga que sim; responda que é para eu escrever hoje mesmo para o Rio Grande, o vapor sai amanhã. Está dito; vamos a Varsóvia?

— Não brinques, Naná, que isto não é objeto de brincadeira.

— Falo seriamente. Já há muito tempo que ando para propor a você uma viagem, a ver se descansa desta papelada infernal. É demais, Teófilo! Você mal se pode arranjar depois para uma visita. Passeio, é raro. Quase não conversa. Os nossos filhos mal veem seu pai, porque aqui não se entra quando você trabalha... É preciso descansar; peço-lhe um ano de repouso. Olhe que é sério. Vamos para a Europa em março.

— Não pode ser — balbuciou ele.

— Por que não?

Não podia ser. Era convidá-lo a sair da própria pele. Política valia tudo. Que também houvesse política lá fora, sim; mas que tinha ele com ela? Teófilo não sabia nada do que ia por fora, exceto a nossa dívida em Londres, e meia dúzia de economistas. Contudo, agradeceu à mulher a intenção da proposta:

— Tu és boa.

E um sentimento vago de esperança restituía à voz do deputado a brandura que perdera naquela grande crise moral. Os papéis sopravam-lhe ânimo. Toda aquela massa de estudos aparecia-lhe como a terra adubada e semeada aos olhos do lavrador. Não tardaria a grelar; o trabalho teria a recompensa; um dia mais tarde ou mais cedo, o grelo brotaria e a árvore daria frutos. Era justamente o que a mulher havia dito por outras palavras diretas e próprias; mas só agora é que ele via a possibilidade da colheita. Lembrou-se das explosões de cólera, de indignação, de desespero, das queixas de há pouco, ficou vexado. Quis rir, e fê-lo mal. Ao jantar e ao café entreteve-se com os filhos, que naquela noite recolheram-se mais tarde. Nuno, que já andava no colégio, onde ouvira falar da mudança de gabinete, disse ao pai que queria ser ministro.

Teófilo ficou sério.

— Meu filho — disse ele —, escolhe outra coisa, menos ministro.

— Diz que é bonito, papai; diz que anda de carro com soldado atrás.

— Pois eu te dou um carro.

— Papai já foi ministro?

Teófilo tentou sorrir e olhou para a mulher, que aproveitou a ocasião para mandar deitar os filhos.

— Já, já fui ministro — respondeu o pai beijando a testa ao Nuno —; mas não quero mais, é muito feio, dá trabalho. Tu hás de ser capelão.

— Que é capelão?

— Capelão é cama — respondeu Dona Fernanda —; vai dormir, Nuno.

CLXXVI

Ao almoço, no dia seguinte, Teófilo recebeu uma carta por uma ordenança.

— Ordenança?

— Sim, senhor, diz que vem da parte do senhor presidente do conselho.

Teófilo abriu a carta com a mão trêmula. Que podia ser? Tinha lido nos jornais a relação dos novos ministros; o gabinete estava completo. Não havia divergência de nomes. Que podia ser? Dona Fernanda, defronte do marido, procurava ler-lhe no rosto o texto da carta. Via uma claridade; percebeu que a boca sofreava um sorriso de satisfação — de esperança, ao menos.

— Diga que espere — ordenou Teófilo ao criado.

Foi ao gabinete, e tornou minutos depois com a resposta. Sentou-se à mesa, calado, dando tempo a que o criado entregasse a carta à ordenança. Desta vez, como estava prevenido, ouviu as patas do cavalo, e logo depois a galope, rua fora, e sentiu-se bem.

— Lê — disse ele.

Dona Fernanda leu a carta do presidente do conselho; era um pedido para ir falar-lhe às duas horas da tarde.

— Mas então o ministério...?

— Está completo — deu-se pressa em dizer o deputado —; os ministros estão nomeados.

Não acreditava de todo o que dizia. Imaginava alguma vaga da última hora, e a necessidade urgente de a preencher.

— Há de ser alguma conferência política, ou talvez queira conversar sobre o orçamento — ou incumbir-me algum estudo.

Dizendo isto, para iludir a mulher, sentiu a probabilidade das hipóteses, e outra vez se abateu; mas, três minutos depois, as borboletas da esperança volteavam diante dele, não duas, nem quatro, mas um turbilhão que cegava o ar.

CLXXVII

Dona Fernanda esperou, cheia de ânsias, como se o ministério fosse para ela, e lhe viesse dar qualquer gosto, que não fosse amargo e complicado. Uma vez, porém, que satisfizesse o marido, tudo iria pelo melhor. Teófilo tornou às cinco horas e meia. Pelo aspecto reconheceu que vinha satisfeito. Correu a apertar-lhe as mãos.

— Que há?

— Pobre Naná! Aí vamos com a trouxa às costas. O marquês pediu-me instantemente que aceitasse uma presidência de primeira ordem. Não podendo meter-me no gabinete, onde tinha lugar marcado, desejava, queria e pedia que eu partilhasse a responsabilidade política e administrativa do governo, assumindo uma presidência. Não podia, em nenhum caso, dispensar o meu prestígio (são palavras dele), e espera que na câmara aceite o lugar de chefe da maioria. Que dizes?

— Que arranjemos a trouxa — respondeu Dona Fernanda.

— Achas que podia recusar?

— Não.

— Não podia. Você sabe, não se podem negar serviços destes a um governo amigo; ou então deixa-se a política. Tratou-me muito bem o marquês; eu já sabia que era homem superior; mas que risonho e afável! não imaginas. Quer também que compareça a uma reunião íntima, os ministros e alguns amigos, poucos, meia dúzia. Confiou-me já o programa do gabinete, em reserva...

— Quando saímos?

— Não sei; hei de estar com ele amanhã, à noite. A reunião é amanhã às oito horas... Mas não te parece que fiz bem, aceitando?

— De certo.

— Sim; se recusasse censurar-me-iam, e com razão. Em política, a primeira coisa que se perde é a liberdade. Agora você é que, se quisesse, podia ficar; daqui a cinco meses — ou quatro — abrem-se as câmaras; mal terei tempo de chegar e olhar.

CLXXVIII

Dona Fernanda aceitou a proposta; não interrompia a educação do filho; era uma separação de quatro meses. Teófilo partiu daí a dias. Na manhã do dia do embarque, logo cedo, foi despedir-se do gabinete de trabalho. Deitou os últimos olhos aos livros, relatórios, orçamentos, manuscritos, a toda essa parte da família, que só tinha língua e interesse para ele. Havia atado os papéis e os folhetos para que se não extraviassem, e fez à mulher grandes recomendações. Parado no centro, circulou a vista pelas estantes, e dispersou a alma por todas elas. Despedia-se assim dos seus santos e amigos, com verdadeiras saudades. Dona Fernanda, que estava ao pé dele, não viveu ali mais que os dez minutos da despedida. Teófilo viveu muitos anos.

— Deixa estar, eu cuidarei deles, eu mesma os espanarei todos os dias.

Teófilo deu-lhe um beijo... Outra mulher recebê-lo-ia triste, por ver que ele amava tanto os livros que parecia amá-los mais que a ela. Mas Dona Fernanda sentiu-se venturosa.

CLXXIX

Rubião, desde o dia da crise ministerial, não tornou à casa de Dona Fernanda; nada soube, nem da presidência, nem do embarque de Teófilo. Vivia entre o cão e um criado, sem grandes crises, nem longos repousos. O criado fazia o serviço irregularmente, comia gratificações, e recebia, a miúdo, o título de marquês. Ao demais, divertia-se. Quando lhe dava ao amo para conversar com as paredes, o criado corria a espiá-lo; assistia ao diálogo, porque o Rubião incumbia-se das palavras delas, respondendo como se houvessem feito alguma pergunta. De noite, ia à palestra com os amigos da vizinhança.

— Como vai o gira?

— O gira vai bem. Hoje convidou o cachorro para cantar; o cachorro ladrou muito, e ele gostou que se pelou, mas assim um gosto de figurão. Ele, quando está de pancada, parece que é como quem governa o mundo. Ainda ontem, almoçando, falou para mim: "Marquês Raimundo... quero que tu ..." e embrulhou o resto, que não entendi nada. No fim deu-me dez tostões.

— Você guardou logo...

— Ora!

Quando Rubião voltava do delírio, toda aquela fantasmagoria palavrosa tornava-se, por instantes, uma tristeza calada. A consciência, onde ficavam rastos do estado anterior, forcejava por despegá-los de si. Era como a ascensão dolorosa que um homem fizesse do abismo, trepando pelas paredes, arrancando a pele, deixando as unhas, para chegar acima, para não cair outra vez e perder-se. Ia então à visita dos amigos, uns novos, outros velhos, como a gente do major e a do Camacho, por exemplo.

Este, desde algum tempo, era menos conversado. A mesma política não lhe dava matéria aos discursos de outrora. No escritório, quando via Rubião assomar à porta, fazia um gesto de impaciência, que sofreava logo; o outro notava essa mudança, e perdia-se em conjecturas, se lhe saíra alguma ofensa, por descuido — ou se começava a aborrecê-lo. E para desfazer o tédio ou o ressentimento, falava macio, risonho, abrindo longas pausas respeitosas, à espera que ele dissesse qualquer coisa. Em vão apelava para o Marquês de Paraná, cujo retrato continuava a pender da parede; repetia os nomes que lhe ouvira — o grande marquês! o estadista consumado! Camacho ia apoiando de cabeça, e escrevendo sem parar, consultando os autos e os praxistas, Lobão, Coelho da Rocha, citando, riscando, pedindo-lhe desculpa. Tinha um libelo que dar naquele dia. Interrompia-se para ir à estante.

— Com licença...

Rubião arredava as pernas para deixá-lo passar. Ele tirava um volume das *Ordenações do Reino*, e folheava, folheava, pulando adiante, voltando atrás, à toa, sem buscar nada, unicamente para o fim de despedir o importuno; mas o importuno ia ficando, por isso mesmo, e entreolhavam-se disfarçados. Camacho tornava ao libelo. Para ler, sentado, inclinava-se muito à esquerda, donde lhe vinha a luz, dando as costas ao Rubião.

— Aqui é escuro — aventurou Rubião um dia.

E não ouviu resposta, tão atento parecia o advogado na leitura dos autos. "Realmente, pode ser importunação", pensou o nosso amigo. Espreitava-lhe o rosto duro e sério, o gesto com que pegava da pena para continuar o interminável libelo. Vinte minutos mais de silêncio absoluto. No fim desse prazo, Rubião viu-o deixar a pena, retesar o busto, esticar os braços e passar as mãos pelos olhos. Disse-lhe com interesse:

— Cansado, não?

Camacho fez um gesto afirmativo, e preparou-se para continuar; então o nosso homem levantou-se e aproveitou o intervalo para dizer adeus.

— Voltarei, quando estiver menos atarefado.

Estendeu-lhe a mão; Camacho segurou-lha ao de leve, e tornou ao papel. Rubião desceu a escada, aturdido, magoado com a frieza do seu ilustre amigo. Que lhe teria feito?

CLXXX

Daquela vez, teve a fortuna de encontrar o major Siqueira.

— Ia agora mesmo à sua casa — disse-lhe —; vai para lá?

— Vou; mas já não estamos na mesma casa; mudamo-nos para os Cajueiros, Rua da Princesa...

— Seja onde for, vamos.

Rubião precisava de um pedaço de corda que o atasse à realidade, porque o espírito sentia-se outra vez presa da vertigem. Entretanto, falou com tanto acerto e propriedade, que o major o achou em pleno juízo, e disse-lhe:

— Sabe que tenho uma grande notícia que lhe dar?

— Vamos a ela.

— Há de ser quando chegarmos.

Chegaram. Era uma casa assobradada; Dona Tonica veio abrir-lhes a cancela. Trazia um vestido novo e brincos.

— Olhe bem para ela — disse o major pegando na filha pelo queixo.

Dona Tonica recuou envergonhada.

— Estou olhando — respondeu Rubião.

— Não se vê logo que é uma pessoa que vai casar?

— Ah! parabéns!

— É verdade, vai casar. Custou, mas acertou. Achou por aí um noivo, que a adora, como todos eles; eu, quando fui noivo, adorei a minha defunta, que foi uma coisa nunca vista... Vai casar. Arranjou um noivo. Custou, mas acertou. Pessoa séria, meia-idade; vem aqui passar as noites. De manhã, quando passa para a repartição, creio que bate na janela, ou ela já o espera; eu finjo que não percebo...

Dona Tonica dizia com a cabeça que não, mas sorrindo de modo que parecia dizer que sim. Estava tão buliçosa! Nem se lembrava já que requestara o Rubião, que este fora uma das últimas, e por fim a última das suas esperanças. Tinham entrado na sala; Dona Tonica foi à janela, voltou, cabeça alta, andando à toa, reconciliada com a vida.

— Boa pessoa — repetiu o major —, boa criatura... Tonica, vai buscar o retrato... Anda, vai buscar o teu noivo...

Dona Tonica foi buscar o retrato. Era uma fotografia; representava um homem de meia-idade, cabelo curto, raro, olhando espantado para a gente, cara chupada, pescoço fino e paletó abotoado.

— Que lhe parece?

— Muito bem.

Dona Tonica recebeu o retrato e fitou-o alguns instantes; mas tirou logo os olhos, e deixou-se estar sentada, enquanto a imaginação saiu a esperar o Rodrigues. Chamava-se Rodrigues. Era mais baixo que ela — coisa que o retrato não dava — e empregado em uma repartição do ministério da guerra. Viúvo, com dois filhos: um que estava no batalhão dos menores, outro que era tuberculoso — doze anos — condenado à morte. Que importa? Era o noivo; todas as noites, ao recolher-se, Dona Tonica ajoelhava-se ante a imagem de Nossa Senhora, sua madrinha, agradecia-lhe o favor e pedia-lhe que a fizesse feliz. Sonhava já com um filho; havia de chamar-lhe Álvaro.

CLXXXI

Rubião escutou calado um discurso do major. O casamento era dali a mês e meio; o noivo tinha que perfazer os arranjos da casa. Não era capitalista, vivia do ordenado e recorrera a empréstimos. A casa era a mesma e não exigia trastes novos nem ricos; mas, há sempre algumas necessidades... Em suma, dali a mês e meio, ou pelo menos, cinco semanas, estariam unidos pelos santos laços do matrimônio.

— E fico eu livre do trambolho — concluiu o major.

— Oh! — protestou Rubião.

A filha ria-se; estava acostumada às graças do pai, e tão disposta à alegria que nada a vexava; ainda mesmo que o pai se referisse aos seus quarenta anos passados não lhe daria grande golpe. Todas as noivas têm quinze anos.

— Verá como ele há de procurá-la depois, com saudades — disse Rubião a Dona Tonica.

— Qual! Talvez eu me case também!

Rubião levantou-se repentino, e deu alguns passos; o major não viu a expressão do rosto, não percebeu que o espírito do homem ia talvez descarrilhar, e que ele mesmo o pressentia. Disse-lhe que se sentasse, e contou-lhe os seus tempos de casado e de campanha. Quando chegou à narração da batalha de Monte-Caseros, com as marchas e contramarchas próprias do seu discurso, tinha diante de si Napoleão III. Calado a princípio,

Rubião proferiu algumas palavras de aplauso, falou de Solferino, de Magenta, prometeu ao Siqueira uma condecoração. Pai e filha entreolharam-se; o major disse que vinha muita chuva. Com efeito, escurecera um pouco. Era melhor que Rubião fosse, antes de cair água; não trouxera guarda-chuva, o dele era velho e único...

— Aí vem o meu coche — redarguiu Rubião tranquilamente.

— Não vem, foi esperá-lo no Campo. Não vês daí o coche, Tonica?

Dona Tonica fez um gesto vago e sem vontade. Não queria mentir, mas tinha medo, e desejava que Rubião saísse. Da casa era impossível ver o Campo da Aclamação. Já então o pai pegava no Rubião pelo braço e o encaminhava para a porta.

— Volte amanhã, depois, quando quiser.

— Mas por que não hei de esperar aqui até que venha o coche? — perguntou Rubião. — A imperatriz não pode apanhar chuva...

— A imperatriz já foi.

— Fez mal. Eugênia fez muito mal. General... Para que há de o senhor ficar sempre em major? General, vi o retrato do seu genro; quero dar-lhe o meu. Mande às Tulherias. Onde está o coche?

— Está no Campo, esperando.

— Mande chamá-lo.

Dona Tonica, que estava à janela, disse para dentro:

— Lá vem Rodrigues.

E tornou a olhar para a rua, inclinando-se, sorrindo, enquanto na sala o pai continuava a guiar o Rubião para a porta, sem violência, mas tenaz. Este parava, repreendia:

— General, sou seu imperador!

— De certo, mas acompanhe-me Vossa Majestade...

Tinham chegado à porta; o major abriu a cancela, justamente quando o Rodrigues punha o pé na soleira. Dona Tonica entrou para receber o noivo, mas a porta estava atravancada com o pai e Rubião. Rodrigues tirou o chapéu, mostrando o cabelo, áspero e grisalho; tinha nas faces chupadas umas pintinhas de sarda, mas o riso era bom e humilde — mais humilde ainda que bom — e, não obstante a trivialidade do gesto e da pessoa, era agradável. Os olhos não mostravam o espanto da fotografia; este efeito provinha da ênfase que ele pôs em todo o corpo, a fim de que o retrato *saísse bonito.*

— Este senhor é o meu futuro genro — disse o major a Rubião. — Não é verdade que viu no Campo um coche e um esquadrão de cavalaria? — perguntou ao Rodrigues, piscando um olho.

— Parece que sim, senhor.

— Pois então? — continuou Siqueira, voltando-se para Rubião. — Vá, vá, dobre a Rua de São Lourenço, e caminhe direito para o Campo. Adeus, até amanhã.

Rubião desceu três degraus — eram cinco — e parou diante do recém-chegado, fitou-o alguns instantes e declarou que estimava muito conhecê-lo, que fosse bom esposo e bom genro. Como se chamava?

— João José Rodrigues.

— Rodrigues. Hei de mandar-lhe uma fitinha aqui para a casaca. É o meu presente de núpcias. Lembre-me, Siqueira.

Siqueira pegou-lhe no braço para fazê-lo descer os dois últimos degraus, e pô-lo na rua.

— No Campo, dizes tu?

— No Campo.

— Adeus.

Da rua, ainda Rubião olhou para as janelas, com os dedos no chapéu, a fim de cumprimentar Dona Tonica; mas Dona Tonica estava na sala, onde Rodrigues acabava de entrar, fresco e delicioso, como a primeira rosa de verão.

CLXXXII

Rubião não cuidou mais do coche nem do esquadrão de cavalaria. Foi dar consigo abaixo, andou por várias ruas, até que subiu pela de São José. Desde o paço imperial, vinha gesticulando e falando a alguém que supunha trazer pelo braço, e era a imperatriz. Eugênia ou Sofia? Ambas em uma só criatura — ou antes a segunda com o nome da primeira. Homens que iam passando, paravam; do interior das lojas corria gente às portas. Uns riam-se, outros ficavam indiferentes; alguns, depois de verem o que era, desviavam os olhos para poupá-los à aflição que lhes dava o espetáculo do delírio. Uma turba de moleques acompanhava o Rubião, alguns tão próximos, que lhe ouviam as palavras. Crianças de toda a sorte vinham juntar-se ao grupo. Quando eles viram a curiosidade geral, entenderam dar voz à multidão, e começou a surriada:

— Ó gira! ó gira!

Esse vozear chamou a atenção de outras pessoas. Muitas janelas dos sobrados começaram a abrir-se; apareceram curiosos de ambos os sexos e todas as idades: um fotógrafo, um estofador, três e quatro figuras juntas, cabeças por cima de outras, todas inclinadas, espiando, acompanhando o homem, que falava à parede, com o seu gesto cheio de grandeza e de obséquio.

— Ó gira! ó gira! — berravam os vadios.

Um deles, muito menor que todos, apegava-se às calças de outro, taludo. Era já na Rua da Ajuda. Rubião continuava a não ouvir nada; mas, de uma vez que ouviu, supôs que eram aclamações, e fez uma cortesia de agradecimento. A surriada aumentava. No meio do rumor, distinguiu-se a voz de uma mulher à porta de uma colchoaria:

— Deolindo! vem para casa, Deolindo!

Deolindo, a criança que se agarrava às calças da outra mais velha, não obedeceu; pode ser que nem ouvisse, tamanha era a grita, e tal a alegria do pequerrucho, clamando com a vozinha miúda: — Ó gira! ó gira!

— Deolindo!

Deolindo tratou de esconder-se entre os outros, para escapar às vistas da mãe que o chamava; esta, porém, correu ao grupo, e arrancou-o de lá. Em verdade, era pequeno demais para andar em tumultos de rua.

— Mamãe, deixa eu ver...

— Qual ver! anda!

Meteu-o em casa, e ficou à porta, a olhar para a rua. Rubião estacara o passo; ela pôde vê-lo bem, com os seus gestos e falares, o peito alto, e uma barretada que deu em volta.

— Os malucos têm graça, às vezes — disse ela sorrindo a uma vizinha.

Os rapazes continuavam a bradar e a rir, e Rubião foi andando, com o mesmo coro atrás de si. Deolindo, à porta da loja, vendo o grupo alongar-se, pedia chorosamente à mãe que o deixasse ir também, ou então que o levasse. Quando perdeu as esperanças, enfeixou todas as energias em um só gritozinho esganiçado:

— Ó gira!

CLXXXIII

A vizinha riu-se. A mãe riu-se também. Confessou que o filho era uma pestezinha, um endiabrado, que não sossegava; não podia perdê-lo de vista. Qualquer distração, estava na rua. E isto desde pequenino; tinha ainda dois anos, quando escapou de morrer embaixo de um carro, ali mesmo; esteve por um fio. Se não fosse um homem que passava — um senhor bem-vestido, que acudiu depressa, até com perigo de vida — estaria morto e bem morto. Nisto o marido, que vinha pela calçada oposta, atravessou a rua, e interrompeu a conversação. Trazia o senho carregado, mal cumprimentou a vizinha, e entrou; a mulher foi ter com ele. Que era? O marido contou a surriada.

— Passou por aqui — disse ela.

— Não conheceste o homem?

— Não.

O marido cruzou os braços e ficou a olhar, fixo, calado. A mulher perguntou-lhe quem era.

— É aquele homem que nos salvou o Deolindo da morte.

A mulher teve um calafrio.

— Viste bem? — perguntou.

— Perfeitamente. Se eu já o tinha encontrado outras vezes, mas então não estava assim. Coitado! E a molecada berrava atrás dele. Qual! não há polícia nesta terra.

O que lhe doía à mulher não era tanto o mal do homem, nem ainda a surriada; mas a parte que teve nesta o filho — a mesma criança que o homem salvara da morte. Realmente, como podia o menino reconhecê-lo, nem saber que lhe devia a vida? Doía-lhe o encontro, a coincidência. Afinal, contentou-se de pôr todas as culpas em si. Se tivesse tido mais cuidado, o pequeno não haveria saído, e não entraria na troça. Tremia de quando em quando, e estava inquieta. O marido pegou na cabeça do filho, e deu-lhe dois beijos.

— Você viu a cena toda? — perguntou à mulher.

— Vi.

— Eu ainda quis dar o braço ao homem, e trazê-lo para aqui; mas, tive vergonha; os moleques eram capazes de dar-me uma vaia. Desviei o rosto, porque ele podia conhecer-me. Coitado! Nota que não parecia ouvir nada, e seguia satisfeito, creio que até ria... Que triste coisa que é perder o juízo!

A mulher pensava na travessura do filho; não a referiu ao marido, pediu à vizinha que não aludisse a ela, e, de noite, só pregou olho tarde. Metera-se-lhe na cabeça que, anos depois, o filho endoidecia, era castigado pela mesma troça, e que ela cuspia para o céu, indignada, blasfemando.

CLXXXIV

Duas horas depois da cena da Rua da Ajuda chegou Rubião à casa de Dona Fernanda. Os vadios foram-se dispersando, a pouco e pouco, e os claros não se preenchiam; os três últimos juntaram os seus adeuses em um berro único e formidável. Rubião continuou sozinho, mal percebido pelos moradores das casas, porque a gesticulação diminuía ou mudava de feitio. Não falava para o lado da parede, à suposta imperatriz; mas era ainda imperador. Caminhava, parava, murmurava, sem grandes gestos, sonhando sempre, sempre, sempre, envolvido naquele véu, através do qual todas as coisas eram outras, contrárias e melhores; cada lampião tinha um aspecto de camarista, cada esquina uma feição de reposteiro. Rubião seguia direito à sala do trono, para receber um embaixador qualquer, mas o paço era interminável, cumpria atravessar muitas salas e galerias, verdade é que sobre tapetes — e por entre alabardeiros, altos e robustos.

Das gentes que o viam e paravam na rua, ou se debruçavam das janelas, muitas suspendiam por instantes os seus pensamentos tristes ou enfastiados, as preocupações do dia, os tédios, os ressentimentos — este uma dívida, outro uma doença, desprezos de amor, vilanias de amigo. Cada miséria esquecia-se, o que era melhor que consolar-se; mas o esquecimento durava um relâmpago. Passado o enfermo, a realidade empolgava-os outra vez, as ruas eram ruas, porque os paços suntuosos iam com Rubião.

E mais de um tinha pena do pobre diabo; comparando as duas fortunas, mais de um agradecia ao céu a parte que lhe coube — amarga, mas consciente. Preferiam o seu casebre real ao alcançar fantasmagórico.

CLXXXV

Rubião foi recolhido a uma casa de saúde. Palha esquecera a obrigação que Sofia lhe impôs, e Sofia não se lembrou mais da promessa feita à rio-grandense. Cuidavam ambos de outra casa, um palacete em Botafogo, cuja reconstrução estava prestes a acabar, e que eles queriam inaugurar no inverno, quando as câmaras trabalhassem, e toda a gente houvesse descido de Petrópolis. Mas agora a promessa foi cumprida; Rubião deu entrada no estabelecimento, onde ficou ocupando uma sala e um quarto especiais, recomendado pelo Doutor Falcão e pelo Palha. Não resistiu a nada; acompanhou-os com satisfação, e entrou nos seus aposentos, como se os conhecesse desde muito. Quando eles se despediram, dizendo que já voltavam, Rubião convidou-os para uma revista militar, no sábado.

— Pois sim, sábado — assentiu Falcão.

— Sábado é bom dia — continuou Rubião. — Não faltes, duque de Palha.

— Não falto — disse o Palha andando.

— Olha, mandar-te-ei um dos meus coches, novo em folha; é preciso que tua mulher pouse o seu lindo corpo onde ninguém ainda ousou sentar-se. Almofadas de damasco e veludo, arreios de prata e rodas de ouro; os cavalos descendem do próprio cavalo que meu tio montava em Marengo. Adeus, duque de Palha.

CLXXXVI

"Para mim, é claro", saiu pensando o Doutor Falcão, "aquele homem foi amante da mulher deste sujeito."

CLXXVII

Lá ficou o homem. Quincas Borba tentara entrar na carruagem que levou o amigo, e porfiou em acompanhá-la, correndo; foi necessária toda a força do criado para agarrá-lo, contê-lo e trancá-lo em casa. Era a mesma situação de Barbacena; mas a vida, meu rico senhor, compõe-se rigorosamente de quatro ou cinco situações que as circunstâncias variam e multiplicam aos olhos. Rubião pediu instantemente que lhe mandassem o cão. Dona Fernanda, alcançado o consentimento do diretor, cuidou de satisfazer o desejo do doente. Quis escrever a Sofia, mas foi ela própria ao Flamengo.

CLXXXVIII

— Mando ver, é aqui perto — propôs Sofia.

— Vamos nós mesmas. Que tem? Já pensei em uma coisa. Valerá a pena conservar a casa pronta e alugada, quando a cura pode prolongar-se? Melhor é deixá-la, vender os trastes e apurar o que houver.

Foram a pé do Flamengo à Rua do Príncipe; três a quatro minutos. Raimundo estava na rua, mas viu gente à porta e veio abri-la. O interior da casa tinha a feição do abandono, sem a fixidez e regularidade das coisas, que parecem conservar um resto da vida interrompida; era o abandono do desmazelo. Mas, por outro lado, o transtorno dos móveis da sala exprimiam bem o delírio do morador, suas ideias tortas e confusas.

— Ele foi muito rico? — perguntou Dona Fernanda a Sofia.

— Tinha alguma coisa — respondeu esta — quando chegou de Minas; mas parece que estragou tudo. Olhe, levante o vestido que o chão parece que não se varre há um século.

Não era só o chão; os trastes tinham a crosta da incúria. Nem por isso o criado explicava nada; olhava, escutava, e, baixinho, assobiava uma polca do dia. Sofia não lhe perguntou pelo asseio; estava morta por sair "daquela imundície", dizia a si mesma, e tinha vontade de falar no cão, que era o principal motivo da visita; mas não queria mostrar interesse por ele nem pelo resto. A trivialidade daquilo tudo não lhe dizia nada ao espírito nem ao coração; a lembrança do alienado não a ajudava a suportar o tempo. De si para si achava a companheira singularmente romântica ou afetada. "Que bobagem!", ia pensando, sem desconcertar o sorriso aprovador com que acudia a todas as observações de Dona Fernanda.

— Abra aquela janela — disse esta ao criado —; tudo cheira a mofo.

— Oh! insuportável! — acudiu Sofia, respirando com asco.

Mas, apesar da exclamação, Dona Fernanda não se resolveu a sair. Sem que nenhuma recordação pessoal lhe viesse daquela miserável estância, sentia-se presa de uma comoção particular e profunda, não a que dá a ruína das coisas. Aquele espetáculo não lhe trazia um tema de reflexões gerais, não lhe ensinava a fragilidade dos tempos, nem a tristeza do mundo; dizia-lhe tão somente a moléstia de um homem, de um homem que ela mal conhecia, a quem falara algumas vezes. E ia ficando e olhando, sem pensar, sem deduzir, metida em si mesma, dolente e muda. Sofia não ousava articular nada, com receio de ser desagradável a tão conspícua dama. Tinham ambas os vestidos apanhados, para evitar a mácula da poeira; mas Sofia acrescentou a essa precaução a agitação viva, contínua e impaciente da ventarola, como pessoa que sufocasse naquela atmosfera. Chegou a tossir algumas vezes.

— E o cachorro? — perguntou Dona Fernanda ao criado.

— Está preso no quarto, lá dentro.

— Vá buscá-lo.

Quincas Borba apareceu. Magro, abatido, parou à porta da sala, estranhando as duas senhoras, mas sem latir; mal erguia os olhos apagados. Chegou a dar meia-volta ao corpo na direção do interior da casa, quando Dona Fernanda fez uns estalinhos com os dedos; ele parou, agitando a cauda.

— Como é mesmo que se chama? — perguntou a Dona Fernanda.

— Quincas Borba — respondeu o criado, rindo, com a voz arrastada. — Tem nome de gente. Eh! Quincas Borba! vai lá! a senhora está chamando.

— Quincas Borba! vem cá! Quincas Borba! — repetiu Dona Fernanda.

Quincas Buba acudiu ao chamado, não pulando, nem alegre. Dona Fernanda inclinou-se, falou-lhe, perguntou-lhe pelo amigo, se estava longe, se queria ir vê-lo. Assim mesmo inclinada, interrogava o criado sobre o trato do cão.

— Agora come, sim, senhora; logo que meu amo saiu, não queria comer nem beber; eu até pensei que estivesse danado.

— Come bem?

— Come pouco.

— Procura pelo senhor?

— Parece que procura — respondeu Raimundo tapando o riso com a mão —; mas eu tranquei ele no quarto, para não fugir. Já não chora; a princípio chorava muito, que até me acordava... Era preciso eu bater com um cacete na porta e gritar, para ele sossegar...

Dona Fernanda coçava a cabeça do animal. Era o primeiro afago depois de longos dias de solidão e desprezo. Quando Dona Fernanda cessou de acariciá-lo, e levantou o corpo, ele ficou a olhar para ela, e ela para ele, tão fixos e tão profundos, que pareciam penetrar no íntimo um do outro. A simpatia universal, que era a alma desta senhora, esquecia toda a consideração humana diante daquela miséria obscura e prosaica, e estendia ao animal uma parte de si mesma, que o envolvia, que o fascinava, que o atava aos pés dela. Assim, a pena que lhe dava o delírio do senhor, dava-lhe agora o próprio cão, como se ambos representassem a mesma espécie. E sentindo que a sua presença levava ao animal uma sensação boa, não queria privá-lo do benefício.

— A senhora está-se enchendo de pulgas — observou Sofia.

Dona Fernanda não a ouviu. Continuou a mirar os olhos meigos e tristes do animal, até que este deixou cair a cabeça e entrou a farejar a sala. Sentira o cheiro do senhor. A porta da rua estava aberta; ele teria fugido por ela, se Raimundo não acudisse a prendê-lo. Dona Fernanda deu algum dinheiro ao criado para que o fosse lavar e conduzir à casa de saúde, recomendando-lhe o maior cuidado, que o levasse ao colo, ou preso por um cordão. Nesta parte acudiu também Sofia, ordenando que a procurasse antes, em casa.

CLXXXIX

SAÍRAM. SOFIA, ANTES DE PÔR O PÉ NA RUA, OLHOU PARA UM E outro lado, espreitando se vinha alguém; felizmente, a rua estava deserta. Ao ver-se livre da pocilga, Sofia readquiriu o uso das boas palavras, a arte maviosa e delicada de captar os outros, e enfiou amorosamente o braço no de Dona Fernanda. Falou-lhe de Rubião e da grande desgraça da loucura; falou também do palacete de Botafogo. Por que não ia com ela ver as obras? Era só lanchar um pouco, e partiriam imediatamente.

CXC

Sobreveio um sucesso que distraiu Dona Fernanda do Rubião; foi o nascimento de uma filha de Maria Benedita. Ela correu à Tijuca, encheu de beijos a mãe e a criança, deu a mão a beijar a Carlos Maria.

— Sempre exuberante! — exclamou o jovem pai, obedecendo.

— Sempre secarrão! — retorquiu ela.

Apesar da resistência do primo, Dona Fernanda acompanhou a convalescença de Maria Benedita, tão cordial, tão boa, tão alegre, que era um encanto conservá-la em casa. A felicidade daqui fê-la esquecer a desgraça dacolá; mas, convalescida a recente mãe, Dona Fernanda acudiu ao enfermo.

CXCI

"CONTO RESTITUÍ-LO À RAZÃO NO FIM DE SEIS OU OITO MESES. Vai muito bem."

Dona Fernanda mandou a Sofia esta resposta do diretor da casa de saúde, e convidou-a a irem ver o enfermo, se achasse que não lhes ficava mal. "Que mal pode haver?", respondeu Sofia em um bilhete. "Mas eu é que não teria ânimo de vê-lo; foi tão nosso amigo, que não sei se poderia suportar a vista e a conversação do pobre homem. Mostrei a carta a Cristiano, que me declarou ter liquidado os bens do Senhor Rubião: apurou três contos e duzentos."

CXCII

— Seis meses, oito meses passam depressa — reflexionou Dona Fernanda.

E eles vieram vindo, com os sucessos às costas — a queda do ministério, a subida de outro em março, a volta do marido, a discussão da lei dos ingênuos, a morte do noivo de Dona Tonica, três dias antes de casar. Dona Tonica espremeu as últimas lágrimas — umas de amizade, outras de desesperança — e ficou com os olhos tão vermelhos, que pareciam doentes.

Teófilo, que merecera do novo gabinete a mesma confiança do antigo, teve parte copiosa nos debates da sessão parlamentar. Camacho declarou pela sua folha que a lei dos ingênuos absolvia a esterilidade e os crimes da situação. Em outubro, Sofia inaugurou os seus salões de Botafogo com um baile, que foi o mais célebre do tempo. Estava deslumbrante. Ostentava, sem orgulho, todos os seus braços e espáduas. Ricas joias; o colar era ainda um dos primeiros presentes do Rubião, tão certo é que, neste gênero de atavios, as modas conservam-se mais. Toda a gente admirava a gentileza daquela trintona fresca e robusta; alguns homens falavam (com pena!) das suas virtudes conjugais, da profunda adoração que ela tinha ao marido.

CXCIII

No dia seguinte ao baile, Dona Fernanda acordou tarde. Foi ao gabinete do marido, que já devorara cinco ou seis jornais, escrevera dez cartas e retificava a posição de alguns livros nas estantes.

— Recebi esta carta, há pouco — disse ele.

Dona Fernanda leu-a; era do diretor da casa de saúde; noticiava que Rubião, desde três dias, desaparecera, não tendo podido ser encontrado por mais esforços que houvessem empregado a polícia e ele. "Tanto mais me espanta esta fuga", concluía a carta, "quanto que as melhoras eram grandes, e podia contar que, em dois meses, o poria inteiramente bom."

Dona Fernanda ficou consternada; alcançou do marido que escrevesse ao chefe de polícia e ao ministro da justiça, pedindo-lhes que ordenassem as mais severas pesquisas. Teófilo não tinha o menor interesse no achado nem na cura de Rubião; mas quis servir à mulher cuja bondade conhecia, e, porventura, gostava de cartear-se com os homens da alta administração.

CXCIV

Como achar, porém, o nosso Rubião nem o cachorro, se ambos haviam partido para Barbacena? Oito dias antes, Rubião escrevera ao Palha que lhe fosse falar; este acudia à casa de saúde, viu que ele raciocinava claramente, sem a menor sombra de delírio.

— Tive uma crise mental — disse-lhe Rubião —; agora estou bom, perfeitamente bom. Peço-lhe que me ponha fora daqui. Creio que o diretor não se oporá. Entretanto, como quero deixar algumas lembranças à gente que me tem servido, e servido também ao Quincas Borba, veja se me pode adiantar cem mil réis.

Palha abriu a carteira sem hesitação, e deu-lhe o dinheiro.

— Vou tratar de o fazer sair — disse ele —; mas provavelmente são precisos alguns dias (estava em vésperas do baile); não se aflija por isso; daqui a uma semana está na rua.

Antes de sair, falou ao diretor, que lhe deu boas notícias do enfermo.

— Uma semana é pouco — disse ele —; para pô-lo bom, bom, preciso ainda uns dois meses.

Palha confessou que o achara são; em todo caso, mandava quem sabia, e se fossem necessários seis ou sete meses mais, não precipitasse a alta.

CXCV

Rubião, logo que chegou a Barbacena e começou a subir a rua que ora se chama de Tiradentes, exclamou parando:

— Ao vencedor, as batatas!

Tinha-as esquecido de todo, a fórmula e a alegoria. De repente, como se as sílabas houvessem ficado no ar, intactas, aguardando alguém que as pudesse entender, uniu-as, recompôs a fórmula, e proferiu-a com a mesma ênfase daquele dia em que a tomou por lei da vida e da verdade. Não se lembrava inteiramente da alegoria; mas a palavra deu-lhe o sentido vago da luta e da vitória.

Subiu, acompanhado do cão, e foi parar defronte da igreja. Ninguém lhe abriu a porta; não viu sombra de sacristão. Quincas Borba, que não comia desde muitas horas, colava-se-lhe às pernas, cabisbaixo, esperando. Rubião voltou-se, e do alto da rua estendeu os olhos abaixo e ao longe. Era ela, era Barbacena; a velha cidade natal ia-se-lhe desentranhando das profundas camadas da memória. Era ela; aqui estava a igreja, ali a cadeia, acolá a farmácia, donde vinham os medicamentos para o outro Quincas Borba. Sabia que era ela, quando chegou; mas à medida que os olhos se derramavam, as reminiscências vinham vindo, mais numerosas, em bando. Não via ninguém; uma janela, à esquerda, parecia ter alguém que espiava. Tudo o mais deserto.

"Talvez não saibam que cheguei", pensou Rubião.

CXCVI

Súbito, relampejou; as nuvens amontoavam-se às pressas. Relampejou mais forte, e estalou um trovão. Começou a chuviscar grosso, mais grosso, até que desabou a tempestade. Rubião, que aos primeiros pingos deixara a igreja, foi andando rua abaixo, seguido sempre do cão, faminto e fiel, ambos tontos, debaixo do aguaceiro, sem destino, sem esperança de pouso ou de comida... A chuva batia-lhes sem misericórdia. Não podiam correr, porque Rubião temia escorregar e cair, e o cão não queria perdê-lo. A meia rua acudiu à memória do Rubião a farmácia, voltou para trás, subindo contra o vento, que lhe dava de cara; mas ao fim de vinte passos, varreu-se-lhe a ideia da cabeça; adeus, farmácia! adeus, pouso! Já se não lembrava do motivo que o fizera mudar de rumo, e desceu outra vez, e o cão atrás, sem entender nem fugir, um e outro alagados, confusos, ao som da trovoada rija e contínua.

CXCVII

Vagaram sem destino. O estômago de Rubião interrogava, exclamava, intimava; por fortuna, o delírio vinha enganar a necessidade com os seus banquetes das Tulherias. Quincas Borba é que não tinha igual recurso. E toca a andar acima e abaixo. Rubião, de quando em quando, sentava-se no lajedo, e o cão trepava-lhe às pernas, para dormir a fome; achava as calças molhadas, e descia; mas tornava logo a subir, tão frio era o ar da noite, já noite alta, já noite morta. Rubião passava-lhe as mãos por cima, resmungando algumas palavras magras.

Se, apesar de tudo, Quincas Borba conseguia adormecer, acordava logo, porque Rubião levantava-se e punha-se outra vez a descer e subir ladeiras. Soprava um triste vento, que parecia faca, e dava arrepios aos dois vagabundos. Rubião andava devagar; o próprio cansaço não lhe permitia as grandes pernadas do princípio, quando a chuva caía em bátegas. As paradas eram agora mais frequentes. O cão, morto de fome e de fadiga, não entendia aquela odisseia, ignorava o motivo, esquecera o lugar, não ouvia nada, senão as vozes surdas do senhor. Não podia ver as estrelas, que já então rutilavam, livres de nuvens. Rubião descobriu-as; chegara à porta da igreja, como quando entrou na cidade; acabava de sentar-se e deu com elas. Estavam tão bonitas, reconheceu que eram os lustres do grande salão e ordenou que os apagassem. Não pôde ver a execução da ordem; adormeceu ali mesmo, com o cão ao pé de si. Quando acordaram de manhã, estavam tão juntinhos que pareciam pegados.

CXCVIII

— Ao vencedor, as batatas! — exclamou Rubião quando deu com os olhos na rua, sem noite, sem água, beijada do sol.

CXCIX

Foi a comadre do Rubião que o agasalhou e mais ao cachorro, vendo-os passar defronte da porta. Rubião conheceu-a, aceitou o abrigo e o almoço.

— Mas que é isso, seu compadre? Como foi que chegou assim? Sua roupa está toda molhada. Vou dar-lhe umas calças de meu sobrinho.

Rubião tinha febre. Comeu pouco e sem vontade. A comadre pediu-lhe contas da vida que passara na Corte, ao que ele respondeu que levaria muito tempo, e só a posteridade a acabaria.

— Os sobrinhos de seu sobrinho — concluiu ele magnificamente — é que hão de ver-me em toda a minha glória.

Começou, porém, um resumo. No fim de dez minutos, a comadre não entendia nada, tão desconcertados eram os fatos e os conceitos; mais cinco minutos, entrou a sentir medo. Quando os minutos chegaram a vinte, pediu licença e foi a uma vizinha dizer que Rubião parecia ter virado o juízo. Voltou com ela e um irmão, que se demorou pouco tempo e saiu a espalhar a nova. Vieram vindo outras pessoas, às duas e às quatro, e, antes de uma hora, muita gente espiava da rua.

— Ao vencedor, as batatas! — bradava Rubião aos curiosos. — Aqui estou imperador! Ao vencedor, as batatas!

Esta palavra obscura e incompleta era repetida na rua, examinada, sem que lhe dessem com o sentido. Alguns antigos desafetos do Rubião iam entrando, sem cerimônia, para gosá-lo melhor; e diziam à comadre que não lhe convinha ficar com um doido em casa, era perigoso; devia mandá-lo para a cadeia, até que a autoridade o remetesse para outra parte. Pessoa mais compassiva lembrou a conveniência de chamar o doutor.

— Doutor para quê? — acudiu um dos primeiros. — Este homem está maluco.

— Talvez seja delírio de febre; já viu como está quente?

Angélica, animada por tantas pessoas, tomou-lhe o pulso, e achou-o febril. Mandou vir o médico — o mesmo que tratara o finado Quincas Borba. Rubião conheceu-o também; respondeu-lhe que não era nada. Capturara o rei da Prússia, não sabendo ainda se o mandaria fuzilar ou não; era certo, porém, que exigiria uma indenização pecuniária enorme — cinco bilhões de francos.

— Ao vencedor, as batatas! — concluiu rindo.

CC

Poucos dias depois morreu... Não morreu súdito nem vencido. Antes de principiar a agonia, que foi curta, pôs a coroa na cabeça — uma coroa que não era, ao menos, um chapéu velho ou uma bacia, onde os espectadores palpassem a ilusão. Não, senhor; ele pegou em nada, levantou nada e cingiu nada; só ele via a insígnia imperial, pesada de ouro, rútila de brilhantes e outras pedras preciosas. O esforço que fizera para erguer meio corpo não durou muito; o corpo caiu outra vez; o rosto conservou porventura uma expressão gloriosa.

— Guardem a minha coroa — murmurou. Ao vencedor...

A cara ficou séria, porque a morte é séria; dois minutos de agonia, um trejeito horrível, e estava assinada a abdicação.

CCI

QUERIA DIZER AQUI O FIM DO QUINCAS BORBA, QUE ADOECEU também, ganiu infinitamente, fugiu desvairado em busca do dono, e amanheceu morto na rua, três dias depois. Mas, vendo a morte do cão narrada em capítulo especial, é provável que me perguntes se ele, se o seu defunto homônimo é que dá o título ao livro, e por que antes um que outro — questão prenhe de questões, que nos levariam longe... Eia! chora os dois recentes mortos, se tens lágrimas. Se só tens riso, ri-te! É a mesma coisa. O Cruzeiro, que a linda Sofia não quis fitar, como lhe pedia Rubião, está assaz alto para não discernir os risos e as lágrimas dos homens.

Machado de Assis

Escritor, poeta, jornalista, cronista, dramaturgo, crítico e folhetinista, Joaquim Maria Machado de Assis, ou simplesmente Machado de Assis, nasceu em 21 de junho de 1839, no Morro do Livramento, Zona Portuária do Rio de Janeiro.

Ao deixar seu nome registrado na história do Brasil, com obras clássicas, a exemplo de *Crisálidas* (1864), *Memórias Póstumas de Brás Cubas* (1881), *O alienista* (1882) e *Dom Casmurro* (1899), Machado de Assis tornou-se um dos grandes nomes da literatura brasileira.

A infância humilde e imersa nas mazelas da pobreza e da escravidão resulta do fato de ter nascido em uma casa de agregados, com sua mãe, Maria Leopoldina Machado de Assis, lavadeira do senhorio, e seu pai, Francisco José de Assis, dourador e pintor. Ambos ex-escravos alforriados, não valorizavam a vocação literária do filho.

Com a morte precoce de Maria Leopoldina, seu pai se casou novamente. A madrasta, Maria Inês, mesmo com baixo nível de escolaridade, ensinou-lhe, às escondidas, o que sabia do português. Ainda, ajudou o menino a receber aulas de francês com um forneiro da padaria Madame Gallot. Apesar de ter frequentado a escola pública por pouco tempo, Machado buscou conhecimento por outros meios. Além de falar inglês, aprendeu latim ao fazer amizade com um padre, e procurou aprender grego para traduzir algumas obras literárias.

Após o falecimento do pai, ficou sob os cuidados da madrasta na cidade de São Cristóvão. Em virtude da necessidade de conseguir um emprego, em suas idas ao centro visitava livrarias e bancas de jornais, o que lhe deu a oportunidade de conhecer a loja de Francisco de Paula Brito, homem que fundou o jornal Marmota e possibilitou a Machado publicar seus primeiros poemas e quadrinhas. Na livraria, também fez amizade com um grupo de homens letrados, entusiastas da literatura e políticos. Em 1856, desempenhou a função de aprendiz de tipógrafo na Imprensa Nacional. Já em 1858, além de publicar no Correio Mercantil, também passou a atuar como revisor e, quatro anos depois, redator, no Diário do Rio de Janeiro.

Sua primeira publicação foi a tradução da obra *Queda que as mulheres têm para os tolos* (1861), impressa pela editora de Paula Brito. Na sequência, em 1864, publicou seu primeiro livro autoral, uma obra de poesias dedicada aos seus pais, *Crisálidas*. Três anos mais tarde, avançou na carreira burocrática, dando assistência ao diretor de publicação do Diário Oficial. No ano seguinte, aos 30 anos, conheceu sua esposa e inspiração para suas escritas, Carolina Augusta Xavier de Novais, portuguesa e irmã de um amigo poeta. Os dois se casaram em 1869, depois do namoro às escondidas, pois a família da moça não aprovava seu relacionamento com um negro.

A obra *Ressurreição*, publicada em 1872, foi seu primeiro romance, considerado ainda não amadurecido pela crítica. Nesse seguimento, deu mais um passo na carreira de funcionário público, sendo designado ao cargo de primeiro oficial da Secretaria de Estado do Ministério da Agricultura, Comércio e Obras Públicas, e, três anos depois, diretor de gabinete. À vista disso, conquistou uma vida mais confortável para ele e a esposa. Sem deixar de se dedicar à arte da literatura, lançou títulos como *A mão e a luva* (1874), *Americanas* (1875), *Helena* (1876) e *Iaiá Garcia* (1878).

Apesar do crescente reconhecimento de seu talento, sua saúde debilitada sempre foi um obstáculo em sua vida e carreira. Desde jovem, sofreu em decorrência das crises de epilepsia, sendo acamado por volta dos seus 40 anos. Em virtude disso, sua companheira, além de ler livros e jornais, também o ajudou na escrita do seu grande romance, o qual o impulsionou à sua trajetória literária realista, *Memórias Póstumas de Brás Cubas*. Em 1889, lançou outro notável romance, *Dom Casmurro*, e, em 1892, *Quincas Borba*, ambos valiosos à fase amadurecida de suas obras. Embora tenha sido promovido em sua carreira na administração pública e se transformado em um escritor conhecido, sua vida pessoal tornou-se mais solitária com o falecimento de sua amada em 1904.

Depois da morte de Carolina, mesmo sem vontade de sair de casa, Machado de Assis manteve sua dedicação às obras e aos novos projetos. Ademais, o romancista participava de um grupo de intelectuais da Revista Brasileira, colaborando como redator. A partir disso e inspirado na Academia Francesa, Lúcio de Mendonça teve a iniciativa de criar a Academia Brasileira de Letras (ABL), com apoio de Machado. Mesmo não sendo considerado um de seus fundadores, a Academia reconheceu o seu papel fundamental para a materialização do projeto e, após um ano de sua fundação, o autor de *Dom Casmurro* assumiu a cadeira de número 23 e se tornou o primeiro presidente da instituição.

Todavia, uma vez mais, a doença e a morte se aproximaram do artista. No dia 29 de setembro de 1908, no bairro das Laranjeiras, no Rio de Janeiro, faleceu Joaquim Maria Machado de Assis, um autor com habilidade de escrita plural e, ao mesmo tempo, singular na história da literatura brasileira.

Conheça outras obras de Machado de Assis *publicadas pela Editora Vitrola*

Dom Casmurro

Dom Casmurro marcou a literatura brasileira. A história vivida por volta de 1857, no Rio de Janeiro, é narrada por Bentinho, menino de família religiosa prometido para ser padre. Sob sua ótica trágica e solitária, o protagonista apresenta suas memórias desde a infância até a morte.

Bento tenta evitar o seminário para poder manter sua relação afetuosa com a vizinha, a intrigante Capitu. Passando pelas aventuras da juventude, a trama revela um amor intenso e arrebatador. Na mesma intensidade da paixão, o autor constrói a personalidade complexa de Dom Casmurro, centralizada em sua dramaticidade.

Considerada obra-prima nacional, com seus personagens marcantes, o romance enigmático permite que o leitor tire suas próprias conclusões. Além disso, por explorar questões sociais e o conservadorismo da época, inspira a literatura de modo atemporal.

O Alienista

O renomado psiquiatra Dr. Simão Bacamarte volta da Europa para a pequena Itaguaí e cria a Casa Verde, espécie de asilo cujo objetivo é estudar profundamente a loucura. Com o tempo, 80% dos moradores da cidade são considerados anormais e são internados, o que faz com que a população se rebele contra o médico. Conforme suas teorias e estudos a respeito do comportamento humano avançam, Dr. Bacamarte começa a reavaliar sua própria sanidade.

Publicado em 1882 por um dos maiores nomes da literatura brasileira de todos os tempos, o conto humorístico — por vezes considerado novela — de Machado de Assis é uma alegoria sobre a loucura e a normalidade, recheado de crítica e ironia.

Memórias Póstumas de Brás Cubas

Em *Memórias Póstumas de Brás Cubas*, Machado de Assis convida o leitor a adentrar no universo peculiar e sarcástico de Brás Cubas, um defunto-autor que decide contar a sua história de vida após a morte. Na narrativa repleta de digressões, um típico representante da elite brasileira do século XIX revisita suas memórias e reflete sobre sua existência, sua família, seus amores fracassados e suas aspirações não concretizadas.

Brás Cubas é egoísta e cínico, mas seu humor e sua sinceridade o tornaram um anti-herói cativante. A complexidade do personagem reside na sua capacidade de autocrítica e na consciência aguçada das próprias falhas e limitações. A obra é permeada pelo tom irônico característico do escritor, que expõe com maestria as contradições e hipocrisias da sociedade da época.

vitrola®
Editora

vitrolaeditora

VITROLA EDITORA E DISTRIBUIDORA LTDA.

Rua das Camélias, 321 — Aparecida — CEP: 98400-000
Frederico Westphalen — RS
Tel.: (55) 3744-6878
editora@vitrola.com.br
www.vitrola.com.br